REINALDO ARENAS

Nació en Holguín (Cuba), en 1943. Hijo de una familia de campesinos, se adhirió al principio a la revolución castrista, pero su rebeldía contra todo dogmatismo no tardó en convertirlo en un «peligro social». Tras unas penosas vicisitudes, que narró en su memorable autobiografía *Antes que anochezca* (Andanzas 165 y Fábula 55), traducida a 16 lenguas, llevada al cine por Julian Schnabel y protagonizada por Javier Bardem, Arenas escapó de Cuba y se instaló en Nueva York, donde, enfermo de sida, se suicidó en 1990. Tusquets Editores ha publicado su célebre «pentagonía», integrada por los títulos *Celestino antes del alba, El palacio de las blanquísimas mofetas, Otra vez el mar, El color del verano* y *El asalto* (Andanzas 395, 428, 463, 357 y 497), y las novelas *El mundo alucinante* (Andanzas 314 y Fábula 177) y *El portero* (Andanzas 526 y Fábula 260).

Libros de Reinaldo Arenas en Tusquets Editores

ANDANZAS

Antes que anochezca

El mundo alucinante

El color del verano

Celestino antes del alba

El palacio de las blanquísimas mofetas

Otra vez el mar

El asalto

El portero

Termina el desfile seguido de Adiós mamá

FÁBULA

Antes que anochezca

El mundo alucinante

Celestino antes del alba

El portero

Reinaldo Arenas

El mundo alucinante

Una novela de aventuras

FÁBULA
TUSQUETS
EDITORES

1.ª edición en colección Andanzas en Tusquets Editores España: octubre de 1997
1.ª edición en Fábula en Tusquets Editores España: noviembre de 2001
1.ª edición en Fábula en Tusquets Editores México: octubre de 2003
2.ª edición en Fábula en Tusquets Editores México: abril de 2009

edición corregida y al cuidado del autor

Diseño de la colección: Pierluigi Cerri

Ilustración de la cubierta: detalle de un *collage* de BM
a partir de un detalle de *El desembarco de los puritanos* (1865),
de Antonio Gisbert Pérez, y de un detalle de *Nègre attaqué par un jaguar* (1910), de Henri Rousseau

Campeche 280-301 y 302 – 06100 México, D.F.
Tel. 5574-6379 Fax 5584-1335
www.tusquetseditores.com

ISBN: 978-607-421-053-8

Impresión: Litográfica Ingramex S.A. de C.V. – Centeno 162-1 – México, D.F.
Impreso en México

Índice

A Camila Henríquez Ureña,
a Virgilio Piñera,
por la honradez intelectual de ambos

Y yo también he sido desgarrado por las espinas de ese desierto, y he dejado cada día algo de mis despojos.

Los Mártires, Libro X

La primera cosa que os adornará será la cualidad de águila, la cualidad de tigre, la Guerra Sagrada, flecha y escudo; esto es lo que comeréis. Lo que iréis necesitando; de modo que andaréis atemorizados; en pago de vuestro valor andaréis venciendo y andaréis destruyendo.

Cristóbal del Castillo, Fragmentos de la *Obra General Sobre Historia de los Mexicanos*

Esta es la vida de fray Servando Teresa de Mier, tal como fue, tal como pudo haber sido, tal como a mí me hubiese gustado que hubiera sido. Más que una novela histórica o biográfica pretende ser, simplemente, una novela.

R.A.

Fray Servando, víctima infatigable

Muchos años hacía que fray Servando se encontraba huyéndole a la inquisición española por toda Europa acompañado por las humillaciones y vicisitudes que el destierro impone, cuando, un atardecer, en el jardín botánico de Italia, se encuentra con el objeto de su absoluto desconsuelo: un ágave mexicano (o planta del maguey), enjaulado en un pequeño cubículo, con una suerte de cartel identificador.

Por largo tiempo había tenido que trotar el fraile para, finalmente, arribar al sitio que lo identifica y refleja: la mínima planta, arrancada y transplantada a una tierra y a un cielo extraños. El ciclo casi mítico del hombre americano, víctima incesante de todos los tiempos, componedor de lo imposible, pasa también por ese breve y fulminante encuentro entre alma y paisaje, entre soledad e imagen perdida, entre el sentimiento desgarrado de inseguridad y ausencia y el de la evocación que irrumpe, cubriendo, imantando, idealizando lo que cuando fue (cuando lo tuvimos) no fue más que un lugar común al que la imposibilidad de volver prestigia.

Aunque aún no se habían conocido personalmente (la Historia no «certifica» si se llegaron a conocer) fray Servando Teresa de Mier y José María Heredia, debieron experimentar, en un tiempo similar, la misma sensación, la misma desolación, aunque en distintos escenarios. A Heredia, como romántico ortodoxo, la fatalidad lo conduce a las cataratas del Niágara, donde, más que la grandiosidad del paisaje, lo que lo llega a estremecer es el recuerdo de un palmar ausente. En fray Servando, hombre de mil dimensiones, cándido, pícaro, aventurero, exaltado, ese desgarramiento por lo imposible (su patria) ocurre en el centro mismo de una de las más populosas ciudades europeas, entre el torbellino de anónimos rostros y el estruendo de innumerables ideas, generalmente contradictorias... El regreso, es decir, la recuperación del palmar o el ágave, será para ambos arduo e incierto, y finalmente (fatalmente) posible.

No tendría sentido narrar aquí, en esta suerte de introducción a una novela que escribí hace años y que ya casi no recuerdo, las peripecias de fray Servando y de Heredia, ni el porqué de las mismas. Pienso, sin embargo, en ese instante, que la historia «oficial», como la mayoría de los instantes importantes, no registra, en que el poeta y el aventurero, ya en México, se encuentran luego de las mil y una infamias padecidas y ante el vasto panorama de las que les quedan por padecer... Ambos han visto de nuevo los paisajes amados, y, realmente, ¿qué han visto?, ¿qué pueden decirse? El hombre que recorrió a pie toda Europa, realizando aventuras inverosímiles, el que padeció todas las persecuciones, víctima infatigable, en varias ocasiones a punto de perecer en la hoguera, huésped consuetudinario de las prisiones más temidas de América y de Europa (San Juan de Ulúa, La Cabaña, Los Toribios, etcétera), el patriota y político rebelde, el luchador, no es, ahora precisamente, quien puede encauzar el ritmo de la historia de su país, ni siquiera el de su provincia, ni siquiera el suyo propio. En cuanto a Heredia, catalogado por sus contemporáneos como «ángel caído» por el hecho de haber ido a Cuba, a su paisaje, con un salvoconducto expedido por el general Tacón, tampoco es, evidentemente, un ejemplo de estabilidad y satisfacción moral y espiritual. El hecho de que ambos hombres convivan en un mismo sitio (el palacio presidencial), que la historia los haya hecho converger en un mismo lugar en situaciones similares, y que a la vez no recoja este acontecimiento, no deja de ser una de sus conocidas y atroces ironías. Por eso, si nos sometiéramos, como historiadores, al dato estricto, ambas figuras, tan importantes para nuestro continente, ahora mismo tendrían que retirarse mudas, y perderse, definitivamente, y sin mayores trámites, por los extremos opuestos del edificio o por los desconocidos recovecos del tiempo.

Por eso siempre he desconfiado de lo «histórico», de ese dato «minucioso y preciso». Porque, ¿qué cosa es en fin la Historia? ¿Una fila de cartapacios ordenados más o menos cronológicamente? ¿Recoge acaso la Historia el instante crucial en que fray Servando se encuentra con el ágave mexicano o el sentimiento de Heredia al no ver ante el desconsolado horizonte de su alma el palmar amado? Los impulsos, los motivos, las secretas percepciones que instan (hacen) a un hombre no aparecen, no pueden aparecer recogidos por la Historia, así como, aun bajo el quirófano, no se captará jamás el sentimiento de dolor del hombre adolorido.

La Historia recoge la fecha de una batalla, los muertos que ilustraron la misma, es decir, lo evidente. Estos temibles mamotretos resumen (y es bastante) lo fugaz. El efecto, no la causa. Por eso, más que en la Historia busco en el tiempo. En ese tiempo incesante y diverso, el hombre es su metáfora. Porque el hombre es, en fin, la metáfora de la Historia, su víctima, aun cuando, aparentemente intente modificarla y, según algunos, lo haga. En general, los historiadores ven el tiempo como algo lineal en su infinitud. ¿Con qué pruebas se cuenta para demostrar que es así? ¿Con el elemental razonamiento de que mil quinientos es anterior a mil setecientos, o que la guerra de Troya fue anterior al degollamiento de María Antonieta? Como si al tiempo le interesasen para algo tales signos, como si el tiempo conociese de cronologías, de progresos, como si el tiempo pudiese avanzar... Ante la ingenuidad del hombre al intentar escalonar el tiempo; fichándolo con una intención progresiva y hasta «progresista», se opone, sencillamente, el tiempo. ¿Cómo, pues, fichar el infinito? Pero el hombre no se resigna a este pavor, de ahí esa incesante irrupción de códices, fechas, calendas, etcétera. Sus progresos... Lo que nos sorprende cuando encontramos en el tiempo, en cualquier tiempo, a un personaje auténtico, desgarrador, es precisamente su intemporalidad, es decir, su actualidad; su condición de infinito. Porque infinito —y no histórico— es Aquiles por su cólera y su amor, independientemente de que haya o no existido; como infinito será Cristo por su impracticable filosofía, regístrelo o no la Historia. Esas metáforas, esas imágenes, pertenecen a la eternidad.

Creo que lo infinito no es lo lineal ni lo evidente, pues ver la realidad como un desfile o una fotografía es ver, en verdad, algo muy lejos de la realidad. Por eso, el llamado realismo me parece que es precisamente lo contrario de la realidad. Ya que al tratar de someter dicha realidad, de encasillarla, de verla desde un solo punto («el realista») deja lógicamente de percibirse la realidad completa.

Pero últimamente no sólo tenemos (padecemos) realismo sino que contamos hasta con realismo socialista, de modo que la realidad ya no sólo es vista desde un ángulo, sino desde un ángulo político. ¿Qué realidad será ésa, señor, que en esa posición y desde ese ángulo tendrán que resignarse a ver (y a hacer) las víctimas de tal realismo?... En verdad, si de alguna obra realista socialista podemos hablar es de las novelas de Alexandr Solzhenitsyn. Ellas al menos reflejan parte de una realidad socialista, la más evidente y superficial: campos de concentración.

No me cansaré de descubrir que el árbol de las seis de la mañana no es este de las doce del día, ni aquél, cuyo halo nos consuela al anochecer. Y ese aire que en la noche avanza, ¿puede ser el mismo de la mañana? Y esas aguas marinas que el nadador del atardecer surca cortándolas como un pastel, ¿son acaso las de las doce del día? Influyendo, de manera tan evidente, el tiempo en un árbol o en un paisaje, ¿permanecemos nosotros, las criaturas más sensibles, inmunes a tales señales? Creo todo lo contrario: somos crueles y tiernos, egoístas y generosos, apasionados y meditativos, lacónicos y estruendosos, terribles y sublimes, como el mar... Por eso, quizás, he intentado en lo poco que he hecho, y de lo hecho, en lo poco que me pertenece, reflejar, no una realidad, sino todas las realidades, o al menos algunas.

Quien, por truculencias del azar, lea alguno de mis libros, no encontrará en ellos una contradicción, sino varias; no un tono, sino muchos; no una línea, sino varios círculos. Por eso no creo que mis novelas puedan leerse como una historia de acontecimientos concatenados sino como un oleaje que se expande, vuelve, se ensancha, regresa, más tenue, más enardecido, incesante, en medio de situaciones tan extremas que de tan intolerables resultan a veces liberadoras.

Así creo que es la vida. No un dogma, no un código. no una historia, sino un misterio al que hay que atacar por distintos flancos. No con el fin de desentrañarlo (lo cual sería horrible) sino con el fin de no darnos jamás por derrotados.

Y es en ese plano, en el de víctima inconsolable e incansable de la Historia, del tiempo, donde nuestro amado fray Servando logra su verdadera ubicación. El justifica y ampara esta suerte de poema informe y desesperado, esta mentira torrencial y galopante, irreverente y grotesca, desolada y amorosa, esta (de alguna forma hay que llamarla) novela.

Reinaldo Arenas
Caracas, 13 de julio de 1980

Posdata: me informan que informes desinformados (y patéticos) informan que hay en esta novela *–El mundo aluci-*

nante– escrita en 1965, Mención en el Concurso UNEAC, 1966, influencia de obras que se escribieron y publicaron después de ella, como *Cien años de soledad* (1967), y *De dónde son los contantes* (1967). Influencias similares también han sido señaladas en *Celestino antes del alba,* escrita en 1964, y Mención UNEAC, 1965. He aquí otra prueba irrebatible, al menos para los críticos y reseñeros literarios, de que el tiempo no existe.

Querido Servando:

Desde que te descubrí, en un renglón de una pésima historia de la literatura mexicana, como «el fraile que había recorrido a pie toda Europa realizando aventuras inverosímiles», comencé a tratar de localizarte por todos los sitios. Revolví bibliotecas infernales, donde la palabra «fraile» provoca el desconcierto de los referencistas, me comuniqué con personas que te conocían con la distancia característica y el rasgo deshumanizado que suponen las erudiciones adquiridas en los textos de historia. También fui a embajadas, a casas de cultura, a museos, que, desde luego, nada sabían de tu existencia. No obstante, la acumulación de datos sobre tu vida ha sido bastante voluminosa; pero lo que más útil me ha resultado para llegar a conocerte y amarte, no fueron las abrumadoras enciclopedias, siempre demasiado exactas, ni los terribles libros de ensayos, siempre demasiado inexactos. Lo más útil fue descubrir que tú y yo somos la misma persona. De aquí que toda referencia anterior hasta llegar a este descubrimiento formidable e insoportable sea innecesaria y casi la he desechado por completo. Sólo tus memorias, escritas entre la soledad y el trajín de las ratas voraces, entre los estallidos de la Real Armada inglesa, y el tintinear de los mulos por los paisajes siempre intolerables de España, entre la desolación y el arrebato, entre la justificada furia y el injustificado optimismo, entre la rebeldía y el escepticismo, entre el acoso y la huida, entre el destierro y la hoguera; sólo ellas aparecen en este libro, no como citas de un texto extraño, sino como parte fundamental del mismo, donde resulta innecesario recalcar que son tuyas; porque no es verdad, porque son, en fin, como todo lo grandioso y grotesco, del tiempo; del brutal e insoportable tiempo que en estos días te hará cumplir doscientos años.

No aparecerás en este libro mío (y tuyo) como un hombre inmaculado, con los estandartes característicos de la pureza evangélica, ni como el héroe intachable que sería incapaz de equivocarse, o de sentir alguna vez deseos de morirse. Estás, querido Servando, como lo que eres: una de las figuras más importantes (y desgraciadamente casi desconocida) de la historia literaria y política de América. Un hombre formidable. Y eso es suficiente para que algunos consideren que esta novela debe ser censurada.

La Habana, julio de 1966

México

Capítulo I

De cómo transcurre mi infancia en Monterrey, junto con otras cosas que también transcurren

Venimos del corojal. No venimos del corojal. Yo y las dos Josefas venimos del corojal. Vengo solo del corojal y ya casi se está haciendo de noche. Aquí se hace de noche antes de que amanezca. En todo Monterrey pasa así: se levanta uno y cuando viene a ver ya está oscureciendo. Por eso lo mejor es no levantarse.

Pero yo ahora vengo del corojal y ya es de día. Y todo el sol raja las piedras. Y entonces: ya bien rajaditas yo las cojo y se las tiro en la cabeza a mis Hermanas Iguales. A mis hermanas. A mis hermanas. A mis her.

Allí estaba yo: descansando debajo de las espinas grandes. Descansando de la carrera y huida que le jugué al bebe chicha del maestro. ¡Condenado él!, que cogió la vara de membrillo y me la hizo astillas en la espalda nada más que porque yo le hacía tres rabos a la «o» y él dice que no hay que hacerle ninguno. Me cae a golpes y después quiere que yo no le haga lo mismo cuando lo puedo coger por sorpresa. Estamos en paz le dije y le soné la vara por todo el lomo al muy gachupín. Entonces él se viró como una centella y me vino arriba. Y yo eché a correr por sobre todos los asientos hasta que me agarró y me hizo arrodillar. Pero eso nada más fue por unos momentos, pues en cuanto quitó las manos de mi hombro, yo me vine para arriba como un cubo que lo hubieran zambullido bocabajo... Entonces todos los muchachos empezaron a reírse a carcajadas sin que nadie los oyera más que yo, que oigo lo que no se oye. Yo oía las carcajadas que no se oían porque si el maestro las oye los encierra como me encerró a mí: en el mismo servicio. ¡Con tanta peste!

Encerrado allí di un brinco queriendo alcanzar la ventana que tocaba casi las nubes. Pero nada. Di otro salto y tampoco. Y entonces empecé a dar chillidos. Y la puerta se abrió. Y el profesor, lleno de muchas plumas raras como si fuera un zopilote con cara de demonio, venía cantando y con la vara de membrillo encendida y dispuesto a metérmela por la boca para que me callara... Así fue que cogí un gran impulso casi agachado, y el brinco fue tan alto que la cabeza rompió las tejas y me elevé más arriba del techo y vine a caer en el capullo de una de estas matas de corojos donde había un nido de cernícalos y maté a la cernícala pues el otro cernícalo que era el más grande, trató de sacarme los ojos. Y enredado con el cernícalo me vine al suelo, no estrellándome de puro milagro.

Y así estaba, reponiéndome de la caída y del picotazo del animal: cuando veo al diablo-del-burro-del-maestro venir corriendo hasta donde yo estaba. Venía con la vara de membrillo encendida y soltando unos escarceos que era la primera vez que yo oía tal cosa, seguido por todo el cortejo de alumnos y dispuesto a encenderme las mismas tripas.

Yo eché a correr por entre los troncos de las matas de corojos, llamando a mi madre. Pero en esos momentos mi madre estaba desemillando algodón-para-sacarle-el-hilo-para-hacerlo-tela-para-venderla-para-comprar-un-acocoté-para-cuando-llegara-el-tiempo-de-sacar-el-aguamiel-para-sacarla-para-hacerla-pulque-para-venderlo-para-comprar-cuatro-maritates-para-regalarlos-al-cura-para-que-nos-volviera-a-bendecir-el-ganado-para-que-no-se-nos-muriera-como-ya-se-nos-murió. Además: también ella estaba muerta.

Por eso, ya casi me sentía agarrado por la caravana y daba gritos. Y decía barbaridades. Y ya el maestro estiraba una mano llena de pelos. Y ya me iba a agarrar cuando una mata de corojo (compadecida de mi situación) le suelta una de las pencas llena de espinas que le cayó sobre el lomo al viejo brujo, y, al sentir aquel espinazo clavándosele en la espalda, pensó que era un castigo del diablo y salió dando resoplidos y con las manos en alto rumbo a la escuela, seguido por todos los mequetrefes de alumnos, mientras yo les tiraba lo que se me presentase por delante.

Mire usted: entonces quise darle las gracias a la mata de corojos por haberme salvado y le fui a pasar la mano por el tronco. Y la muy mal agradecida: me agarra la mano y me la llena de espinas que salían ya por el otro lado. Entonces sí que me puse furioso. Pero el dolor era tanto que hasta la furia se me fue pasando y me dediqué a morirme, como dice mi madre que uno siempre se está dedicando.

Pero llegan mis dos hermanas y viéndome así empiezan a halarme por la otra mano para tratar de despegarme del espinal. Y yo volviendo a gritar y ellas hala que hala hasta que al fin la mata de corojos me soltó y cogí, con furia, una de las piedras que estaban muy cerca y se la tiré a las dos Josefas en las cabezas, y salieron desmandadas por todo el camino. Pero a la mitad del trayecto se me reviraron y empezaron a cañonearme hasta con los huesos de las vacas que en otro tiempo se murieron de hambre. Y como eran dos, no me quedó más remedio que echar un pie y luego alzar el vuelo.

Y casi enseguida ya estoy en la casa, y allí, mi madre —con una vela encendida sobre la cabeza y una en cada dedo de las manos— me abre la puerta con la boca hecha una luminaria y me dice:

—Entra, demontre, y sube para el cuarto, que ya vino el maestro con las quejas y de aquí no vas a salir en toda la semana.

Fue entonces cuando miré para atrás y vi a las matas de corojos retorciéndose entre ellas y abrazándose y desabrazándose tronco con tronco, como si quisieran arrancarse unas a otras, y soltando chillidos tan estrechos y extraños que mis oídos ni lo creyeron casi. Y las hojas se desprendían. Y todas se retorcían en una furia muy rara, como queriendo darme alcance para ahogarme, movidas por un viento que no era viento porque en ese momento nada que no fuera ellas se movía.

—Entra, demontre —dijo mi madre, que parecía no haber visto nada.

—Venimos del corojal —dije yo, y ella movió un dedo sobre el que tenía una vela y me la apagó sobre un ojo.

Yo empecé a subir la escalera y ya arriba le dije que veníamos del corojal y esto la volvió a enfurecer, pues, sacudiendo una mano como quien la tuviera mojada, me lanzó un manotazo y todas las velas fueron tan encima de mi cabeza, que si no corro me achicharran.

Ahora, desde acá arriba, siento brincar a Floirán y oigo cómo las dos Josefas se tiran tierra en la cabeza, allá en el patio. Pero para mí esta noche no habrá juegos de ninguna clase. Ni a la canica. Ni al balero. Ni a nada. A no ser que... Pero no.

Capítulo I

De tu infancia en Monterrey, junto con otras cosas que también ocurren

Ya vienes del corojal. El día entero te lo has pasado allí, debajo de las pocas hojas de las únicas matas que se dan por todo este lugar. Pensando.

Dándole vueltas al sol y agazapándote detrás de los tallos para que no te achicharre.

Ya vienes del corojal. Después de haber arrancado todas las matas de raíz y haber oído cómo gritaban como lo haces tú cuando te sacan las niguas.

No fuiste a la escuela ni volviste al mediodía a la casa para almorzar.

Oye a las dos Josefas dando gritos por toda la arena. Te están buscando con dos varas en las manos. ¿De dónde conseguirían esas varas si aquí no quedan árboles?

Ya te alcanzan. Ya te agarran. Y ahora vienen las matas de corojos dando gritos y recién arrancadas.

Ahora te romperán las varas en la cabeza. Y llegarás a la casa con la cabeza hecha astillas.

Y tu madre te esperará en la puerta. Y tú sujetándote la cabeza.

Ya tu madre te empuja. Ya te da dos trancazos. Y tú sin abrir la boca, porque eres cerrero y aguantón.

—Baja al cuarto —te han dicho y te han tirado una soga al cuello.

Y ya estás en el cuarto que da al suelo. Y ya no es de día, pero tampoco es de noche... Los alacranes están cantando y todo está *rojizo.*

Los alacranes cantan: «Ahí viene el niño Jesúussss. Ahí viene el niño Jesúussss». «Pícalo tú, pícalo tú.»

Llega tu madre y te corta las manos. Y te pregunta:

—¿Quién arrancó la mata de corojos?

—El —dicen los alacranes que no cantan, saliendo de una piedra *rojiza*.

Entonces el padre saca el cuchillo *rojizo* y llorando te corta la otra mano. La tercera. Y la siembra en el arenal *rojizo*. (Oscurece.) Todo está *rojizo*. Pero no es de día ni de noche y por la ventana ves el arenal agazapándose hasta unirse con el cielo. Allá, al final, ha nacido una mata de manos.

Aquí todo es piedra y arenas, que en un tiempo fueron piedras. Monterrey vive en la edad de piedra. Pero ya vamos pasando a la de arena. Después entraremos en la del polvo.

Todo *rojo*. Y la arena centelleando entre las piedras.

Se oyen las risas de las dos Josefas que se tiran arena en los ojos hasta quedarse ciegas mientras Floirán apedrea al cielo sin tocarlo siquiera. Si tú estuvieras allí, llegarías. Pero esta noche para ti no habrá juegos ni podrás correr por todo el arenal hasta hacer añicos las sábanas (que allí están tendidas) para demostrarle a tus hermanos que no eran fantasmas.

Pero al oscurecer, y montado sobre una vara de membrillo, llega tu padre con otra verdad. Y oyes al caballo, aunque viene a pie.

Te escapas por la cerradura. Te cortas las manos y las siembras. Huyen. Huye. Huye. Con estas manos no volverás a cortar ningún árbol. El único que había en todo el pueblo. ¡Cójanlo, que se mete en el pedregal! ¡Déjalo, que ahí se lo comerán los alacranes! Los alacranes negros.

Los alacranes te han formado un coro... Si los alacranes cantaran, en este poblado no habría tanto silencio. Pero no hacen ni siquiera «chiss». Se acercan, y si acaso lloran lo hacen en silencio... Ya los sientes, caminándote por los primeros dedos. Ya te suben por las piernas llenas de hojas.

Ya te rozan las nalgas... Estás en medio del arenal, llorando. Has echado a correr y los alacranes han alzado el vuelo y ya te arrancan los tallos. Ya te descapullan. Ya te desprenden las hojas. Ya bajan hasta las raíces.

Mejor será que pienses en otra cosa.

Capítulo I

De cómo pasó su infancia en Monterrey, junto con otras cosas que también pasaron

Algunas veces dejaba los saltos. Tiraba las piedras y se acostaba bocarriba, a no mirar nada. Así se pasaba el tiempo, y así pasó hasta descubrir que no existía y que sólo era una noción falsa con la cual empezamos a temerle a la muerte, que, por otra parte, puede llegar en cualquier momento y detenerlo. No hay por qué estar triste, se decía. Y no estaba triste. No hay por qué estar alegre, se decía. Solo, en medio de aquella enorme vegetación imaginaria (ya le habían hablado del mar, pero no se lo pudo imaginar), inventaba proyectos lentos que bajo el sol iba desmadejando (avance de su padre resucitado); y el brillo de las velas no tenía significación ante el desgarramiento de la luz que hacía surgir debajo de las piedras. Se imaginaba de cera entonces, y se veía correr de un lado para otro entre los desplegamientos del Fin, soltando pedazos como un cochino ya demasiado asado. Qué infancia tan corriente entre aquellas casas casi iguales. Qué infancia tan terrible, como todas, entre el avance de los vellos y el Terror de los Deseos Misteriosos. (Los deseos, como figuras rojizas que sobresaliesen sobre el rojo del arenal.) Ahora sólo le quedaba la imaginación.

De modo que no fue a la escuela ni siguió el rastro de la única garzota que había cruzado sobre las tejas. Ni arrancó las matas de corojos que por otra parte nunca han existido. Ni vio a sus hermanas, pues aún no habían nacido. Ni presenció las necedades de las manos cortadas... Inventos. Inventos... Y la casa se llenó de voces. Y el arenal surgió reverdecido y poblado de árboles. Y el cielo fue un constante aletear de aves extrañas... Y se mantuvo en quietud durante siete años más sin moverse del arenal. Alimentándose del jugo de las uñas. Hasta que fue descubierto por una campana, que a golpe de toques lo trasladó hasta el origen de los sonidos... Y viendo por allí la única posibilidad de escapar, se introdujo en su cuarto y esperó a que su madre hiciese la elección propicia.

Entró la madre. Pálida y con una piedra en la cabeza. Y él tomó la piedra con gran ceremonia y esa noche durmió sobre ella. Y al otro día aparejaron el mulo. Y se fue, en forma definitiva.

Capítulo II

De mi salida de Monterrey

Sobre un mulo que casi no hablaba salí de Monterrey un día de día. Mi madre se asomó a la puerta y me hizo con los brazos la señal de una gran cruz. Para mí, que el mulo se reía, porque le vi el hocico y pude contemplarle todos los dientes. Así fue que le di dos latigazos y se desmandó a correr por todo el arenal hasta perderse sin mirar atrás.

La primera noche la anduve solo. Pero en la segunda me tropecé con un ejército de arrieros, que en cuanto me vieron se me abalanzaron (los muy salvajes) y levantaron la cola de mi mulo, pues según me dijeron podría ser de ellos, pues todas sus bestias se las habían robado la madrugada antes.

—Los ladrones hacen olas —me dijeron—. Y es un milagro que no lo hayan desvalijado. Mira para nosotros que andamos al aire y a pie y tenemos que llegar hasta México.

A la verdad que me daban deseos de golpear la andadura y echar a correr. Pero aquella manada no creía en nadie y me miraba con recelo, pues era el único que no iba a pie y yo tenía miedo de que me cayeran encima y fuese peor. Así esperé hasta la otra noche (sin atreverme a sacar la panocha que tenía guardada dentro del aparejo). Y cuando todos dormían salí con mi animal remolcado. Pero la maldita bestia gritó: «Me llevan», «me llevan», como si fuera una señorita raptada a la fuerza. Y el batallón, de un salto, se despertó y todos acercándose me dijeron:

—Ah, conque te llevas al pobre mulo a la fuerza.

Y me desvalijaron. Y aquí voy a pie, aunque me dicen que ya casi estoy llegando, pues aquellas humaredas no pueden indicar otra cosa que el virreinato. Así pues: después de mucho andar por tierras calientes y heladas y por llanuras tan grandes que uno camina y cree que está siempre en el mismo lugar, después de cruzar en un solo pie precipicios desde los cuales las nubes se veían allá abajo como diminutos zopilotes recién nacidos, después de pasar junto a una trullada de indios (que a todos los arrieros los despeluzaron), y después de dormir en mesones (donde le robaban a uno hasta el cabello, dicen que para hacer colchones); después de eso y otras cosas (entre ellas el llevar la barriga reventando del atole de arena que nos vendieron en el mesón, por lo cual voy dejando el rastro por donde quiera que cruzo), parece que ya llego.

Capítulo II

De la salida de Monterrey

El camino no le fue tan difícil. Marchó sobre una carreta tirada por un mulo cantor, que de noche no dejaba dormir, golpeando las piedras con sus cascos como si fueran castañuelas. Y cualquier dificultad, propia de tan larga trayectoria, la suplió con el optimismo de saberse escapado de aquella prisión de arena y sol. Iba a la ciudad a «abrirse paso». Pues resulta que el pueblo donde se nace siempre se vuelve pequeño cuando el tumulto de las inquietudes empiezan a sobresalir. Y estallan... De modo que durmió de lo más cómodo en uno de los mesones del camino y comió el delicioso atole, batido con leche de india y arena de pedernal, y como no llevaba ni un céntimo encima no pudo pagar nada. Y así fue que después de echarse a dormir, alguien —para cobrarle la venta— le quitó toda la ropa, pero el viajero siguió durmiendo muy ignorante, y a la mañana se levantó, estiró los brazos y echó a andar en cueros. Así caminó más de veinte leguas sin que nadie le interrumpiera. Hasta que un día una vieja extraviada lo miró a distancia, y salió corriendo rumbo a México a rogarle al arzobispo que le construyese una iglesia en el mismo sitio donde había visto a aquel «dios», que desde lejos le echaba la bendición con un dedo extrañísimo, y, por lo tanto, divino. La iglesia fue levantada, pero a la vieja no le gustó la figura que representaba la aparición, y por éstas y otras protestillas, se achicharró en la infatigable hoguera de la venerable inquisición. El joven continuó su trayectoria en forma impasible y ya, a mitad del camino, tropezó con la cuadrilla de esclavos que venían a levantar la catedral. Ellos fueron quienes le facilitaron una capa muy pobre en la cual se arrebujó, y siguió su marcha.

Capítulo II

De tu salida de Monterrey

Ni la salida ni el camino fueron tan difíciles. Lo duro vino al tratar de escalar la ciudad, que está como a dos mil varas de altura. ¡A quién se le ocurrió fundar un pueblo a tamaña elevación! Allí no llueve, pues las nubes se van por debajo. Y ya llegando y con las manos al rojo por el escalamiento, una lluvia de botellas se te viene encima. El alud no parece tener fin y entre canecas y frascos vacíos regresas hasta el mismo principio del promontorio.

—Habráse visto —dijo un cura que salió de entre el botellar—, esa gente no piensa en otra cosa que en beber. Y la ciudad, abarrotada de botellas de pulque de chicha y de alcoholes de España, empieza a desmoronarse con todo su cargamento de vidrios. Ay, yo, que había llegado arriba de milagro, ahora cómo voy a subir.

Y el cura, tomando una botella, se la llevó a la boca.

—¡Y lo peor es que no han dejado nada! —dijo entonces furioso. Y tú dijiste:

—Yo creo que podemos hacer una escalera con todas estas botellas

Y empezó la labor, y durante un mes estuvieron construyendo aquel modo de escalamiento. Y al fin quedó terminada la centelleante y vidriada escalera de dos mil varas de largo, que parecía llegar al mismo cielo y que el sol del mediodía hacía deslumbrar, sacándole destellos de todos los colores, de acuerdo con el pulimento del vidrio reflejado. Y así empezaron la ascensión. Y llegaron a México Servando y el cura rodante muy mareados y tambaleándose, pues de algo tenían que alimentarse durante aquella prolongada subida, y no quedaba otra alternativa que hacer uso de las pocas gotas acumuladas en los fondos de los bloques de aquella improvisada escalera. Dando traspiés y con dos botellas en cada mano, hicieron su entrada Servando y su acompañante. Al fin habían escalado la «encumbrada» ciudad.

Capítulo III

Del panorama de la ciudad

La ciudad, elevándose sobre un precipicio, parecía una tortuga colocada sobre una palmera.

Servando despertó de su sueño de maguey al ser pisoteado por una caravana de mendigos que yendo descalzos no llegaron a aplastar su cara. Por curiosear siguió a la turba, que seguía a la vez a una mujer, que seguía a una soga que la llevaba arrastrada por el cuello. No preguntó por precaución, pero como al final de la calle (por cierto bastante estrecha) vio una humareda, que casi abofeteaba al cielo, comprendió que «la doña» iba a ser achicharrada.

Las hogueras flameaban noche y día en la terminación de cada calle, de modo que el calor y el hollín eran perpetuos en la ciudad, haciéndose irresistible en los días de verano.

La turba se amontonó alrededor de las llamas. Y la dama tuvo que aguardar su turno y ponerse en cola. Servando se maravilló por el hecho de que los mendigos siguieran con tanto afán a la señora, cuando ya en la hoguera había una larga cuadrilla de víctimas aguardando. Pero por comentarios pudo enterarse que se trataba de una de las mujeres más ricas de la ciudad. Por eso la seguían hasta la última hora acosándola con reverencias, esperando lo que la dama (en situación tan crítica) pudiera regalarles, no como prueba de generosidad, sino de grandeza: era muy manisuelta la futura ardiente.

El espectáculo tal vez fuera interesante para los curiosos, mas no para los que tenían que pasar por dicha purificación. Por eso hubo un gran revuelo de protestas en la cola de las víctimas, y algunas se volaban los turnos y, entre un coro de alborotos y quejas por parte de los saboteados, iban a ocupar lugares más cercanos a las llamas.

También el mantenimiento de la hoguera era un gran problema y para ello se empleaba a un millar de indios, que debían abastecer aquellas llamas día y noche, sacando leña de donde fuera, y en situaciones críticas servían ellos mismos de combustible. Pero algunos no esperaban a que se tomasen tales resoluciones y, cansados de tan continua búsqueda, se lanzaban (con la poca leña que habían encontrado) a las llamas y de esta manera la iban atizando por un rato. Las llamas adquirían entonces colores amarillentos, azulosos, que semejaban fuegos artificiales... Ahora la hoguera decaía en su resplandor, pues la víctima era un sacerdote muy grueso que apagó varios tizones. Pero enseguida vuelve a levantarse entre fuertes chisporroteos y animada por una gran carga de cedro que cien indios llevaban a la espalda.

Las protestas en la cola seguían haciéndose cada vez más escandalosas. Algunos conseguían un tizón y comenzaban a quemarse por cuenta propia, desobedeciendo así las órdenes de la santa inquisición y muriendo en forma no cristiana: sin los agasajos finales de la confesión. Pero otros esperaban con calma y muchos llevaban libros prohibidos, que el arzobispo, en ese momento de trance, permitía hojear.

Cuando le tocó el turno a la dama, ésta caminó con gran desenvoltura, si bien las manos atadas le restaban gracia, y hasta pronunció un discurso (ya entre llamas) que Servando no pudo oír y en el cual explicaba por qué no había consentido en sacarse un diente. Por último hizo una seña a los mendigos diciendo que todo lo que de su cuerpo no se derritiese con el fuego, lo podían tomar. Los mendigos, exaltados por la alegría, danzaban alrededor de la dama iluminada, y con tridentes, con varas de metal y hasta de madera, aguardaban ansiosos su encenizamiento, seguros de que el oro no se derretiría. Y la dama había entrado en el infierno muy engalanada con todas sus joyas.

Mientras, las protestas de los esperantes se hacían cada vez más declaradas y hasta vulgares. Llegaba la noche y muchos de los espectadores se marchaban a sus casas. Todos eran gente blanca, pues los indios (que no se veían obligados a hacerlo) no se acercaban por allí ni siquiera para coger el calor. Desde lejos veían el flamido de las llamas y algunos huían aterrados.

Servando, ya fatigado, se fue (temeroso de coger una gripe por el tanto humo) hasta La Alameda. Y se sintió como enfermo. Tenía dieciséis años. Y por unos momentos, encorvado y tosiendo sobre aquel banco, semejó un anciano. Y él iba a entrar en un convento de donde salían precisamente aquellos rituales. Pero había saludado la primera salida «de La Casa de la Infancia» y no sentía aún deseos de regresar a ella. Las velas de los faroles de la avenida empezaron a llegar al cabo. Un carretón pasó recogiendo la basura y regándola más adelante. Una fuente soltó un chorro de agua, pero enseguida volvió a su estado habitual. De vez en cuando se oía el toque del ángelus, pues todas las iglesias se guían por diferentes relojes. Y por encima de todos los techos se levantaban las cúpulas (como agujas pinchando el cielo) de las innumerables parroquias de la ciudad. El muchacho, caminando a grandes zancadas, como era su costumbre, llegó al convento.

De vez en cuando se escuchaba un gran estallido, tal como si fuese un huevo huero cuando se echa a las brasas. No era otra cosa que las cabezas de los achicharrados que reventaban en el calor.

Tocó a la puerta.

Toqué a la puerta y entré. El coro de novicios, vestidos de blanco, ya me estaba esperando. «Ya te estábamos esperando», me dijeron. Me encontraba en el monasterio de Santo Domingo, uno de los lugares más terribles del mundo. Allí los votos son impracticables. La tentación es mucha y el mal ejemplo acaba por arrastrar al mejor. Me escapé casi no sé ni cómo de caer en él. El coro de novicios me arrastró hasta un salón lateral donde se iba a celebrar una reunión. A los pocos minutos salí desnudo y echando un pie, me deslicé por la escalera trasera de la capilla y me refugié en los brazos del padre Terencio. El padre Terencio me dijo: «Cálmate, cálmate», y yo le iba contando lo que había visto y lo que estaba sucediendo en esos momentos allá abajo. Y entre «cálmate» y «cálmate», me ayudó a sentar sobre una silla durísima, me pasó la mano por el pelo, me secó las lágrimas y se sentó en mis piernas. Yo, en viendo esto, eché a correr de nuevo, y no sabiendo qué hacer, volví a salir a la calle. Y así sucedió que lo primero que vi al salir de nuevo a la calle fue a una persona llena de escamas, me horroricé al pensar en la enfermedad tan terrible que padecería, pero seguí andando y más adelante vi a otra en las mismas condiciones, y luego otra y otra. Hasta que por fin interrogué a un anciano: «Pero ¿de dónde es usted?», me dijo. Y yo le dije de dónde era, y él se echó a reír y me preguntó si eso quedaba al otro lado del mundo. Y por último me contó que lo que yo había visto era cierto, que hacía unos cuantos años había llegado un ingeniero famoso a la ciudad, dispuesto a desecar uno de los grandes lagos. El ingeniero empezó a hacer un túnel para que saliese el agua y mientras tanto cerró todos los desagües naturales, de modo que toda la ciudad quedó inundada, hasta que fue constituido el desagüe artificial. Pero al quedar terminado, al virrey no le gustó, pues el agua no se veía fluir ya que todo era subterráneo, y alegó que podría ser obra de brujería. El ingeniero se ofendió. Tapó el túnel. Y la ciudad se volvió a inundar hasta que el virrey accedió a reconocerle los méritos y la ciudad fue destaponada. Pero luego no se puso de acuerdo con el ingeniero en cuanto al precio a pagar. Y la ciudad volvió a ser taponada y el ingeniero acusado de hereje, motivo por el cual dicen que desapareció por el interior de sus túneles, destruyendo todas las compuertas y llaves de paso. Y con este taponeo y destaponeo, la ciudad se vio inundada por dos veces al año y luego seca, y luego nuevamente inundada. De manera que a la gente no le quedó otra alternativa que adaptarse. Y muchos se volvieron peces. Y otros, que tardaron más en metamorfosearse, quedaron en medio del cambio: mitad peces y mitad hombres. Los más conservadores permanecieron sobre los techos o dentro de las balsas y bateas y no perdieron la figura, aunque muchos se murieron de hambre. Cuando por fin el lago fue desecado, los peces agonizaron entre los fangales y los hombres volvieron a su lugar. Y los mediopeces ahí están, cargando con su indecisión. El virrey, que se había convertido en un hermoso pargo, pudo llegar hasta el océano y allí dicen que está: lanzando maldiciones, pero sin poder salir a la costa... Eso me contó el anciano y en mucho me ayudó a formarme una idea de cómo marchaban las cosas en el virreinato. Entonces aproveché para interrogarle acerca de la mujer que vi quemarse el día anterior. Y me dijo que se trataba de una dama muy respetable que había ido a parar al horno por amor propio, pues no quiso sacarse un diente, como habían hecho todas las demás damas para igualar a la virreina, que había perdido una de esas piezas de la boca. Los comentarios en torno a la dama rebelde se desataron y empezaron a hacerse cada vez más violentos. Sobre todo cuando ésta se reía. De manera que se dijo que si se había dejado toda la dentadura era por desprecio al virrey, y que si despreciaba al virrey estaba despreciando al rey de España, y, por lo tanto, al mismo Papa y, por lo tanto, a la santísima Iglesia y, por lo tanto, era una bruja. Y como era una bruja debía ser quemada.

Pero ya Servando no quedó asombrado, pues muy bien sabía él que lo más noble de la sociedad de México no era más que una punta de arrastrados adulones y que, precisamente por eso, era posible que fueran «lo más noble de la sociedad». Pero en las clases bajas también sucede, más o menos, lo mismo. De esto pude darme cuenta después de ver que junto a mí, la gente más miserable caía, haciendo grandes muecas, levantando una pierna y quedando muerta al momento. Dios mío, eso parecía increíble. Y le volví a preguntar al anciano que me había contado la historia de la virreina desdentada. Pero en el momento en que iba a interrogarle lo veo dar un salto, soltar la lengua y caer tieso ante mis ojos. Así fue que miré para todas partes y sólo vi figuras que saltaban y caían ya agonizantes. Por eso me fui corriendo calle abajo y sólo me detuvo la fogata encendida al final, en espera de gente por encenizar. Un fraile la atizaba con una cruz larguísima que tenía cogida por uno de los extremos, a manera de cabo del atizador; y como delante de él alguien cayó, dando tremendos saltos y casi apagando la hoguera, lo oí maldecir diciendo:

—Maldita gente que no sabe ya dónde morir. ¿No quiere comer pescado podrido?, pues ahí tiene las consecuencias.

—¿Pescado podrido? —le dije.

—Hombre, pues claro que sí. ¿No ves el color que coge antes de reventar? ¿Y no ves la vestimenta que lleva?, ¿crees que esa gente podría comprar pescado fresco?

Y de esta forma pude enterarme cómo sucedió que estando ya en el tiempo de la cuaresma, todo el pueblo no quiso comer otra cosa que pescado. Mas, como el pescado está muy escaso, a consecuencia del lago desecado, los precios se pusieron por las nubes y solamente lo podía comprar la gente de bien. Y la mayoría del pescado se pudrió en los estantes y entonces la gente humilde, empeñada en comer solamente pescado o morir de hambre, lo pudo consumir a precio muy bajo. Y, ante esta pudrición que le cayó al estómago, unos reventaban y otros morían de inanición, pues sus fondos no les alcanzaban ni para comprar el pescado podrido. Pero esta muerte era más lenta y hasta escogían sitios adecuados para ella. Esto me hizo comprender qué bien marchan la miseria y la superstición... Así fue que pensando en esa gran tragedia de la pobreza, me volví al monasterio de los blancos novicios.

Y llegando ante el altar mayor, donde un coro de ellos se arrullaba, me quedé allí un gran rato, aunque sin arrodillarme ni rezar.

Llegaste ya de noche, pues no te cansaste de merodear por todo el pueblo y de ponerle faltas a todo. ¡Tan joven y tan protestón! ¡Tan joven, y siempre poniendo reparos! Criticando este lugar donde nuestros angelitos se arrullan muy quietos. ¡Ah, so gruñón!, corriendo fuiste a ver al padre Terencio, alma noble, y le diste las quejas y lo acosaste de sucias querellas. Pero el padre Terencio, alma noble, ni caso te hizo, y hasta trató de inducirte en el reino del amor. Y tú, pedazo de bestia, lo rechazaste, rechazando con eso al Señor mismo. Y no dejaste que él se acurrucara entre tus piernas. Y te retiraste solo, como te has de ver toda la vida: siempre en busca de los que huyes. Pues bien sé yo que tú deseas lo que rechazas. Pues bien sé yo que cuando viste a todos los novicios acercándose desnudos a saludarte, algo dentro de ti hizo «pass» y se deshizo en miles de lucecitas y el primer impulso fue correr hacia ellos y, desnudo, dejarte confundir. Pero eres intransigente y astuto para contigo mismo, que es ser tirano para con los sentimientos más solicitados. Por eso echaste a correr: pues bien sabes que la maldad no está en el momento que se quiso disfrutar sino en la esclavitud que luego se cierne sobre ese momento, en su dependencia perpetua. La infatigable búsqueda, la constante insaciedad ante lo encontrado... Y saliste huyéndote más que huyendo. Y te decías «estoy salvado», «estoy salvado». Y estabas salvado por primera vez, que es ya estar salvado para siempre.

Y anduviste solo por toda la ciudad. Y ya dominado, regresaste (pisando muertos) al monasterio. Y oíste tras los árboles el cantar de los espectros blancos, que se purificaban de sus orgías con esa tranquilidad que acontece después del desahogo... Y una visitación joven de los demonios trató de rozarte por sobre las blancas telas y te acarició los testículos: era el padre Terencio, muy disimuladamente, mientras daba la absolución a los pecadores. «No nos dejes caer en tentación, mas líbranos de todo mal. Amén. Amén.» Pero tú fuiste firme, te mordiste los labios, y el padre Terencio prosiguió en sus absoluciones con un gesto de extrañeza irónica: era su primer fracaso después de muchos años de exitosos intentos.

Capítulo IV

De la visita del arzobispo

Se vio como en un sueño dentro de la celda. Se subió sobre los respaldos de la cama y se asomó a la ventana que llegaba al techo, pero no a los ojos de alguien que estuviera de pie en una habitación tan estrecha. Ahora la ciudad parecía como si no resollara, a no ser por las bocanadas que de entre las tinieblas se elevaban al fondo, alzándose como luminarias chisporroteantes que rompían el reino tan negro y hacían que la tierra se estremeciera suavemente. Al principio el espectáculo le pareció imponente, pero luego se sintió agobiado por la repetición. De modo que cerró los ojos para imaginarlo en forma más cabal y luego fue olvidándose de aquellos fuegos, que ahora salían desde el mismo centro del mundo como si algo, de muy adentro, rabiase furioso y protestara y se sacudiera de la carga que se le deslizaba por encima, como se deslizan las hormigas sobre la piel de una bestia quisquillosa... Se durmió. Soñó que caminaba con una tijera en la boca y que en sueños pedía explicaciones a ese sueño. Pero no las supo ni siquiera al despertar... Entonces se escondió tras los libros y, escudado entre pergaminos y hojas, revolvió estantes, rebuscó en lo que pudo haberse escrito, e imaginó lo que se pudo haber dicho y no se dijo, o se dijo y aparece como no dicho para que se vuelva a repetir y surta efectos. Telarañas enormes tuvo que ir taladrando con las manos para abrirse paso entre la marasma polvorienta y alcanzar el volumen imaginario donde resaltaría, con letras brillantes, lo que aún no se había dicho en ningún otro... Por otra parte, la vigilancia era insoportable y los libros de interés eran muy pocos. El mismo *Quijote* había sido retenido en un bergantín sin decidirse la aduana a desembarcarlo por «traer cosas de la vida muy mundana y falaz». Y allí se consumían, entre polillas y aguardientes dulzones, todos aquellos gruesos ejemplares, hasta que al fin los marineros decidieron contrabandearlos. De esa forma cayó uno en sus manos. De algún modo había que darle el frente a todo lo que no marcha bien, se decía Servando cuando no encontraba ningún libro digno de ser devorado. Y entonces salía a las calles y se ponía a leer los anuncios (muchos con faltas de ortografía) y regresaba repitiéndolos por todos los sitios, de tal manera que el padre Terencio le había tomado una alarmante antipatía desde que, en medio de la misa, lo oyó murmurar: «Tortas de maíz por un petate». Pero Servando no dejó por eso de realizar sus prohibidas lecturas; debajo de la cama, detrás del altar mayor, entre los troncos de los árboles del patio y bajo el sol que desintegraba las losetas del paseo, escrutaba libros y resumía definiciones en voz alta. Y así, ante la gran capilla, y agachado para no romperse la cabeza (tan alto estaba el oratorio), empieza a pronunciar discursos en latín, que por ser el mejor alumno de esa clase era también el único que podía extasiarse ante tan prolongado despilfarro de conjugaciones y casos (muchas veces traídos por los pelos). Los novicios lo bombardeaban con velas encendidas que hacían blanco con certera puntería. Y en una de estas batallas capillales se encontraba cuando entró (de lado y con gran trabajo) por la puerta central el arzobispo en persona. Deslumbrante, con su morado subido, de manera que semejaba una ballena a la puesta del sol. El maestro, que vio llegar a su ilustrísima, trató de calmar a los batallantes sin lograr ningún resultado. Y como Servando continuaba rechazando proyectiles, a la vez que mantenía el hilo de su prolongado discurso, uno de aquellos proyectiles vino en forma muy directa a hacer mella en la serenísima frente del prelado. El arzobispo miró hacia el púlpito que finalizaba en la cumbre del techo. Abrió la boca y dejó escapar un grupo de culebras. Cayó de espaldas, como un gran sapo, azotado por los constantes lanzamientos del predicador. Entonces el coro de novicios rodeó al prelado yacente y entonaron el avemaría y una salve muy por lo bajo, y luego en forma muy lenta y trabajosa lograron poner en pie a su ilustrísima y se arrodillaron ante él. El maestro se persignó y con un pie trató de apagar una vela que, invencible, permanecía encendida. El padre Terencio, que entraba muy parsimonioso en aquel momento a la gran nave, quedó como petrificado y luego bajó tanto la cabeza que ésta chocó contra el suelo y asustó de nuevo al arzobispo, que tomó tal acto como una burla. Servando empezó a descender, tumbando altares y soltando velas, y de esta forma cayó sobre una banqueta, con mucho aspaviento pero enseguida recuperó su porte y saludó al arzobispo con una palmada. Y comenzó a parodiar un epigrama de Marcial —quién sabe si pensando que rezaba el padrenuestro—, tantas eran las lecturas que por aquellos tiempos tenía el joven en su cabeza.

De modo que caíste en el veneno de la literatura y revolviste polillas y papeles sin encontrar nada. Y todo no fue más que una suma de interrogantes no contestados que agitaron más tus inquietudes ya habituales. Y quisiste saber. Y preguntaste. Y seguiste investigando sin que nadie te pudiera decir nada, sino que dejaras esas lecturas que mucho tenían de sacrilegio y de locura. Y así fue como empezaste a pronunciarte contra todos los que te criticaban. Y así fue como empezaron a desaparecer de tu celda (no sé gracias a qué pudorosas manos) los causantes de tan lamentable desequilibrio... Caíste en ese pozo sin escapes que son las letras y te sentiste cada vez más solo y melancólico. Y te fuiste declamando, a través de puertas irreales, e investigando sobre cosas de las que muchos ignoraban su existencia. Así, en tus meditaciones, saltabas a medianoche de la cama y con grandes gestos mudos te desplegabas por los aleros altísimos, por sobre las tejas más cercanas al vacío y por sobre las crujientes y peligrosas canales de donde te vino a sacar un mensajero de su ilustrísima, que, enterado de tu famosa educación, te solicitó para que pronunciases un discurso en el traslado de los restos de Hernán Cortés hasta la Iglesia Mayor... Y empezaste a gritar que el arzobispo en persona te había venido a visitar para que dijeras el «sermón de gracia». Y durante tres semanas permaneciste encerrado, buscando datos y fechas, para estar armado en el momento del despliegue de tu sapiencia. Y ya delante de los restos se te olvidó todo lo que tenías pensado decir. Y viste al regidor, regordete, descansando, brillante, entre la turba de mendigos, que más que por oraciones parecían abrir la boca clamando por pan. Y por largo rato no oíste otra cosa que no fuera el murmullo de esa potente oración de una sola palabra que arrastra con más fuerza que todos los cánticos y lamentos de iglesias. Y viste al virrey, que te sonreía, y a todos los gachupines del palacio luciendo muy frescos y regordetes junto con las damas enriquecidas que mostraban muy placenteras su interrumpida hilera de dientes. Y la virreina las saludaba con una ligera inclinación ante tal prueba de reconocimiento. Desde el púlpito la distinción de las miserias se hacía más observable: acá los gachupines, que desprecian a los criollos. Allá los criollos, que desprecian a los gachupines y a los indios. Más lejos los mendigos y los indios, que desprecian a todo el mundo y con cierta ironía contemplan el espectáculo. Y es así que el discurso fue adquiriendo otros matices —casi mágicos— que muchos no entendieron y que hallaron brillante. Y tú bajaste, dando traspiés y como traspasado por un centenar de agujas. Besaste la mano al virrey y a su ilustrísima y oíste el rumor borbolleante de las damas abanicándose, que te alababan y te extendían los labios, y algunas hasta se persignaban al verte. De modo que ese sermón te elevó al triunfo. Pero no dijiste lo que pensabas decir cuando estabas allá arriba. No lo dijiste.

Por entonces padecía yo por mi soledad y me refugiaba en las letras. En medio de aquel promontorio de cavernícolas lujuriosos tenía que sobrellevar muchas batallas para no sucumbir. Pero la más terrible y más dura era la que sobrellevaba conmigo mismo. Entonces, con más furia, abría los libros y me ponía a dar brincos en la celda y veía cómo demonios tramoyistas iban apareciendo en cada rincón y me brincaban a las manos y me bailaban delante de los ojos gritándome: «Cae, cae, cae»... Pero aconteció que hallándome en extremo perturbado, vino hasta mí en persona el arzobispo, y me rogó que pronunciase un sermón con motivo del traslado de los restos del Conquistador, pues ya era muy conocida mi fama de predicador. Y ese mismo día preparé el sermón, el cual, por lo precipitado que lo hice, me quedó bien. Y así fue que ya estando delante de los restos y delante de toda la gente más ilustre, y a la vez más mediocre del virreinato, se me olvidó lo que iba a decir y hablé de muchas cosas, que nada tenían que ver con los restos del Conquistador (por dentro deseaba les cayese un rayo y los hiciese polvo ya que en vida no acertó a caer). Y como las palabras me salieron muy fluidas y serenas, pues no pensaba ya lo que decía, a todos les pareció muy excelente mi discurso, que no recuerdo en qué consistió, pero creo que giró alrededor de una crítica a la escasez de árboles con que tienen despoblada La Alameda. Y fui muy halagado por el virrey y por el arzobispo, que también me saludó con admiración, aunque para mí que me sonreía con cierto desprecio, pues bien sabía yo el odio que le tenía a todos los criollos nada más que por serlo y más a los eruditos y sabios. Y, después de haberme ido, sentí vergüenza por haber dicho cosas que no eran las que en mente traía cuando vi tanta miseria detrás de los trajes recargados de piedras y lujos de las burras reales. Pero guardé la idea. Y ahora me está bailando en la cabeza. Y bien sé yo cómo haré para arreglármelas y quitarle crédito a esa banda de gachupines que nos miran como inferiores, nada más que por haber nacido en esta tierra de donde los muy bribones lo sacan todo para hinchar sus bolsas y cubrirse de indumentarias estrafalarias... Y ahora la risa y los devaneos de los frailes por todo el pasillo. Con ellos también tengo que luchar, ignorándolos.

Capítulo V

Del conocimiento de Borunda

El mejor predicador que había en México era yo. Por eso el arzobispo en persona me rogó, de rodillas, que pronunciase un sermón sobre la Virgen de Guadalupe el 12 de diciembre. Yo, que ya había pertenecido a la Orden de los predicadores, no sentí muchos deseos de pronunciar un sermón donde de seguro todo el mundo quedaría rendido luego de las primeras palabras. Y como nada se me ocurría para darle vida a aquel mamotreto que había compuesto, de modo que levantara los ánimos y obligara a fijar atención por el interés de lo que se decía, daba muchas vueltas por todo el patio del monasterio y arrancaba todas las hojas del parral sin que por ello vinieran frescas ideas a mi mente. En esa operación me encontraba (y ya los árboles estaban más que despoblados) cuando llegó, montado sobre dos escobas, el padre dominico Mateo, quien con gran alboroto me tomó en sus brazos y me llevó dando revuelos hasta una cueva donde terminaba la ciudad.

—Aquí te dejo —dijo, y me tiró de las escobas, con tanta fuerza, que vine a parar al suelo.

—Entra —me dijeron entonces desde la cueva.

Y como me sentía aturdido por el golpe, entré sin más en aquel lugar donde millares de murciélagos salían espantados y se perdían dando tropezones unos con otros.

—Yo soy Borunda —me dijo una voz, espantando murciélagos.

—Borunda, Borunda, Borunda —dijeron los murciélagos y salieron dando gritos y riéndose.

—Ven acá —dijo la voz de Borunda.

Y fui hasta allá y me obligó a sentarme en una cama de lo más cómoda, hecha de huesecillos de murciélagos. La cama crujió un poco y aunque me asusté no quise decir nada. Una vacada de murciélagos entró caminando y cantando hasta donde estaba Borunda y a un gesto de éste se fueron muertos de risa.

—Yo soy Borunda —dijo Borunda.

Y de un gran brinco se paró en la puerta de la cueva y descorrió una gran cortina hecha con alas de murciélagos. Era Borunda algo así como una gran pipa que se movía y hablaba, pero más gorda. Las carnes le saltaban por sobre los ojos y le tapaban las nalgas, lo cual le impedía hacer sus necesidades, según me dijo, y ésta era la causa de su gran gordura. Empezaba a hablar dando resoplidos y luego comenzaba a levantar la voz, tan alto, que millares de murciélagos salían dando chillidos y tropezando con las paredes de la cueva hasta caer muertos, pero varios miles lograban siempre traspasar la cortina y salían fuera, donde nublaban el sol.

—Me he enterado —dijo Borunda dando dos brincos y cayendo de espaldas al suelo mullido por los excrementos de los murciélagos, que formaban una camada donde uno se hundía hasta las rodillas—, me he enterado que te toca a ti —y me dio una bofetada en la barriga—, hacer el sermón sobre la Guadalupe.

Y ahora su voz era casi un murmullo secreto, y tuve que poner las orejas bien cerca de aquella abertura, rodeada por dos masas de carne que chocaban, haciendo que el gran sapo pudiera hablar.

—Pues bien —dijo, y su voz se alzó tanto que yo tuve que apartar la cabeza con un grito y meterla en la alfombra—, yo poseo la clave para que hagas el discurso más brillante que nunca se ha dicho en toda esta jurisdicción...

Y la voz subía. Y las paredes soltaban pedazos de milenarias piedras. Y los murciélagos caían hechos añicos por la potencia de aquellos resoplidos.

—Yo poseo la clave —dijo, y una lluvia de estalactitas se vino abajo.

Entonces la gran ballena se incorporó de un solo resoplido y se me acercó, soltando tajadas de carne, y levantándome por el cuello me llevó hasta su boca y me dijo en un susurro:

—Yo pienso que la imagen de Nuestra Señora de Guadalupe es del tiempo de santo Tomás, a quien los indios llamaban Quetzalcoatl.

Yo dudé y entonces Borunda abrió más la boca y metió toda mi cabeza dentro de ella, y así pude ver su campanilla rodeada de murciélagos que volaban desde el velo del paladar hasta la lengua, se posaban sobre los dientes dando chillidos suaves y luego se perdían, alojándose en lo más oscuro de la garganta, donde se colgaban a las paredes del paladar y se quedaban dormidos al son del resuello del dueño de la vivienda, resuello que algunas veces era tan fuerte que los balanceaba y los despedía hacia afuera por las ventanas de la nariz. Aquí moriré sin haber dicho el sermón, pensé, y recordé a Odiseo y sus penalidades con el cíclope, pero ya Borunda me sacaba con furia de la boca y me sentaba sobre el mullido suelo; y dando saltos de todos tamaños lo vi perderse entre la oscuridad del laberinto.

—Mira esto, mira esto —me dijo, regresando de un solo salto, mientras empezaba a desenrollar una tela interminable donde aparecían cuerpos de animales con cabeza de mujer, mujeres con órganos sexuales de leones, fieras con cara de niños y soles dando gritos por la expresión que reflejaban esas caras. Luego vació ante mis pies un saco lleno de piedras de todos tamaños.

—Aquí están las pruebas concluyentes —dijo, con una grande y nueva voz que sonaba a triunfo—. En todos estos jeroglíficos se demuestra claramente —y ahora su voz era el resoplido de un lagarto pequeño—, que la Virgen de Guadalupe ya reinaba en mejor mundo antes de la llegada de los gachupines. —Y siguió con su murmullo—: Lo cual es muy lógico, pues Jesús dijo a sus apóstoles «predicad por todo el mundo», y la América, desde luego, forma parte muy principalísima del mundo. Por lo tanto la Guadalupe no hizo su aparición en la sucia capa del indio Juan. ¡Iquiá!, iba a aparecer en esa asquerosa tilma, sino que vino en la mismísima capa de Quetzalcoatl, y cuando digo Quetzalcoatl estoy hablando de santo Tomás, que de ningún modo pudo desobedecer las órdenes del mismo Jesús. He aquí mi tesis, tan cierta como que aquí está escrita. ¡Mira estos códices yucatecos!, ¡observa estas inscripciones zapotecas!, ¡y estos garabatos de zacatecas descendientes de toltecas! Ahora examina este millar de piedras chichimecas y verás que las pruebas son infalibles...

Dos murciélagos salían, dando chillidos, de entre la boca del investigador cada vez que movía los labios, y uno se puso a cantar posándose sobre una oreja, entonces él le soltó una trompada tan fuerte que lo destripó contra la oreja y se quedó sordo de ese lado por lo cual empezó a gritar aún más alto:

—Aquí están las pruebas.

Y de un solo brinco toda aquella masa de carne desapareció seguida de un revuelo de murciélagos y luego volvió a hacer su aparición, con un inmenso manuscrito. Y, poniéndolo en el piso, empezó a pasar hoja por hoja.

—Aquí tienes el *Código general de jeroglíficos americanos*. Aquí están todas las pruebas. ¡Mira esos puntos y esas figuras! ¡Si más claro no puede ser! Pero aún tengo más datos; espérate y verás.

Y desapareció de un salto y al momento regresó, tirándome encima un centenar de libros aún más raros, donde, según él, se leía en yucateco que santo Tomás había vagabundeado durante muchísimo tiempo por toda la América y que no se fue hasta ver construida la catedral de Tepeyac. Yo miraba el desfile de las figuras: hombres con pie de serpiente, mujeres tocando la luna como si fuera un tambor, venados subiendo al cielo...

—Aquí hay material sobrante para tu sermón —dijo, y al fin las paredes de las diferentes galerías subterráneas no resistieron más y se vinieron abajo.

El derrumbe fue total. Las piedras se nos echaron encima y de no haber sido por el colchón de excrementos de murciélago, en el cual nos hundimos, hubiéramos perecido sin remedio. Los murciélagos salieron dando chillidos, entre grandes alborotos.

—Ahí tienes, para que pronuncies el sermón más sensacional —me dijo Borunda, saliendo, lleno de rajaduras, de entre los escombros y ayudándome a salir a mí; luego, con gran tranquilidad, se sentó sobre las piedras en ruinas y siguió hablando como si nada hubiera ocurrido.

Tiene que ser un gran sabio, me decía yo al ver su indiferencia ante la pérdida de su obra y hogar.

—Yo traté de dar a conocer esos manuscritos —me dijo entonces como adivinando—, pero no tenía los fondos para su publicación, y en *La Gaceta* siempre me decían que debía esperar, que había otras obras aguardando turno. En fin, que me quedé siempre con el manuscrito bajo el brazo... Además —dijo, y ahora su voz sonaba como si chocase con las piedras y se hiciese pedazos antes de salir de la garganta—, la maldad abunda tanto como los ignorantes, y la envidia, que siempre está en lo más alto, echa abajo a todo el que ha logrado conquistar lo que ella no pudo.

—No creo que deba desconsolarse —le dije yo, viendo que estaba golpeándose con una piedra en el pecho hasta hacerla pedazos—. Yo creo que todo lo que usted dice es cierto, pero también hay otro tipo de gente que está por la razón, y, a última hora, rescata lo que vale la pena que sea rescatado. De no ser así, ¿cómo se iban a conservar tantas obras valiosas como se conservan?

—¿Y acaso sabes tú las que se han perdido? —dijo, y cogiendo otra piedra se la rastrilló en el pecho.

—Trataré de hacer algo —dije para calmarlo, pues ya cogía otra piedra; pero ésta me la tiró a la cabeza.

—¿Qué puedes hacer tú?

—A la verdad que me queda muy poco tiempo para el sermón, sólo diez días. Así que no creo que pueda abordar un tema tan enorme como el que usted me acaba de descubrir.

—No digas eso —y dando un gran brinco me tomó por los pies y me paró sobre sus manos—. En diez días te sobra tiempo para que prepares el sermón. No tienes que exponer todas las pruebas, basta con que plantees las más importantes y generales. Lo demás descansará en el mismo fondo de tu discurso, y la gente lo comprenderá. Esta es la mejor oportunidad que tienes de decir algo distinto, que a todos va a interesar. Aprovecha, pues diez días es tiempo más que suficiente, ¿acaso el mundo no se construyó en seis?; aunque también sobre eso tengo mi clave de jeroglíficos que lo contradice... Ahora mismo debes ponerte a trabajar.

Y de pronto Borunda, como un topo gigante, se zambulló entre el pedregal y vi como un gran temblor de tierra sobre todo aquel sitio, y, al cabo de un cuarto de hora, emergió con uno de sus códices bajo el brazo.

—Toma por esta punta —dijo—, y empieza a caminar para desenrollar esta magnífica tela, de donde podrás sacar materia sobrante para tu sermón.

Así dijo, y mientras yo sostenía un extremo, él fue caminando de espaldas y desenredando el otro; y ya bajaba del pedregal, y ya atravesaba el valle y seguía desenrollando aquella interminable tela. Así lo vi perderse entre las lomas, hasta no ser más que un punto que saltaba y emitía largos resoplidos que desolaban toda la región. Y yo, temiendo que transcurrieran los diez días que aún faltaban para el sermón, sin que Borunda terminara de desenrollar su abigarrada tela, cogí mi extremo y lo dejé prendido a dos piedras. Y salí, lo más breve que pude, por entre todo aquel derriscadero. Por último vi a Borunda todavía corriendo de espaldas, hasta confundirse en la lejanía... De todos modos, ya no tenía nada que esperar: la idea estaba metida en mi cabeza.

Capítulo VI

Del sermón

Los sacristanes hacían tocar las campanas, llamando a misa. La ciudad era sólo un «tañido» de repiqueteos constantes. Y un ascender de indios y criollos que arribaban desde todos los pueblos, ya medio muertos de cansancio y hambre, hasta el santuario de Tepeyac. Las vendedoras de pan de maíz y de pinole habían llegado desde muy temprano, posesionándose de los lugares más estratégicos. Y los comerciantes más arriesgados deslizaban, por debajo de las jabas, canecas de chicha, a un precio que se ajustaría a la trascendencia del ritual de ese domingo... Pero los sacristanes ya no podían más y muchos caían muertos o rendidos de tanto golpear. Y algunos, enloquecidos por los constantes repiqueteos, se lanzaban desde las elevadísimas torres y alzaban el vuelo sobre la gran ciudad, desplomándose sobre las estatuas... El arzobispo hizo su llegada al santuario dando la bendición y maldiciendo en voz baja (de manera que sólo sus familiares podían oírle) ya que los criollos no habían hecho una ancha fila para dejarle pasar. Detrás venía el virrey, siempre sonriendo y guardando cierta distancia de su ilustrísima para no pisarle sus largos hábitos, pues ya había ocurrido esto en otra ocasión y el robusto prelado había ido a parar al suelo. Luego venían el regidor Rodríguez y su esposa completamente desdentada (a tal grado llegaba su extremismo), que se deshacía en remilgos y reverencias ante la virreina que marchaba junto a ella, sin mirarla. Detrás, el corro de oidores y cabildos conversaban en voz baja y con respeto, miraban hacia el corto cuello de la virreina como si éste representara a los mismos santos sacramentos... Por fin toda la comitiva real se acomodó frente al gran altar. Y se dispuso a esperar. Pero Servando no llegaba. Y el sol, cayendo pesadamente por entre los árboles, empezaba a derretir muchas de las costosas velas. Luego sobrevino un aguacero soleado y lo morado centelleante de su ilustrísima perdió en colorido. Terminado el aguacero hizo su entrada fray Servando (pues ya es hora de llamarle de este modo), muy sereno y sin saludar a nadie. El arzobispo lo vio llegar montado sobre una escoba en llamas y por poco da un grito. Pero enseguida pensó que aquello no era más que tentaciones del demonio para obligarlo a demostrar su debilidad ante las escobas... Fray Servando se bajó del vehículo (pues como tal lo había usado) y el arzobispo, sin poderse contener, dio un grito. Las campanas al fin cesaron de tocar. Y un murmullo empezó a resonar desde el sitio que ocupaban los criollos. Fray Servando lució muy grandioso cuando pateó fuerte detrás del altar para imponer el respeto necesario. Y muchas damas se desmayaron ante aquella prueba de viril hombría. «Señor», dijo fray Servando. Y comenzó el sermón en medio de un silencio de muerte. Y su palabra fue un largo combate entre los antiguos dioses y las nuevas leyendas. Y en esas palabras revivieron los abigarrados e incomprensibles códices que Servando no llegó a leer. Y el arzobispo se tragó el anillo cuando el predicador puso en duda la aparición de la Virgen de Guadalupe tal como la referían los españoles y la trasladó a tiempos remotísimos: cuando la llegada del Mesías, quitando de esta manera toda razón que justificara la presencia de los españoles en tierras ya cristianas antes de su llegada. Los indios oían entusiasmados y los criollos se ponían de pie y a cada momento rompían en aplausos. Sólo los gachupines y las diferentes ramas de lacayos reales guardaban un gran silencio y observaban con discreción a su ilustrísima, que constantemente cambiaba de posición en su asiento como si algo le molestara debajo de las gruesas nalgas... Luego las palabras del fraile se llenaron de invocaciones extrañas y no comunes al ritual católico. Y vino el descenso de Las Divinas Serpientes, y el cielo, haciéndose pedazos, daba acceso a Las-Nuevas-Imágenes-Recuperadas. Y los resplandores cesaron. Y el tiempo fue recobrándose hasta que los dioses vencedores volvieron a ocupar sus sacros sitios en los altares de siempre, en *el* reino de la inutilidad. La niebla se despejaba, y el arzobispo, húmedo y contrariado, pudo al fin resoplar a su gusto. Fray Servando hizo un descenso muy suave. Y al final su voz adquirió nuevamente el matiz humano y ligero del comienzo, devolviéndolo a la realidad. Así lo vieron inclinar la rodilla sin tocar el suelo y decir «amén». «Amén», dijeron entonces todas las voces. Y luego, como un bálsamo, llegaron los cánticos religiosos confundidos con los distintos rezagos místicos de las voces indias. Era, por lo tanto, muy difícil precisar las tonalidades de aquellos cantos cargados de barítonos indios, de chillidos aristocráticos y de rebuznos criollos... Y salió el arzobispo a grandes trancos y destripando a una camada de chiquillos indios que la madre había colocado sobre el suelo... El virrey se acercó a fray Servando y le dio un gran apretón de manos. Y todas las damas se aglomeraron alrededor del fraile para felicitarlo por tan eminente sermón, que ninguna había entendido. El fraile, muy condescendiente, bajó del altar y se dejó agasajar por la multitud.

Capítulo VII

De las consecuencias del sermón

Las campanas repiquetean. Los sacristanes mueren rendidos. En cada esquina un fraile tira pastorales donde se habla del Gran-Sacrilegio-Realizado-A-La-Virgen-De-Guadalupe-Por-Un-Fraile-Impostor-Llamado-Servando. Es domingo y estamos en Pascuas. Los indios, los criollos y toda la cartapila de parásitos nobles acuden a la iglesia a oír las maravillas de fray Servando. Y, desde muy temprano, los golpeados y heridos ruedan por las calles: todos quieren ocupar los mejores sitios. Pero hoy no se oirá al fraile de «la voz de plata», sino que en cada púlpito se ha de levantar un sermón de injuria contra él. Los curas hablan de herejías. De ofensas a la palabra de Dios y a la tradición. Dicen que Servando ha puesto en duda la única y verdadera aparición de la Virgen de Guadalupe y que, por tanto, debe arder en la «Santísima Hoguera»: para ver si de ese modo se alejan de su cuerpo los Terribles Diablos que le hacen proferir tales blasfemias y, al fin, su «alma pecadora» queda purificada. Dicen...

Capítulo VII

De la consecuencia del sermón

«Poderosos y pecadores son sinónimos en el lenguaje de las Escrituras, porque el poder los llena de orgullo y envidia, les facilita los medios de oprimir y les asegura la impunidad. Así la logró el arzobispo de México, don Alonso Núñez de Haro, en la persecución con que me perdió por el sermón de Guadalupe, que siendo entonces religioso de la orden de predicadores, dije en el santuario de Tepeyac el día 12 de diciembre de 1794...»[1] Muy bien sabía yo que a Haro y Peralta poco le interesaba la tradición de la Virgen de Guadalupe y que, inclusive, dudaba de ella. Pero bien sabía él que le convenía mantener al pueblo en tal engaño para sacarle utilidades. Para justificarse y gobernar. Para mantener como siervos a todos los indios y criollos. Por eso mandó enseguida a predicar contra mi sermón, y me mandó a poner preso en mi propia celda, como si yo fuese un ladrón o un criminal, y ni siquiera prestó atención a las ocho bulas que le envié con mucha dificultad, pues me vigilaban día y noche y no dejaban que hiciese reclamación alguna. Y tanta fue su propaganda contra mí, que logró enfurecer a todo el pueblo de México, de por sí dul císimo, pero que por tener poco razonamiento se dejó llevar por las palabras y casi me descuartiza de no haberme refugiado en la celda del convento donde ahora estoy más que preso: humillado. Porque no me importaría estarlo si lo mereciese. Aunque estar preso por orden de su ilustrí-

1. Fray Servando Teresa de Mier, *Apología.*

sima es ya un mérito, pues quiere decir que se es inocente... Lo más terrible es que el provincial no me ha dejado ni un libro, ¡y qué puedo hacer yo preso y sin un libro!... Ni siquiera el breviario para poder pasar el día y la noche hojeándolo, pues es muy poco mi dormir. Y ando de una esquina a otra de la celda ocurriéndoseme miles de ideas que llegan y se dispersan enseguida por no poder llevarlas al papel, pues también eso me lo han negado con furia. Pero el peor de los males y de los miedos que me acosan es que el provincial me vaya a envenenar, como lo ha hecho con dos novicios y con un maestro, ¡quién sabe por qué! Aquí todo no es más que ultrajes y desprecios. Opresiones de las más tristes porque ni siquiera los que lo oprimen a uno son dignos de ser ofendidos... Y a cada momento no hago más que oír a ese loco de Borunda, que no cesa de darme voces y hacerme recomendaciones y demostraciones (según él infalibles) de la manera de probar la veracidad de mi discurso y de salvarme con ella. Pero no creo que me sirvan para nada ninguna de sus intrincadas pruebas. Además, no necesito defensa puesto que ninguna falta he cometido para merecerla.

Capítulo VII

De la consecuencia del sermón

Dos meses van que estás en esa celda. Preso. Que bien te lo mereces por provocar la ira de tus superiores. ¡Ay!, Servando, ¡qué ocurrencia la de ofender a su ilustrísima!, al cual debes besarle los pies. Pero nada es lo que te ha sucedido si lo comparas con lo que se aproxima: pues de las dos sumisiones que presentaste a su ilustrísima ninguna le ha complacido. Pero la piedad de tu arzobispo —ah, ese santo varón— parece que te va a tocar con su magnanimidad: serás llevado a la hoguera, pero con las manos sueltas y con los hábitos puestos, que ya eso demuestra su gran bondad. Así que no temas y da gracias por estar encerrado, ¿o es que no oyes a esa turba de indios a los cuales quisiste abrirles el entendimiento? Oyelos: están enfurecidos y piden tu muerte. Hasta las vendedoras de tortillas han olvidado su mercancía y están paradas frente al monasterio pidiendo tu cabeza. ¡Ave María Purísima!, si no fuera por la bondad de su ilustrísima ya estuvieras hecho trizas... Bien puedes ver cómo todos los que te brindaban su amistad te han abandonado al verte en apuros. Bien puedes ver que estás solo y que no tienes otra salvación más que la piedad del episcopado. Y el provincial no quiere saber nada de tus quejas y ha mandado poner más centinelas para tu custodia, pues dice que tienes ideas de escaparte. Y te coserá la boca con una soga de henequén, que no hay quien la rompa, para que no sigas ofendiéndolo. Y dará órdenes de que por la menor nimiedad te corten la cabeza y se la lleven en un saco de yute. Y te ofenderá de palabra. Y luego de tu salida cerrará la celda con candado, pues parece que la considera maldita... Pero he aquí: veo que la suerte cambiará para ti. ¡Albricias, fraile! Se te conmuta la pena. Y ahora el provincial te anunciará que su ilustrísima —magnánimo en su bondad— aplaca la hoguera por el destierro y la perpetua prisión en el convento de Las Caldas de Santander. Siempre con el agravante de que, por cualquier actitud tuya ante el clero, podrá la pena tener un carácter regresivo y volverlas a la hoguera. De manera que estás jugando con candela, fraile. Así que ya sabes: saldrás preso para España durante toda la vida (aun cuando te rebajen la pena), pues España es toda una gran prisión... Los soldados te empujarán con las armas y partirás a pie rumbo a Veracruz, donde tomarás el bergantín *La Nueva Empresa* (título poco apropiado) y navegarás hasta España... En la oscuridad tratarás de ver por última vez el monasterio y la ciudad, pero será tanta la neblina que no podrás ver nada.

Capítulo VIII

De tu prisión en el castillo de San Juan de Ulúa

Y llegaste a Veracruz, ya de madrugada y lloviendo. Y no pudiste ver el mar a pesar de que caminaste sobre él durante muchas leguas hasta llegar al castillo donde te encerraron. Allí fuiste conducido a una bartolina oscura en la que no se podía saber cuándo era el día o la noche. Y oíste cómo la reja chapoteó sobre el aguachal antes de cerrarse. Entonces tanteaste en la oscuridad hasta tropezar con las paredes empapadas. Primero hablaste, y en un desgaste de inútiles energías gritaste tus protestas. Y luego empezaste a andar de un lado a otro, cubriendo el camino de ida y regreso en sólo dos pasos. Pero después lo fuiste recorriendo en tres, en cuatro, en seis pasos, hasta darlos tan cortos que te quedaste parado. Sin ver nada. «Sólo siento el agua que desciende casi a chorros desde el techo, como si estuviera lleno de manantiales. Como si toda la celda no fuera más que un pozo a flor de tierra...» Y así fue que llegaste hasta la cama y empezaste a navegar sobre ella por toda la bartolina. Y llevaste las manos a la pared y probaste el agua. Pero no pudiste tomarla, pues era del mar.

¡Agua!, dijo, pues la garganta se le resecaba dentro de aquel lago inservible. ¡Agua!, dijo a gritos, y se paró sobre el agua del piso, y se trepó a la pared de agua. ¡Agua!, gritó, y dando un golpe contra la reja empezó a clamar por un pedazo de papel y una pluma para ponerse a escribir ya que no podía matar la sed... Escribir en medio del infierno acuático. Escribir. Dejar que todas las ocurrencias le salieran de la cabeza. No desperdiciarlas como ahora en que las ideas iban y venían y se difuminaban entre la oscuridad de la prisión. ¡Cuántas ideas!... Y sin embargo, pensó, mientras gritaba por agua y por luz, como un nuevo y reciente mito, las mejores ideas son precisamente las que nunca logro llevar al papel, porque al hacerlo pierden la magia de lo imaginado y porque el resquicio del pensamiento en que se alojan no permite que sean escudriñadas y, al sacarlas de allí salen trastocadas, cambiadas y deformes. Y esto lo hizo calmarse un poco. Y hasta durmió, aboyado, durante toda la madrugada. Fue quizás al amanecer cuando un carcelero entró con una escudilla, con tan poca comida que Servando pensó que lo querían matar de hambre. Pero se fue acostumbrando... Y dentro de aquel castillo, sumergido casi por las olas, el fraile se paseaba de una esquina húmeda hasta la otra esquina repleta de mar.

A Veracruz llegamos de noche y lo único que pude ver fueron las «Santas hogueras de San Diego», en las cuales se chamuscaba un centenar de indios, y una cuadrilla de gachupines se calentaba las manos con su resplandor. Nada más vi, y no quise ver más tampoco. El paisaje siempre es muy árido en estos lugares donde obispos, arzobispos y virreyes tienen el mando, que es como si lo tuviera el mismo Satanás. Ese mismo día de mi llegada, y bajo truenos y mucha agua que por el calor tan sofocante que habíamos aguantado caía sobre nuestros cuerpos y haciendo burbujas se evaporaba al momento, emprendimos viaje hacia el castillo. Y cuando los soldados vieron que estaban completamente secos a pesar del torrente que les caía, sin meditar más, dijeron que el causante de ese misterio era yo, que, según ellos, tenía pacto con el demonio. Y al momento me agenciaron la celda más negra y más fea, la más metida en el fondo del mar, donde está situada esa prisión insoportable... Me llevaron a esa celda donde me dijeron que habían torturado recientemente a una mujer hasta sacarle una tripa, y oí cómo tiraban los cerrojos y al momento sentí el agua hirviendo entre mis pies. Por eso corrí hasta la cama, que no era sino un pedazo de tabla con una lona encima, y allí me tiré. Y empecé a razonar más de como lo había hecho en toda la trayectoria de calamidades que me habían ocurrido desde el mismo momento del sermón. Pero también el frío muchas veces me hacía perder el hilo de mis ideas, y no teniendo con qué taparme me paseaba por entre el agua y como de mi cuerpo manaba tanta fiebre, el agua enseguida empezaba a borbotear, y así me calentaba con mi propio calor. Y sobre eso me puse a pensar... Y acaeció que un día (aunque pudiera ser una noche) sentí que algo tropezó con mi cara mientras dormía. Y como era tanta la tiniebla no pude saber de qué se trataba hasta que lo hube cogido con las manos. Sentí, entonces, una mordida enorme que me trozaba los dedos, pues se trataba de un gran cangrejo. Dando gritos me tiré de la tabla y empecé a correr por toda la bartolina con el cangrejo, que no quería soltarme, prendido a una mano. Hasta que por el alboroto apareció un carcelero. Y mire usted qué bestia: en vez de socorrerme, empezó a darme de palos por haber armado tanto escándalo. Y con los golpes del muy burro y las mordidas del animalejo, creo que me quedé medio muerto sobre el agua hirviente ahora. Y al otro día (o sea, cuando me vine a despertar, que bien pudo haber transcurrido un siglo) vi que el animal se había marchado. Y yo me sentí de veras triste. Pero enseguida me llené de esperanza y empecé a tantear por todo el piso y las paredes, tratando de localizar la hendidura por donde había entrado y escapado el animal, con la idea de ver si yo podría también escaparme por allí, pues tan flaco estaba que no tendría más dificultad en deslizarme que las que tuvo él. Pero no vi nada. Y sin embargo, al despertar al día siguiente (aunque bien pudo haber transcurrido solamente un segundo de mi sueño), el cangrejo ya estaba sobre mi cama, y esta vez no mordió mis dedos, sino que se acurrucó casi por debajo de mi cuello, como buscando calor. Y me sentí alegre. Y me dispuse a vigilarlo durante todo el tiempo que estuviera allí hasta la hora de marcharse, para ver por dónde se escapaba. Ya me veía saliendo al fondo del mar, y de allí llegando a flote a la superficie; y entonces ya vería la forma de arreglármelas. El asunto era salir de aquel infierno húmedo... Pero sucedió que al entrar uno de los carceleros, con la escudilla de la mínima comida, me vio acariciando al pobre *bicho*. Y fue tanto el escarceo que armó, mientras me llamaba brujo y bestia del demonio que tenía pacto con todos los diablos y seres repugnantes, que hasta yo me asusté al oírlo. Y entonces cogió al animal y lo hizo pedazos con los pies. Yo sentí ganas de llorar, pero por no darle el gusto me callé y creo que hasta me reí. No quiso entonces darme la escudilla y a mí me importó poco, pues poca era el hambre que tenía. Pero más tarde, después de haber tanteado mucho debajo del agua buscando la salida, las tripas empezaron a retorcérseme y a chillar. Entonces me levanté. Fui hasta donde estaban los restos del animal despedazado y me los comí. Y me acosté... El agua había subido mucho y casi llegaba al techo. Desde el jergón flotante sólo sentía el mar, golpeando y golpeando sobre las paredes de la prisión. Y yo, con los peligros que estaba pasando, me preguntaba cómo sería el mar, pues viviendo dentro de él, no lo conocía aún... Y sucedió que un día (o una noche), entre los golpes del mar, oí que alguien me llamaba por todos mis nombres. Y mucho me alegró, pues ya casi me había olvidado de quién era yo, aunque no había olvidado quiénes eran mis enemigos. «Saldrás para Las Caldas en España mañana mismo», me dijo la sombra, que luego se fue aclarando, pues traía una vela en las manos. Puso la vela sobre una esquina del tablón y se fue sin decir más... Anteriormente me habían amenazado con mandarme a la hoguera, me habían dado la noticia de mi despatriación, me habían quitado todos mis títulos y méritos religiosos, pero ninguna de esas órdenes me entristeció tanto como aquella voz que indiferente, y hasta con desprecio, me decía: «Saldrás para Las Caldas», sin enfado, como si yo fuera una ficha o un trapo que se puede tirar en cualquier sitio... La vela todavía chisporroteaba, pero muy poco... Yo era joven y estaba lleno de ideas equivocadas sobre la forma de ver el mundo, a los demás y a mí mismo. Yo era joven. Pero el mundo siempre ha estado en manos de los viejos, y sus ideas son distintas. Por eso, en los meses que estuve allí, traté de hacerme viejo para comprenderlos. Pero no lo conseguí... Caminé por toda la bartolina hasta el mismo momento en que vinieron a buscarme. Luego eché a correr y recité dos o tres versos inventados por mí, que creo no eran muy malos. Hasta que oí pasos sobre el aguachal del pasillo. Ya la vela se había derretido sobre la cama. Y las tinieblas de mi figura se fueron esparciendo entre las otras tinieblas.

Capítulo IX

Del viaje del fraile

Cayendo el día lo llevaron hasta el buque *La Nueva Empresa.* Lo hicieron descender por escaleras sin escalones, y en el último fondo del barco lo tiraron en una bartolina peor que la de San Juan de Ulúa, donde cientos de olores infernales se confundían hasta producir un solo hedor terrible. El fraile se tapó la nariz y aguantó la respiración el mayor tiempo posible, pero, ya casi asfixiado, dejó que la pestilencia lo penetrara por completo hasta no sentirla.

Ahora el barco, en medio de la oscuridad, se deslizaba sobre enormes bancos de sargazos que trataban de aprisionarlo. Luego se estancaría entre arenales bajos y, por último, tendría dificultades con dos embarcaciones piratas que se ofenderían al enterarse que en vez de transportar joyas y alhajas, llevaba nada más que a un insignificante fraile (que bien podían haberlo lanzado al mar en el mismo momento de la partida), preso en el mismo fondo de la quilla, por el hecho absurdo de haber negado la aparición de una virgen que nunca nadie había visto. La tripulación de los barcos piratas se reiría a carcajadas cuando se enterara de los «delitos» del fraile, y todos los marineros coincidirían en que era muy difícil que por aquellos lugares de soles constantes y sudores voluptuosos, hiciera su aparición alguna virgen. Sin otra dificultad, a no ser la muerte del capitán de *La Nueva Empresa,* que en su afán de medir el tiempo, descendería en un bote hasta el mar, desapareciendo con todos sus instrumentos y papeles, el barco seguirá su travesía hasta llegar a las costas de Europa.

Y fui llevado hasta el horrible buque *La Nueva Empresa*, que de tan viejo que estaba chorreaba agua por los cuatro costados. Allí me introdujeron, ya de noche, para que ni siquiera pudiese ver el mar en el que durante tanto tiempo había vivido y en el que ahora iba a vivir quién sabe hasta cuándo, si es que allí no encontraba mi fin. Y así fue casi: apenas salimos empezaron las dificultades, que yo, desde el fondo del buque, ya había presentido. Una montaña de sargazos se nos abalanzó, y todos los marineros (porque yo los oía) tuvieron que lanzarse con hachas y cuchillos a cortar las nuevas e impertinentes jarcias. El barco quedó destrozado, pero los sargazos no vinieron mal ya que nos sirvieron de alimento. Así que de no haber sido por este contratiempo hubiéramos muerto de hambre en medio del mar.

De noche yo sentía la furia de las aguas azotando las paredes del buque y oía a los marineros dando voces y profiriendo amenazas terribles contra el tiempo, y me entraban deseos de salir de aquel fondo y ver la vida allá arriba, rodeada de peligros palpables y por lo tanto fáciles de darles el frente. Pero estaba muy encadenado al piso. Por eso me limitaba a oír la algazara y a esperar. Pues algo tenía que pasarnos antes de llegar a Europa, si es que llegábamos. Y así fue. Sucedió que ya casi tocando las costas de la «sucia» Europa, un viento contrario viró las velas y en menos de un mes vinimos a parar a las costas de México. Todos rabiaban y quisieron desembarcar. Pero no nos dieron orden de desembarco, pues, según dijeron, yo iba para España y allí tenían que dejarme. Y en esto seguro que estaba metida la mano del arzobispo, que lo que quería era verme flotando en medio del océano y despedazado por todos los peces. Así fue que el barco partió de nuevo para la tierra de los gachupines, pero esta vez no tropezamos siquiera con un triste sargazo. Y el hambre fue mucha, tanta, que yo empecé a quedarme en el puro hueso y llegó un momento en que no pude más y empecé a comerme las cadenas con tal de echarle algo a mi estómago. Y me las comí. Y de esta manera quedé libre. Y con el estómago lleno de hierros, me deslicé, lo más callado que pude, hasta la borda. Allí los marineros celebraban una fiesta extraña, que al principio no pude entender, y que consistía en hacer un sorteo y el que ganara tenía que dejarse comer por los otros. Tal era el entusiasmo que no vieron cuando caminé sujeto a las barandas podridas del barco, y así me deslicé hasta la proa. Allí me quedé mirando aquella oscuridad y pensando que a unos dedos de mí ya estaba el mar, aunque tampoco podía verlo. Entonces fue cuando vi como un gran resplandor que venía desgarrando tinieblas. Y, de pronto, empezaron a pasar proyectiles tan cerca de mi cabeza que casi todo el pelo lo perdí en aquel combate. Se trataba de una flota pirata que nos confundió con un barco lleno de oro de las colonias. Los marineros dejaron el sorteo y empezaron a preparar las pocas canales de cubierta. El combate ya estaba declarado. Yo corría de un lado a otro del barco y el capitán daba gritos que nadie oía, hasta que un proyectil lo hizo desaparecer. El mar centelleó entonces por la luminaria de la cohetería, y yo, loco de contento, me asomé por la borda y pude verlo al fin: todo rojo, por la sangre de los que habían quedado hechos pedazos y lanzados al agua. Fue una gran gritería, un gran estruendo lo que luego sobrevino al ver que un cañonazo salía con gran impulso del barco pirata y partía en dos a *La Nueva Empresa.* Y en dos segundos todo se sumergió. Yo traté de sujetarme a unas tablas, pero como tenía el estómago lleno de hierros, fui a dar sin remedio al mismo fondo. Allí pensé que había llegado mi fin y me dediqué a morir mientras tragaba agua y agua. Tanta, que inflado como un globo, vine a salir a flote. Y vomité las cadenas.

Después casi no supe ni qué pasó, y, cuando empecé a darme cuenta de la situación, me hallé sobre la cubierta de un gran barco y entre millares de negros desnudos. Y averiguando qué había sucedido pude al fin deducir que los barcos que habían atacado a *La Nueva Empresa* fueron a su vez atacados por una flota de negreros. Así que me hallé entre una flota de esclavistas, y como un esclavo más... Al mediodía, con un sol que casi secaba el mar, una docena de hombres entraban con grandes mangueras y empezaban a tirarnos agua, a mí y a todos los negros. Era la hora del baño. Aquellas criaturas oscuras daban unos gritos tan fuertes cuando les tiraban el agua que tal parecía que los estaban metiendo en la misma hoguera. Yo me sentí hasta alegre, pues el agua y el sol me daban un poco de ánimo y porque pensaba que ya me había zafado de mis escoltas, por lo cual traté, de mil modos, de pasar confundido entre la negrada. Me quité la ropa y me puse en el mismo centro de ellos, tratando de coger la mayor cantidad de sol para ponerme lo más prieto posible. Y en verdad, la vida de aquellos negros sobre el barco daba una gran pena: estaban tan agazapados unos contra otros que no podían moverse y tenían que dormir de pie y el hambre era tanta que, a cada momento, un negro se desplomaba muerto y era lanzado al mar. Los demás lo veían todavía flotar un rato sobre las aguas y daban unos chillidos raros, pero enseguida se quedaban callados, sin poder echarse en el suelo. Yo pensaba que llegaríamos de nuevo a América y ya allí vería en qué forma me las arreglaría para no caer preso. Pero sucedió que una tarde, en medio del mar se oyó un gran griterío, y fue como una señal para toda la negrada de futuros esclavos. Enseguida empezaron a dar voces y a tirarse al agua y a nadar para llegar al sitio donde se oyeron los gritos. Los guardianes los mataban sin compasión, pero ellos ni caso les hacían y aunque algunos pudieron salvarse, la mayoría, como no sabía nadar, ya en medio del mar se ahogaba. En menos de un momento el barco quedó vacío, con la sola excepción de algunos negros muertos a cañonazos y que ahora los marineros se disponían a tirarlos por la borda.

Todo era calma. Llegó la noche, y los gritos, causa de aquel alboroto, cesaron. Miré a mi alrededor y me vi descubierto y desnudo, pero me había puesto tan oscuro por el sol que ni por un momento pensaron los de la tripulación que yo fuera uno de ellos. Entonces yo, que conocía las miserias de toda esa calaña y sus puntos débiles, fingí gran devoción. Me incliné ante ellos y, con gran humildad, prometí eterna fidelidad y obediencia. Y, como conocía sus costumbres tan bien (por ser las mías), me ofrecí de criado y me tomaron hasta cierto aprecio; aunque siempre me trataban con desdén, y por cualquiera insignificancia, como servirles la comida y no traerles agua, me daban de trompadas y me decían: «Negro salvaje, tienes que ir acostumbrándote a vivir como los humanos». Y hasta trataron de enseñarme español, que yo sin grandes dificultades, desde luego, fui aprendiendo. Al principio, y sabiendo el poco conocimiento que tenían los marineros y más si eran españoles, les hablaba en latín para que pensaran que era un dialecto africano. Y así lo creyeron los muy salvajes. Y sucedía por las tardes que yo, para mi consuelo, me ponía a recitar trozos de Virgilio y los muy bestias me repelían en mal español diciéndome:

—¡Negro salvaje, ya estás maullando tu dialecto africano y bestial!

Y me golpeaban y me amenazaban con la muerte si abría la boca para hablar una lengua que no fuese la «santa». Y empezaban a burlarse de mí mientras yo, en puro latín, les mentaba sus madres y los insultaba a más no poder. Hasta que decidía callarme por temor a que en verdad hicieran conmigo alguna animalada. Y me disculpaba con grandes inclinaciones.

Así íbamos navegando sin saber yo dónde estábamos ni qué rumbo llevábamos, cuando se nos apareció un barco cargado de negras. Los marineros, al verlas, saltaron de alegría y comenzaron a dar gritos y a quitarse la ropa hasta quedarse en cueros. Algunos se lanzaban al agua y otros se paraban en cubierta aguardándolas en actitudes más que procaces. El otro barco se apareó muy cerca del nuestro y tendieron entre los dos una soga. Los marineros, como monos, empezaron a deslizarse sobre ella, y el barco en que yo estaba quedó vacío por completo. Entonces se oyó de nuevo aquel gritar que había escuchado mucho antes y que había puesto a todos los negros en excitación. Por lo que no me costó trabajo comprender de lo que se trataba: los marineros, muy lujuriosos, forzaban a las negras. Pero no las podían violar porque violadas estaban desde que se oyó el primer grito. Al momento empezó la tripulación a cargar con las mujeres para la embarcación en que yo me había quedado. Las negras, que al principio se resistían, ahora aceptaban y hasta se reían y daban gritos de gozo. Los cuerpos desnudos se revolcaban sobre la cubierta, contra las paredes y entre las escaleras y pasillos. Y aunque mujeres no faltaban, muchos grupos de hombres se lanzaban sobre una sola, que resultaba ser casi siempre una niña, y así aguardaban turnos para disfrutar de su cuerpo, ultrajándola y volviéndola a ultrajar. Los dos barcos no eran más que dos señales lujuriosas que flotaban sobre aguas tibias y un sol abrasador, propicio para aquella batalla, que a mí me parecía interminable. Mas al fin concluyó la lujuria y entonces vino mi gran aprieto, pues quisieron los marineros que yo les sirviese de intérprete con las negras. Y me las vi más negras que las negras, pues de la jerigonza que ellas me decían no entendía ni una palabra, y no hallaba qué traducirles a los gachupines. Pero me las arreglé para comunicarles siempre lo que ellos querían que les comunicara. Pero como no eran mis facciones iguales a las de ellas y muchas de mis traducciones se veían negadas o mal confirmadas ante la actitud de la negrada, se pusieron los marineros a observarme, hasta que me hice muy sospechoso y decidieron encerrarme en una de las celdas del fondo, donde nunca se veía el sol. Así que fui emblanqueciendo y ellos, cada vez más sorprendidos y rabiosos, se sintieron engañados, y me dijeron que yo era el mismo diablo, y hasta trataron de quemarme, pero por miedo a encender el barco no levantaron la hoguera. Entonces uno de los de más autoridad determinó que me echaran al mar. Yo, más blanco que de costumbre por el miedo que llevaba, hice mi defensa en español del bueno, y esto los enfureció más aún. Y, sin remedio, fui lanzado por la borda. Antes de hundirme vi el barco de espaldas y alejándose sobre las aguas que estaban muy quietas y a los marineros diciéndome adiós alzando los brazos entre grandes carcajadas. Y un momento después vi la nave estremecerse de un golpe y hundirse sin escapatoria en el mismo horizonte. Al principio pensé que era obra de un milagro (pero este pensamiento me abochornó, que por milagros estaba yo como estaba), mas luego oí un golpe enorme sobre las aguas y vi a una bestia gigante que emergía y volvía a sumergirse entre las olas lanzando al aire un gran vapor de agua... La ballena, furiosa tal vez por el calor tan agobiante, había tropezado con el barco, zambulléndolo de un aletazo. La veía ahora tendida sobre el agua, como descansando un instante de la fácil labor. Era muy blanca, y cuando me acerqué a ella y me encaramé sobre su lomo echando maldiciones muy bajas, ni cuenta se dio. Ni tampoco cuando me acosté y me puse a descansar hasta quedarme completamente dormido. Y de esta forma me desperté al ser lanzado por una ola sobre las piedras enormes del puerto de Cádiz... Volví a ver al animal ya moribundo sobre el bajo fondo: era una ballena enorme, que ahora empezaba a dorarse por el sol medio caído. Pensé que se había equivocado de ruta y que las aguas calientes de los *Snares* africanos la tenían casi asfixiada. Y por eso vino a morir a la costa, para no perder la costumbre. Aunque quién sabe si cuando me monté sobre ella no estaba ya muerta.

Y saliste a bordo de *La Nueva Empresa* del puerto de Veracruz.

Desterrado...

Y fue el barco atacado por centenares de tormentas de todas magnitudes.

Y viste alzarse las olas y estrujarse las velas. Y te sentiste tranquilo ante aquel peligro que no te pertenecía por ser común a todos.

Las aguas crecieron en pleno mar, como si quisieran levantar profundidades; y el buque a veces tocaba las nubes, empinado por una increíble ola.

Y tú en la quilla sujetando con una sola mano las velas.

Y tú oyendo el retumbar del cordaje.

Y tú contemplando la impotencia del hombre ante la potencia de los elementos.

Casi feliz, agotado entre el aguacero de abajo y de arriba.

Pero por las tardes, ya cayendo el día, volvían los estados de calma. «El recalmón.» Y era el mar un yerbazal aplanado por la corriente.

Y los animales del fondo empezaban —como movidos por la magia de la superficie— a emerger para realizar sus fiestas delante de tus ojos.

Era la noche y los vientos no parecían querer desatarse.

Y el barco era un punto parpadeante que avanzaba dejando una gran rajadura sobre las aguas inmóviles.

Y viste a un grupo de dorados emerger y pasar rápidos por sobre tu cabeza y luego desaparecer con igual rapidez entre aquel estanque detenido.

La noche seguía avanzando y hasta el mismo aire se renovaba, invisible, y continuamente.

Y llegaron los tritones y se hicieron el amor ante tus ojos.

Y viste a las marsopas ascender hasta la superficie y ponerse a cantar alrededor del buque. Pero no te tapaste los oídos. Ahora todo el mar era un parpadear continuo de luminarias que emergían en forma constante, como jugueteando delante del buque.

Y tú, extasiado delante de los espectáculos.

Y la fiesta continuó renovándose y las criaturas del fondo emergían extrañas y volvían a desaparecer, y de momento todo no era más que un parpadear luminoso sobre las aguas. Y tú quisiste compartir su fiesta.

Y te lanzaste por la borda, y un coro de dorados te rodeó cantando y vinieron las agujas y los peces de caras extrañas.

Y una caravana de delfines te olió y quiso llevarte hasta el fondo. Pero tú entonces no fuiste más que un pez y ya no pudiste admirar aquellos juegos. Así que volviste al barco entre un duro aletear sobre las aguas pesadas. Y desde allí viste de nuevo el juego de luces de las que volvían a ser para ti criaturas de misterio. Criaturas de un solo ojo en medio de la cabeza. Criaturas de miles de patas que andaban sobre las aguas como arañas gigantes. Criaturas feroces que danzaban bocarriba y con los colmillos al aire, dispuestas a devorar lo que se les presentase. Criaturas en celo, que corren voluptuosas entre gritos y resuellos que se apagan ante burbujas hasta descender al fondo donde concluye la unión.

Y fue la batalla vulgar de la vida. Y las luces quedáronse sumergidas. Y ahora todo no era más que un nadar estrepitoso de bestias escamosas de colores cenicientos. De raras serpientes que rodeaban la embarcación en busca de peces atropellados y sangrantes. De sirenas envejecidas, que en vez de cantar lanzaban maullidos fatigados y libidinosos. De tiburones en estampida que empezaban a mostrar sus señales de hambre inaplazable. Y ya en la madrugada, la enorme serpiente de ojos en la cola y lenguas humeantes devoró todas las especies, y rodeando con gran ceremonia a la embarcación la fue despegando de la superficie, hasta depositarla en el mismo fondo del mar... A nado llegaste a las costas de Cádiz —la blanca—. Tan flaco, tan hambriento, que no pudiste más que caer sobre la arena y empezar a dormir... Todas las olas llegaban hasta tus pies. Y te los mojaban. Y te los volvían a mojar.

España

Capítulo X

De tu prisión en Cádiz con los caldeos de Las Caldas

Y ahora —oh, gran fraile— tendrás que internarte en Las Caldas durante cuatro años y en compañía de estas ratas famélicas con sus ojos brillando en la oscuridad. Qué podría hacer por ti que ya tú no hayas hecho o imaginado hacer. Ya estás en la celda. Pero aquí no se oye nada. Ni siquiera se ve el campo, y mucho menos el mar. Hasta la gente se muere sin hacer ruido en este sitio hecho para la tristeza. Te he de dejar solo en este lugar donde no sabría qué hacer, ni en qué pensar ni siquiera cómo escapar. Pero tú sí estás ya elucubrando miles de soluciones. Y de un solo paso, no muy largo, recorres y vuelves a recorrer toda la celda. Y te llevas las manos a las crenchas de la cabeza. Y algunas veces tengo miedo de que vayas a disolverte en gritos o en estallidos de horror. Pero no. Tú tienes tu plan y sólo piensas en él. Y escribes centenares de cartas que no llegarán a ningún sitio. Pero escribes, provisto de una pluma de ave y de un palo para ahuyentar a las ratas, que no están dispuestas a morirse de hambre. Más cartas para enviarlas a la corte de España. Otras cartas para su ilustrísima. Y ahora un buen golpe a ese grupo de ratas que ya te mordían un tobillo. Y ahora otras tres cartas y otros golpes. Escribe. Escribe. Escribe... Pero ya no puedo seguir contigo. Debe de ser por eso que no quisiera dejarte. Se hace de noche y no hay ni una vela. Qué otra alternativa queda sino escribir con los destellos de los ojos de las ratas. Y con esa claridad escribes.

—¡Al fin llegas! —dijeron las ratas.

Y la voz fue multiplicándose por todo el convento, que era una prisión. Al fin llegas, dijeron las voces. Y, de pronto, no fue más que un gran correr de ratas que lo abrazaban y lo tomaban de la mano.

—Este es tu calabozo —dijeron las ratas.

Este es tu calabozo. Y ahora las voces sonaban como distantes. Como si todo no fuera más que un sueño. Y ahora las voces volvían a retumbar rompiendo tímpanos y rajando paredes que al momento se cerraban, sin darle tiempo al fraile para que pudiese escapar.

—¡Al fin llegas! ¡Al fin llegas! —dijeron.

Al fin llegas. Y entonces, de entre el barullo de animales hambrientos, salió Francisco Antonio de León con un cuchillo entre los dientes y aplaudiendo.

—Estás en mis manos —dijo el terrible covachuelo.

—Estás en mis manos —repitió ahora el temible León con un gran rugido, y moviendo la cola se acercó al fraile y le dio un golpe con ella en la cara.

El fraile levantó las manos, no para pedir clemencia, sino para protegerse del hedor de las ratas y quitarse del rostro los pelos de la cola que el golpe le había pegado en la piel. Seguido por el tropel de las ratas avanzó León, llevando consigo al fraile; subieron escaleras que no parecían terminar, y al fin depositaron al condenado en la celda más alta y más estrecha, peor que la señalada por las ratas. Tan alta era la celda que el fraile miró por una ventana enrejada, que casi llegaba al techo, y sólo pudo ver un abismo. León, rodeado por las ratas se tiró de rodillas y dijo: «En nombre de la gran piedad de su ilustrísima, el arzobispo de Haro y Peralta, solamente permanecerás aquí durante diez años». El fraile, comprendiendo su situación, protestó y pidió justicia. Entonces las ratas soltaron una carcajada tan contagiosa que el fraile se echó a reír. Y muerto de risa empezó a caminar por la celda, a ir y venir de una zancada.

—Aquí te dejo —dijo León, y el fraile tuvo miedo de quedarse solo con aquellos animales—. Cuando cumplas la sentencia podrás protestar.

Y salió muy despacio cerrando por fuera la puerta. El fraile miró al techo que podía tocar con estirar las manos: dos o tres hormigas locas cruzaban por él.

—Si se quedaran —dijo el fraile.

Entonces las ratas se colocaron en orden en una esquina de la celda. Estaban allí en filas de mayor a menor y era tanta el hambre que padecían que casi todas se habían comido ellas mismas la cola. Las hormigas, asustadas por los chillidos, salieron huyendo.

—También de aquí tengo yo que huir —dijo el fraile.

De lo que me sucedió en Las Caldas tengo la tortura de recordarlo casi en forma constante.

Yo había pasado muchas calamidades desde que me vi envuelto en las garras del arzobispo, pero lo que allí vi y padecí no podría compararse con ninguno de mis padecimientos anteriores. Apenas puse el sombrero sobre el camastro, las ratas me lo devoraron. Me sentí aterrorizado al ver aquellas fieras que me miraban con ojos centelleantes y dispuestas a engullirme al menor descuido. Tanta era su hambre que por la noche lo único que se oía era el repiquetear de sus dientes en la oscuridad... Tenía que escribir cientos de cartas, tenía que denunciar el crimen que conmigo se estaba cometiendo, pero de inmediato tenía que salvarme de los colmillos de aquellas bestias. Con un palo, que arranqué del techo, me sentaba en un banco (que era todo el moblaje de la celda) y comenzaba a espantar las ratas sin darme tregua un instante, y con la otra mano escribía y escribía sin cesar. Ponía en claro mi situación y no pedía clemencia, pues no tenía que pedirla, pues no era la piedad lo que solicitaba, sino la justicia. Pero la justicia no existe donde el gobierno está en manos de los poderosos. Y mis cartas no fueron ni siquiera leídas. Y yo, viendo que por las buenas no iba a lograr nada, empecé con otras ideas. Y así se me ocurrió que quizá de oír mis querellas en forma personal fuera mejor entendido. Y como la vida en Las Caldas ya no la podía sobrellevar de ningún modo, sólo pensaba en la forma de salvarme. Que hasta el mismo Evangelio justifica la fuga en caso de que no quede otra alternativa. Y así aconteció que una noche en que las ratas estaban más furiosas que nunca y yo casi me veía enloquecer, pues ya no las podía mantener a raya, mi lucha y escándalo con aquellas bestias parece que atrajo la piedad de un fraile, que valiéndose de cientos de artimañas había podido deslizarse hasta mi calabozo. Era un fraile viejo y enteco, todo pellejo, que hablaba como un guamo ronco. De un solo salto se colocó en medio de la celda. Y lo primero que hizo fue destripar de una patada a una de las ratas más feroces. Y enseguida se la comió.

—¡Qué horror! —exclamé yo, al ver que aquel infeliz devoraba a la rata, flaquísima y todavía medio viva, en un pestañear.

—No crea usted que mi hambre sea tanta como para llegar a esto —me dijo, después de haber engullido al animal—. Lo hago para demostrarles a estas bestias quién se come a quién. Haga usted lo mismo y verá como no lo molestarán más. Así cambiará su condición de víctima y se convertirá en agresor.

Y diciendo esto agarró a otra de las fieras más grandes y se la engulló sin tocarle siquiera el cuello, de modo que el animal todavía daba gritos cuando pasaba por el gaznate de mi visitante. Terminando de cenar se tiró sobre mi chinchoso camastro, y reposó durante media hora. Yo no sabía qué decirle. Aunque en verdad me sentía maravillado al ver que todas las ratas se habían arrinconado y algunas hasta me miraban temblorosas. Es así como me llené de valor, y para no quedar mal ante los ojos de aquel fraile, me acerqué muy tembloroso hasta donde estaban aglomeradas todas las bestias y, con gran cautela, cogí una de las más chicas por la cola. Ay, para qué cometí la imprudencia: el animal, no bien se sintió prisionero, empezó a dar enormes chillidos, y como yo solamente lo sostenía por la cola, se defendía muy bien con los dientes, y así empezó a destrozarme la mano, y yo estaba tan asustado que no me atrevía a soltarla. Y empecé a dar carreras por toda la celda con la rata cogida por la cola, que me destrozaba las pocas carnes que me quedaban. Esto hizo enfurecer a los otros bichos, que al momento se me abalanzaron. De no haber sido por mi bendito fraile ya estuviera en el otro mundo: empezó a tirar patadas a diestra y siniestra, tantas fueron que recibí una en las canillas que me hizo dar alaridos, y así ahuyenté a todas las ratas. Y se volvió a hacer la paz.

—Debe usted irse de aquí —me dijo el fraile.

—En otra cosa no pienso. —Y le conté todas las calamidades por las que había pasado y estaba pasando.

—Lo que ha sucedido no es nada si lo compara con lo que le falta.

¡Vaya presagio!, de ese modo no hay quien se equivoque.

—De nada te vale ser cristiano si no tienes un poco de picardía.

—He tratado de tenerla —le respondí, a la vez que veía dos ratas que ya hacían su aparición por debajo del jergón—, pero mi «candor excluye todo fraude».[1]

—Un fraile que no haga fraude es cosa increíble.

Y el fraile rompió en una carcajada, tan grande que las dos ratas quedaron muertas al instante.

—Eso es una tontería —dijo—. El candor lo debes tener, y mucho, que siempre es útil, pero no lo debes mostrar

1. Fray Servando, *Apología.*

hasta que no hayas cometido el fraude, que antes no es necesario y sí, por el contrario, perjudicial.

—No entiendo —dije.

—Ya entenderás —le dijo el fraile.

—¿Sabe usted la leyenda de la aparición de la Virgen de Guadalupe?

—Oh, no sé nada, pero tampoco me interesa saberla. Tratándose de apariciones todo lo que se diga puede ser cierto ya que no se puede comprobar.

—Yo sí lo puedo comprobar. —Y ahora las ratas emergían brillantes de entre la oscuridad y se colocaban en fila delante de los dos frailes.

—Aun cuando lo haya probado, eso no demuestra que sea cierto. Además, una aparición no pierde su validez porque se haya desmentido. Lo importante para esa pobre gente es poder creer en algo que esté por encima de ellos y de sus miserias insoportables. Y lo importante para los gobernantes es tenerlos dominados por esas creencias. ¡De modo que todo anda bien!

—No lo creo. Lo dice porque no ha visto lo que yo he visto.

Las ratas empezaron a gemir. Una, que parecía ser la jefa, se acercó hasta el fraile visitante y trató de comerle un pie. El fraile la aplastó con calma y luego la tiró donde estaban aglomeradas las demás.

—Lo he visto todo —dijo.

—Yo no he visto casi nada —respondió el fraile prisionero—. Pero ya con lo que conozco me es suficiente para comprender que todo está disparatado...

—Lo he visto todo —repitió el fraile visitador y se dirigió a la puerta—. Por eso no pretendo arreglar nada, puesto que las consecuencias de esos arreglos también las conozco. Vengo de lugares donde se han aplicado los cambios más violentos y radicales. Y vengo huyendo. Yo, que luché con mis manos para poder llevar a cabo esos cambios.

—Eso no me convence —dijo el fraile al fraile.

Ahora las ratas bailaban de tres en tres. Pero una que no había encontrado compañera, bailaba sola. Y no lo hacía mal.

–Cuando se logra lo que siempre se ha deseado –dijo el fraile visitante–, no queda otra alternativa que morir. Oh, viene usted desengañado de las masacres de Francia, pero acaso pudieron haber sucedido cosas peores.

–No sé, lo peor es que nunca se sabe nada. Y si no hubiera sucedido nada...

–¡De ninguna manera! ¡Que suceda! ¡Que suceda siempre algo! ¡Eso es lo que importa!

–Eso lo dice porque todavía no le ha pasado nada trascendente que lo conmueva de veras y le haga perder la fe.

–Mi fe está siempre por encima de mis resultados.

–¿En qué cree?

–En mí, que es creer en casi todos los demás. Por eso nunca seré traicionado.

El otro fraile llegó a la puerta. La abrió. Y dejó que las ratas salieran en tropel hasta el pasillo. Ahora se les oía chapotear entre el aguachal. Cerró la puerta y empezó a caminar. El fraile lo miró y comprendió que se había transformado.

–Tiene que salir de aquí –dijo el fraile transformado.

Y caminaba a grandes zancadas, escudriñando las paredes con las manos. Luego hizo trasladar el camastro y se puso a examinar el piso. Después se encaramó en el banco y comenzó a tantear los barrotes de la ventana, casi en el techo.

–Tiene que salir de aquí –dijo, agarrándose a los barrotes y quedando colgado a ellos, pues en ese momento un grupo de ratas entró, no se sabe por dónde, y viraron el asiento.

El fraile cayó al suelo, averiándose las rodillas. Y de un salto volvió a apoderarse de la reja y empezó a tirar de ella hasta desprenderla de las piedras.

–Por aquí se tiene que tirar –le dijo el fraile al fraile.

Y el fraile se asomó para ver la perspectiva que le aguardaba en el aterrizaje.

—Si caigo de acá arriba me hago trizas —le dijo al fraile.

—Esta es la única forma de salir —le contestó el fraile.

Los dos frailes le dieron una vuelta a la celda y chocaron. El fraile visitante soltó un grito, y el fraile prisionero lo sujetó por los brazos mientras le preguntaba: «Qué le pasa, qué le pasa». Y, de pronto, se vio con una rata muerta entre las manos. Pero el fraile no tenía tiempo para meditar sobre estos asuntos que no le interesaban. Además, pensaba el fraile, a un fraile le puede suceder cualquier cosa. Y esto lo tranquilizó. Tiró la rata muerta en un rincón, y al momento surgió del rincón el fraile, incorporándose y dando alaridos por toda la celda. El fraile fue a seguir al fraile, pero en ese momento un corro de ratas se interpuso y estuvo a punto de derribarlo. Afuera se oían los gruñidos de León:

—Vengo a buscar a ese malandrín —decía León—. ¡Vengo a buscarlo porque ha intentado matarme!

El fraile meditó por unos momentos si sería verdad que él había intentado matarlo pero se convenció de que no podía ser. Se acordó que una vez se dejó devorar por un hormiguero para no estropear a aquellos animalitos.

—¡Dónde está esa fiera! —decía la fiera.

Y el fraile no pudo resistir más: apareó el banco a la ventana desenrejada y sacó la cabeza al campo. Era un lugar que no inspiraba ni siquiera lástima, sino deseos de salir corriendo sin mirar atrás. Los vendavales habían arrasado con la poca tierra, y ahora emergía un cascajo pardusco en el cual no crecía ni la yerba mala. El fraile lo miró todo y pensó que el mundo se había vuelto de color carmelita. También miró para el patio de la prisión y pudo ver las grandes piedras, que le estaban esperando casi muertas de risa. Pero ya León se acercaba. Venía destripando ratas con los pies e infectando al aire con el aliento, tanto, que todas las alimañas de vuelo corto cayeron muertas al momento. Por sobre esa alfombra sin vida se abrió paso seguido de un inquisidor. Y entonces el fraile, al ver el terrible aparato, no lo pensó más. Y se lanzó por la ventana... Casi sin escapatoria iba cayendo, cuando se le enredó la indumentaria en las rejas de una de las ventanas. Y quedó engarzado, todo averiado y con la cabeza descoyuntada... Dos monjas (aún no se sabe qué hacían en aquel sitio), viendo aquella cabeza colocada a la inversa, rompieron en exclamaciones de miedo y salieron por los pasillos, perdiéndose luego en el pedregal.

—¡Allá va! —dijo León—. ¡Allá va vestido de mujer con otro cómplice!

Y seguido por todos los frailes se desmandó tras las monjas que ya no podían más.

—¡Jesús! —dijeron las monjas—. ¡Jesús!

Y León las hizo encerrar... El fraile, ya despegado de la reja y hecho un jirón, se metió de nuevo en su celda: trepando dos ventanas e introduciéndose por el hueco desbarrotado. Ya dentro, colocó los barrotes lo mejor que pudo y se acostó. Por un tiempo no se vio ni una rata en la celda, mas luego un breve zigzag de luces le señaló al fraile que ya tenía compañía. Pero de todos modos se quedó dormido... Ahora el fraile caminaba por el techo, como un lagarto, buscando la salida. Resbalaba un poco, se pegaba con las manos a las paredes que, de pronto, se hicieron altísimas, y trataba de treparse por ellas. Hasta que cae de la misma cima, despedazándose sobre el suelo. Las ratas salieron triunfantes y empezaron a cargar con sus pedazos. Cada pedazo del fraile tenía sus propios gritos; de modo que por unos momentos en toda la celda se escuchó como una armonía de gritos: roncos, estridentes, desafinados y alucinantes. Pero el hambre hizo a los animales engullir aquella carne chillona, y sus estómagos se llenaron de resonancias. Y ahora las ratas (gritando por dentro) salían apresuradas y llenas de susto al campo... Llegando el día se despertó el fraile.

—No hay salida —le dijo el fraile—. No hay salida.

Y uno de los portillos que tenía la puerta se abrió muy rápido y por él entró una escudilla que le cayó en las piernas al fraile. El portillo se volvió a cerrar con la misma rapidez, y ni siquiera se vio la mano que impulsara la escudilla. Los dos frailes empezaron a comer de lo poco que había en aquel recipiente. Era una comida rara, lanzaba distintos olores que hicieron ahuyentar a las ratas todo un día.

Ahora el fraile estaba junto al fraile. Había llegado al punto en que debían fundirse en uno solo. Estaban a oscuras, porque la esperma de la vela ya hacía rato que se había derretido y evaporado. Tanto era el calor. El fraile se acercó más al fraile y los dos sintieron una llama que casi los iba traspasando. El fraile retiró una mano. Y el fraile también la retiró. De manera que ambas manos quedaron en el mismo lugar. «Horrible es el calor», dijeron las dos voces al mismo tiempo. Pero ya eran una.

El fraile, solo, empezó de nuevo a pasearse por la celda. Se subió al banco y volvió a mirar al campo, ahora centelleante por el sol que abrasaba a millones de seres de muchos colores que lo llamaban por su nombre y se transformaban a cada momento, adquiriendo posturas cada vez más increíbles y grotescas. El fraile se bajó del banco y volvió a tirarse sobre el jergón. Así estuvo un rato, meditando la huida. Imaginando millares de salidas imposibles. Hasta que al fin volvió a poner los pies en el piso calcinado y otra vez se asomó a la ventana enrejada. Pero no vio nada. De pronto, se fue haciendo de noche. El fraile levantó las manos abiertas hasta el nivel de la cara y así estuvo mucho tiempo. Las manos eran blancas y largas, y la poca claridad que entraba por la ventana las proyectaba más largas aún sobre la pared. Pero negras.

—¿Qué quiere el fraile? —dijeron unas ratas que ahora aparecían caminando en una sola pata y con los ojos soltando luces.

—Salir —dijo el fraile, y volvió a contemplarse las manos

que, ahora, soltaban chispas, quizá por el reflejo de los ojos de las ratas.

—¿Qué quiere el fraile? —dijeron las ratas.

Y el fraile no dejó de contemplarse las manos que ahora se alargaban hasta llenar el cuarto, y ya los dedos usurpaban la poca claridad del techo.

—Morirme —dijo el fraile—. Morirme.

Las ratas seguían caminando en una sola pata y cantaban. Cantaban con la boca cerrada. Igual que cantan las madres para dormir a sus hijos cuando no tienen nada que cantar. Las ratas rodearon al fraile y bajaron los ojos como si tuvieran miedo, o pena, o lástima.

El fraile levantó las manos hasta más arriba de la cabeza. Los dedos ya habían roto el techo y seguían creciendo.

—No sé —dijo al fin—. No sé.

Las ratas volvieron a su posición originaria. Bajaron las tres patas, y, como simples animales, se fueron arrinconando, mientras el centelleo de los ojos adquiría el reflejo de siempre.

—Al fin nos respondes —dijeron. Y volvieron otra vez a su idioma de chillidos, de gritos y también de gruñidos hambrientos. Y a un descuido del fraile se le abalanzaron en una gran manada.

Yo no vi más salida que la huida, pues las cartas donde pedía que se me hiciera justicia nunca llegaban a su destino. Y esperar a que se cumpliese la sentencia para pedir entonces la revisión de mi causa, como me recomendaba el malvado León, era vergonzoso.

Y así fue que un día en que el sol me despertó soltando chorros de candela, oí un gran revuelo cerca de mi celda. Y luego pude escuchar la voz del pérfido León, que, prorrumpiendo en amenazas y maldiciones, se acercaba, dirigiendo a toda una cuadrilla de soldados. Y más que nunca temí por mi vida. En ese momento se me ocurrieron millares de ideas para fugarme, pero ninguna me pareció prudente. Y ya los guardianes estaban casi a la puerta... Fue entonces cuando entró una rata, aplastándose tanto que parecía una tabla. Y he aquí que veo que la bendita rata se convierte ante mis ojos en el fraile que me había abandonado.

—¡Vete! —me dijo la rata ya convertida en fraile y tuteándome—, pues me he enterado que León quiere mandarte a la hoguera.

—Pero ¡cómo demonios! —dije yo.

—Ahora sí te llegó el momento en que debes tirarte por esa ventana.

Y ya lo iba a hacer, pero recordé la altura.

—Me haré picadillo —dije.

Y empezamos a meditar otras salidas.

—Espera a que lleguen y cuando abran la puerta sales corriendo sin darles tiempo a que te agarren.

Pero tampoco esta idea me pareció muy buena, pues ellos (por el rumor de los pasos) eran cientos, y yo sólo uno, y desarmado.

—Lo más probable sería que me cogieran antes de salir al pasillo y me hicieran trizas con sus navajas y estacas:

—Espérate un momento —dijo el fraile-rata.

Y salió como una centella; entrando un segundo después, pero en tal apariencia que me sorprendí mucho al verlo: traía una erección que de tan grande era como si trajese una tercera pierna.

—¡Jesús! —dije yo, imaginándome que el muy pícaro pensaba hacerme una violación, pues de un fraile español siempre hay que esperar lo peor. Pero sentí un gran alivio cuando me dijo que lo que cargaba allí era un paraguas para que yo me escapara, y al momento lo desembolsó.

—Tírate por la ventana y con él no tendrás problemas —me dijo, abriéndolo y poniéndolo en mis manos. Yo, a la verdad, no confiaba mucho en aquel vuelo, pero ya los guardianes tocaban a mi celda. Así que cogí el paraguas y me encaramé en la ventana. En esos momentos echaban abajo la puerta y entraba toda la turba capitaneada por León, que estuvo a punto de perder el juicio de ver la celda vacía. Y viraba la cama y lo registraba todo. Y, por la exclamación de los guardianes, deduje que lo único que encontraron fue una infeliz rata que, según creo, el fiero León la destripó con sus pesadas botas... Yo ya iba por los aires y abajo veía las piedras que se restregaban unas con otras para sacarse filos y poderme convertir en tasajo cuando las tocara. En ese mismo momento el paraguas se me viró al revés, y ya bajaba más rápido de lo que deseaba, hasta que una corriente de aire elevó de nuevo mi artefacto y fui a parar a las nubes, sin dejar de soltar el cabo de mi nave y temeroso de que en cualquier momento se trozase y yo cayera haciéndome añicos. Pero el caso fue que cogí más impulso y seguí elevándome, y ya no vi ni el convento ni los castillos abandonados, que es lo único que hay en toda España. Y cuando vine a darme cuenta estaba introduciéndome sobre la región del mar. Sin pensarlo más di un tirón al paraguas, y salí disparado rumbo a la tierra, cayendo encima de una manga de sauces; rompiendo gajos y arrancando hojas rodé hasta el techo de tejas de una casa costera. Las mujeres de la casa, que me vieron descender sobre los sauces y caer luego encima de ellas, destartalando la casa, se tiraron de rodillas: yo, con el esqueleto del paraguas y con toda aquella hojarasca sobre la cabeza, debía de haber semejado alguna aparición extraña que ellas tomaron por «la divina providencia» o sabrá Dios por qué santo (que para estas cosas siempre hay sobradas imaginaciones). Así que, aprovechando aquella confusión, salí, con el paraguas a rastro rumbo al monte, escondiéndome entre un ramal de eucaliptos, que es lo único que crece con fuerza por aquella tierra de hambre.

Capítulo XI

Caída y huida del fraile

Cayó el fraile con gran espaviento
en el patio del convento.
Todo descrismado y derrengado
que daba pena verle la figura.
Se introdujo por la escasa abertura
que deja la tabla de una puerta
y echa a correr por tierra abierta
dejando jirones del vestido,
llegando roto y destruido
al hospital de Los Comendadores
del rey y de no se sabe cuántos señores.
Allí tuviste que colgar la túnica
y como era de tus vestimentas ya la única,
saliste desnudo por un portillo
y al menor ruido quedabas hecho un ovillo
aguzando el oído,
medio desfallecido.
Hasta que te haces de un viejo traje de cazador
y de una bolsa, donde llevas dos duros,
en bandolera.
Así sales dando traspiés con paso inseguro
por entre la terronera.
Alargó los dos duros a un pastor de cabras
para que lo llevase a un sitio seguro.
Pero el muy pícaro toma los dos duros
y enseguida sale a denunciar al fraile
que en cuanto lo supo casi lo escalabra

corriéndolo a pedradas por Las Dos Castillas.
Oh, partiste triste,
mi fraile Servando,
grandes pasos dando
y caminos dejando
durmiendo de día sin pegar los ojos
y descansando un poco en cualquier matojo,
lleno de temores y de sobresaltos.
Perros de hocicos arrufados
le saltaban por todos lados
arrancándole bocados,
dejando al fraile destrozado.
El sol te achicharra y la tierra chilla.
Las piernas se te vuelven como de masilla.
El fraile disminuye más y más su andar.
Y a cada momento un grupo de pordioseros lo
[quiere desvalijar
y como no trae nada, lo dejan en cueros y lo
[intentan violar.
Allá va durmiendo en cunetas
mendigando pesetas,
trepando palmeras,
rompiendo macetas
y gritando ¡fuera!
Así va Servando que ha perdido el juicio:
haciendo de hospicio
cualquier madriguera.
Ya no puede más
el hambre lo come
y a Chalflandín rapaz
ya no hay quien lo dome:
viene desolando a Las Dos Castillas
y ahora se propone llegar a Madrid
y acabar con La Villa.
Camina y camina entre estos ladrones
llenos de artimañas y vicios a montones.

El fraile está triste
los pies muy hinchados.
A cada momento salta un nuevo susto.
Los ladrones todo lo han arrasado.
El fraile se siente más que defraudado.
El ánimo a rastros
los pies destapados,
dejando caminos
y sin ver el vino.
Se tira en la tierra
ya casi es de noche.
Oye pasar coches y gritos de guerra.
Sin saber qué hacer.
Qué rumbo tomar,
la sed sin calmar.
No puede ni andar.
Se arrastra despacio hasta un arbolico.
Y muy desolado se pone a llorar.
A la media hora pasa en un borrico
un arriero viejo que lo oye gemir.
Lo monta en el burro,
lo ayuda a subir,
le dice: ¡te zurro
si no dejas de gemir!
Casi a cuatro leguas ya está Torquemada
que el nombre le pega por lo bien asada
que la tiene el sol.
Allí llega el fraile montado en el burro
y el arriero a pie.
Este muy buen hombre lo lleva a su casa.
Llama a su mujer que estaba en el patio
poniendo la olla. Le dice:
mujer, mira lo que traigo, este pobre diablo
que me hallé perdido.
Responde la tipa, que era de las bravas:
No tenemos ni habas

y tú te apareces con un pordiosero
que debe traer el estómago hecho un agujero.
—Mujer importuna —responde el arriero.
No es un pordiosero que es un caballero de casta
[y solar.
—¡Váyase a mamar!,
contesta la fiera.
—¡Ojalá se muera!,
dice sin parar.
—Calma, bestia bruta...
—¡Hijo de la Gran Puta!
Y así proseguía la algarabía siempre familiar.
Nuestro fraile empieza ahora a despertar.
Despertóse el pobre fraile moribundo.
¡Qué triste es el mundo! —dice viendo aquello:
un matrimonio ahogándose los dos por el cuello
¡Oh, el hambre ya es tanta que no puedo más!
—Espera, mi huésped —dice el noble arriero.
—¡De nosotros tres tú serás el primero!
responde la bestia más enfurecida
saltando hasta el patio con gran estampida.

Regresa furiosa con una baldosa que se la encasquilla en una costilla al noble mulero, quedando éste tan fiero que toma a su costilla y la hace tortilla con su costilla. Y con la costilla prepara una sopa que ya su costilla no podrá comer. Las otras costillas se las empieza a colocar donde hiciera el hueco la enorme baldosa. La mujer ahora muy muerta reposa. El fraile aterrado, que había despertado se vuelve a dormir. Y vuelve a soñar con que un noble arriero lo viene a salvar. ¡Despierta!, le dice el arriero verdadero que a manera de escudero le trae en su sombrero un caldo casero más aguado que sopero. El fraile al probarlo vuelve a revivir. ¡Salir!, grita el fraile, apenas sudando.
—Salir, ¿para dónde si ahora vas llegando?
—Salir que me buscan miles de alguaciles.
—No seas testarudo que no traen fusiles.

—Y cómo lo sabes si aún no han llegado.

—Siendo de alguaciles todo está empeñado.

Y llega la noche. A la mujer muerta la meten tras la puerta. El arriero habla de sus aventuras. El fraile parodia su gran amargura.

—Oh, la vida es dura.

—Más que una montura.

—O que una herradura.

Ya el sol va rayando la espesa negrura. De la casa salen las dos criaturas, esmirriadas de figura.

—¿Queda muy lejos de aquí Valladolid?

—Sí.

—Pues allá me iré aunque sea a pie.

—Monta usted muy bien el caballo de San Fernando.

—Casi me acostumbro a esos viajes: un rato al paso, otro caminando.

—Sin embargo, es posible que lo pueda ayudar.

—Oh, lo mejor que puede hacer es cargar con su mujer y llevarla a enterrar.

—Dejemos eso para otro día... Conozco a unos varones de caballería.

—¡Gran porquería!

—Que creo que lo pueden ayudar.

—¿A escapar?

—Sin duda alguna.

—¡Válgame fortuna!

Y sale el fraile hacia Valladolid ya recompuesto, guiado por un muchacho trapero que le ofreció como guía el mulero. Y montado en un bruto cerrero. Así iban los dos, tocando el suelo a cada momento y agarrando la primera yerba que encontraran para su sustento. Por caminos reales y pedregales. Saltando arroyos y metiéndose a cada paso en un embrollo. Así arribaron a Valladolid siempre acompañados por los hombres de Chalflandín, gente muy fina que les hicieron aprender la *jacarandina*.

—He ahí Valladolid —dice el muchacho.

—Mejor entraré solo allí.

—Pero, señor...

—Lejos de mi alrededor.

—Vuesa merced...

—Lárguese usted.

—Son veinte duros.

—¿Tú estás seguro?

—Pues se lo juro por el cabo de esta navaja que es de los duros.

—Mira muchacho, encima no traigo yo ni una perra. Dobla a la derecha. Cruza la sierra. Parte sin guerra y vuelve a tu tierra. ¡Que a estas alturas a mí nada me aterra!

—Mire, señor...

—Ya veo que es tu deseo salir virado. Tú lo has deseado.

Y al dicho el hecho: viraste, oh, fraile, con gran destreza y aterrizaste en la cabeza del pobre mozo que pretendía hacer oficio de alcatifero con el viajero. «¡Habráse visto qué frescura! Como están los tiempos de garantías tan desprovistos, debo desconfiar hasta de mi figura.»

Atravesando mil precipicios y pasadizos sigo en un mulo hasta Valladolid, siempre pensando ir a Madrid;
y acompañado por guazpatareros,
alcatiferos,
cuatreros,
cicateros,
pededores,
capeadores,
enjibadores
y gerifaltes de gran tomares y pocos dares, que nunca faltan por estos lares y cunden a España de mil pesares.

Capítulo XII

De mi llegada y salida de Valladolid

Entré como si tal cosa por uno de los costados de Valladolid y me anduve paseando por las calles, siempre estrechas y llenas de agujeros, hasta que me di cuenta que los agujeros de mi vestido eran mayores que los de las mismas calles y que se me clareaba el cuerpo. Era de tarde y el sol estaba cayendo. De pronto, no supe qué hacer... Sintiéndome en un estado tan triste, y oyendo tocar una campana de las tantas iglesias que alumbran aquel pueblo, me adentré en ella y con verdadero recogimiento me puse a rezar. Así me quedé por un rato, tan aturdido y triste que de principio no comprendí lo que allí sucedía. Pero ya terminando mi rezo me di cuenta que estaba solo en la parroquia y, sin embargo, había visto entrar a más de un centenar de mujeres, que como por arte de magia desaparecieron detrás del altar. Pero no quise averiguar de momento. Pues un forastero debe ser más discreto que la misma discreción. Así que me quedé mirando cómo la procesión de mujeres, muy serias y todas cerradas de negro y con mantillas también negras y largas, desfilaban delante de mí y desaparecían al momento. Y al poco rato veo salir al padre muy apesadumbrado. Veo que apaga todas las velas y se dispone, sin más, a cerrar la puerta de la parroquia. Yo, para hacerme notar, me puse de pie, siempre persignándome y moviendo los labios aunque ya no rezara ni nada por el estilo. Entonces el padre guardó la tranca de cerrar la puerta, pero al momento la volvió a tomar y se acercó a mí, con tanta diligencia, que pronto temí que me fuera a golpear la cabeza.

—¡Qué pasa! —me dijo tan cortante más que cortés que yo quedé sorprendido pues ni los ladrones de Chalflandín habían utilizado ese lenguaje y esas formas cuando a mí se dirigieron.

—Nada —dije yo muy serio, y entonces el cura me gritó que ya iba a cerrar la parroquia, como si se tratara de un puesto de frutas.

Yo le pedí excusas lo mejor que pude, y para no cansar alboroto (que ya estaba experimentado) hice una gran reverencia y me dispuse a salir, siempre temeroso de que aquel raro hombre me diera un golpe. Y ya voy llegando a la calle cuando siento la voz del padre que me llama a gritos de «¡Venga usted acá!». Yo tuve deseos de echar a correr, pero siempre tratando de no llamar la atención, pues bien sabía que estaba entre salvajes; viré de nuevo y ya estoy frente al padre, que parece un gigante:

—¡De dónde es usted! —me dice como si yo fuera una víctima del potro.

La pregunta me coge así de sopetón. Entonces levanté el rostro y por primera vez estudié los rasgos de aquel troglodita de cara rojiza y mofletuda, que parecía más bien un carnicero.

—¡De dónde es usted! —me volvió a gritar, y ahora los cachetes le sudaban a borbotones, de modo que la parroquia era un aguachal.

De fuera venía el repiquetear de un centenar de campanas tocadas con furia, como si el campanero quisiese despedazarlas. Y era ya de noche... Yo no sé por qué lo hice, pero caminé despacio hasta el altar y allí me agaché y me llevé las manos a la cara como si fuera a llorar, aunque no lo hice. Ahora las campanas dejaban de sonar, o al menos no lo hacían con tanto furor. Y fue así que confesé a aquel párroco de aspecto feroz todas mis andanzas. Le dije que no sabía qué rumbo llevaba y que cuando saliese de la parroquia no sabría para dónde coger; y que ni siquiera conocía la ciudad ni a nadie en ella que pudiera orientarme.

Y he aquí que veo a una de sus grandes manazas acercárseme, gigante, hasta mi hombro, y quedarse allí.

—También yo soy americano —me dice—, del norte —por lo que deduje que era yanqui.

Y haciendo un ademán me levanta por los hombros de una sola tirada y me echa un discurso sobre la bestialidad de España para con las colonias, y sobre la única forma de poder zafarse de tan tremendos zánganos. Su pasión consistía nada menos que en ir matando poco a poco a todos los españoles y después al Papa. «¡Al Papa!, ¡al Papa!», decía gritando aquel americano en medio de la catedral y con tanta furia que cualquiera pensaba que estaba dirigiendo la toma del mismo Vaticano. Yo quedé aterrado, pues pensé que estaba en manos de un loco, que son muchos los que ocupan en España cargos eclesiásticos. Ahora las campanas volvían a romperme los tímpanos, pero la voz del americano gritando: «¡Al Papa!», iba impidiendo que éstas se oyesen.

—No te preocupes —me dijo ya más tranquilo y restregándose los chorros de sudor— aquí te quedas sin peligro alguno. Espérate un rato, que ésta es la hora de la confesión.

Y dejándome embelesado, lo vi desaparecer como una centella por detrás del altar. Así estuve más de dos horas esperándolo, y muchas veces me llegaba hasta la puerta y sentía deseos de echar a correr, pero para dónde. En una de esas asomadas a la calle sentí un tropel detrás del altar, y al virarme vi a toda la procesión de damas, muy enveladas y cerradas de negro. Venían muy pálidas, como si acabaran de salir de un entierro, y con una actitud tan mística y casta que a mí me volvió la tranquilidad, y decidí esperar al párroco que había realizado aquella transformación en tantas mujeres. Por fin terminaron de pasar por delante de mí, sin mirarme siquiera a pesar de que yo las fui saludando a todas mientras iban desfilando... Y así fue como me vi hospedado en aquella extraña parroquia, y como no pude encontrar otro lugar, decidí quedarme por dos o tres semanas a lo más, que era el tiempo que necesitaba para poner en orden mi defensa y conseguir algunos papeles que el covachuelo de León me había hurtado descaradamente. Mientras tanto, tendría que resistir las conferencias del padre americano y tratar de sobrellevarlo lo mejor posible, que después de todo era su huésped, y comida y cama no me faltarían.

—Mire usted —me decía aquel hombre, después que la tribu de mujeres había desfilado— aquí lo que tenemos que hacer es una gran reunión —y se cogía todos los dedos de una mano en tal forma que yo pensaba que se los iba a arrancar—. Una reunión para luchar contra esa piltrafa. Y así salir por todas las calles a matar gente...

—Sí —decía yo, y me veía con una sevillana desmantelando españoles a diestra y siniestra.

—¡No dejar ni al mamando! —gritaba el americano, enfurecido.

Y yo me estremecía. Esas eran nuestras pláticas de todas las noches, después que él había confesado a todas las damas. Yo, algunas veces, trataba de volverle a relatar mi desgracia para que comprendiera que lo que quería era que todo se arreglara en forma muy de paz. Siempre poniendo en primer término la justicia y los derechos de la libertad. Pensaba yo, por entonces, que todo se podía arreglar a través de los tratados. Por lo menos así quería hacérmelo creer a mí mismo. Pero él no me oía. Creo que nunca oía lo que los demás le decían.

—¡Ni al mamando!, ¡ni al mamando! —gritaba, y yo ni siquiera hacía el intento de aplacarlo. Después de todo tenía razón...

Y hasta hubiéramos podido haber llegado a algún acuerdo de no haber sido por aquello que yo siempre había sospechado y por lo que decidí salir huyendo... Así sucedió que una tarde, después de haber recorrido todas las infernales calles de Valladolid buscando a un abogado (que no fuese ni ladrón ni tramposo, y quisiese hacerse cargo de mi causa para que facilitara mi llegada a Madrid, donde expondría mis quejas a la corte y al rey), y sin haberlo encontrado, me interné de nuevo en la parroquia, con los pies hechos pedazos de tanto caminar por los pedernales ardientes. Y en ese mismo momento la gran cuadrilla de mujeres se introducía metódicamente por detrás del gran altar y desaparecía. Y aunque me sentía desfallecido, mi curiosidad venció mis desánimos, y me propuse aclarar lo que siempre había sido un enigma para mí. En desapareciendo la última dama enlutada, seguí muy cauteloso sus pisadas, y también desaparecí detrás del altar. Ahora las mujeres seguían por un pasillo estrecho que terminaba en una escalerilla muy enredada, de cuatro vueltas, por lo que para treparla había que hacerse una espiral. Por fin, terminada la escalera, cruzaron, muy veloces, un nuevo y largo pasillo y luego se fueron colando, muy sigilosas, por una puerta entreabierta, donde se supone que estaría el confesonario y el confesor. Al entrar la última vi que la puerta se cerraba. Y sentí deseos de dar vuelta y regresar a mi cuarto, pero hice lo contrario, y terminando de subir por aquella escalera molestísima, anduve con mucho sigilo por todo el pasillo, y quedé muy agazapado a la puerta, pegando a ella el oído. En un principio me sentí muy tranquilo, y hasta me requerí por haber dudado de aquel santo padre, que ahora desarrollaba un largo discurso en latín. Y ya cansado de estar oyendo aquel latín, bastante mal conjugado, pues el padre ponía los acentos donde se le antojaba, iba a retirarme para sumirme en mis lecturas, cuando oigo como un suspiro de una de las recatadas damas que participaban en aquella ceremonia. Y así fue que el suspiro volvió a repetirse, pero ahora mucho más profundo. Así que me agaché más aún y, con gran cuidado, traté de enfilar los ojos por la poca hendija que dejaba una de las bisagras de la puerta. Y he aquí que estoy asomándome con gran trabajo hacia el interior de la habitación; y he aquí que estoy viendo al padre, completamente desnudo y sudoroso, con el miembro más tieso que una piedra y apuntando como una vara, paseándose entre aquellas señoras arrodilladas en corro, y sin dejar de recitar sus prédicas en latín. Así caminaba el padre por entre todo el ciclo de mujeres. Ellas lo miraban extasiadas y a cada momento sus rostros reflejaban la ansiedad y la lujuria, desatada ya en el cura, que seguía caminando rítmicamente, mientras su miembro adquiría proporciones increíbles, tanto que temí llegara hasta donde yo estaba, traspasando la puerta... Así pude comprender que todo aquello no era más que los preparativos para lo que luego se desataría en aquel lugar. De manera que la ceremonia avanzaba. Y las damas, desesperadas y con las manos muy unidas, rodeaban de rodillas al fraile. Y he aquí que el cura coge aquella parte tan desarrollada, y con las dos manos la empieza a introducir trabajosamente en la boca de cada dama arrodillada (a manera de hostia) que, en una actitud de plena adoración e idolatría besaba, engullendo gozosa toda su proporción, que el padre retiraba al instante para satisfacer las siguientes solicitudes. Las damas se desesperaban por la llegada de su turno. Y el padre fue girando y suministrándoles a todas su monumental artefacto. Dejándolas cada vez más desesperadas. Y sus giros se hacían más vertiginosos... Pero no quise seguir observando, pues ya con lo que había visto sobraba para comprender el significado de aquella confesión. Así que todavía atontado a causa de lo visto y resonándome los latigazos del padre en los oídos, bajé en un tropel la condenada escalera, que por no entenderla me dio tres golpes en la cabeza. Y ya en mi aposento empecé a recoger lo poco que tenía y a prepararme para el viaje. No me espantaba la actitud del padre (aunque sin duda me impresionó), pues cosas parecidas estaba yo acostumbrado a ver desde el primer día en que entré en una congregación católica. Así que me fui temiendo no el contagio (pues por esas pruebas había yo pasado inmune), sino el verme complicado en semejantes actos, que bien podían ser utilizados después contra mi persona (como trató de hacerlo el mezquino covachuelo de León)... De Valladolid salí esa misma noche rumbo a Madrid, sujeto a un carro catalán incomodísimo que a cada momento me hacía perder el juicio.

Capítulo XIII

De lo que es la villa de Madrid

Yo, en cuanto llegué a Madrid, me fui a visitar a don Juan Cornide y a Filomeno (actual alcalde de La Habana), los cuales eran muy amigos míos por haber tratado con ellos en México y compartir los principios por los que habíamos sido acusados de jansenismo. Apenas llegué, me comunicó Cornide que todo el convento de Las Caldas había quedado preso con motivo de mi huida; pero, gracias a que yo había dejado parte de la carne de mis manos en las paredes, se pudo demostrar que nadie me había ayudado a escapar; y solamente diecisiete frailes fueron llevados a la hoguera, que, desde luego, nada tenían que ver con mi escapatoria y que, por el contrario, me pedían la cabeza... Por el momento me instalé en la casa de Cornide y Filomeno, con muchísima vergüenza por mi parte y con muchísima miseria por parte de los tres, pues ellos estaban de la Ceca a Meca, como quien dice, y luchando contra centenares de enemigos que ocupaban altos cargos en el gobierno y que, a todo trance, querían hundirlos, y yo para qué decir... de los ocho duros que una vez tuve, quedábanme solamente tres pesetas que esa misma noche de mi llegada las gasté con mis amigos en tres vasos de vino de mala muerte, que nos tomamos en un bodegón lleno de olores infernales... Cornide y Filomeno se pasaban el día trabajando como bestias corriendo de un lado a otro para resolver miles de problemas que a cada instante se multiplicaban; y yo me dediqué a presentar mi causa a la misma corte. Y así: con los pocos papeles que me había dejado León, me fui perdiendo entre aquellos pasillos (repartiendo pesetas cuando las podía conseguir), sin que en definitiva resolviese nada acerca de mi injusta condena ni de mi buen sermón, que por lo mismo tantos trastornos me estaba costando. Y, mientras esperaba a que un consejo de viejos babeantes, que se consideraban sabios porque sabían más o menos leer, se reunieran y deliberaran y volvieran a reunirse para volver a deliberar, sin llegar a ningún acuerdo, puesto que tampoco les llegaban las pesetas, yo, cansado ya de tanta espera, me perdí sin rumbo por las calles, llevado a cualquier lugar. Y no se me quedó sitio que no conociese, aunque creo que ninguna utilidad saqué de ello, pues bien se puede vivir ignorándolo sin que por eso se pierda nada. Pues «hablando de lo que es la villa de Madrid, ya se supone el desorden, angustura, enredijo y tortuosidad de calles, sin banqueta ninguna, ni la hay en parte alguna en España, sino en la calle Ancha de Cádiz»,[1] y con tan pocos árboles que para contarlos sobran los dedos de las manos. Digo que son tan estrechas esas calles, que la gente tiene que caminar de lado y sin ver nunca el cielo, por lo cual cuando una persona va atravesando un tramo, la que viene en dirección contraria tiene que agacharse, treparse a una ventana o tirarse en el suelo y esperar a que le pasen por arriba; y algunas veces se matan en esta discusión de quién es el que tiene que agacharse y quién el que va a cruzar por encima. Las casas están amontonadas, unas sobre otras, con escaleras muy oscuras, como las mismas viviendas; son tan intrincadas que nunca se ve la luz del día. En cada escalón vive generalmente una persona con todos los familiares, que la gente va aplastando a medida que suben. También en los techos hay gente instalada, y allá arriba se fabricaban buhardillas con pedazos de paraguas o latones viejos, que cualquier viento los echa abajo con gente y todo. En general, para caminar por Madrid hay que andar

1. Fray Servando, *Apología.*

siempre con una gran sombrilla o un casco sobre la cabeza, para protegerse de lo que tiran sin tregua desde los balcones y ventanas, tanto, que si no se va escudado se corre el peligro de perder la vida. La gente dice: «¡Agua va!», pero lo que viene no es agua (que ojalá lo fuere, pero esto es imposible porque nunca la hay), sino excrementos de todos los tipos, y pudriciones, a tal grado que el aire casi siempre está enrarecido, nublado, y el pájaro que tiene la ocurrencia de volar por allí cae muerto al momento. En sus tiempos, Carlos III había reparado en esto y trató de calmar un poco la indecencia de los madrileños: puso unas *secretas* en las casas que eran como un tubo de desagüe que fue bautizado con el nombre de Y griega. Pero nadie le dio el uso que le correspondía, sino que se sentaban sobre ella para conversar, o la cogían para echar los desperdicios de la comida. Como muchos se opusieron a tal ordenanza sanitaria hubo que encarcelarlos. Por eso Carlos III decía que los madrileños eran como los muchachos que lloraban cuando les limpiaban la cara. Y así es. Por ese modo de vida es que hay allí tantas plagas y la gente es tan fea, sin llegar nunca a su completo desarrollo. Me sucedió que una vez me puse a jugar con una niña, que no medía más de dos pies, y cuando le pregunté la edad me dijo:

—Pues yo, señor, he cumplido ya los treinta años.

En general se dice que los hijos de Madrid son cabezones, chiquitos, farfullones, culoncitos, fundadores de rosario y herederos de presidios, y eso también es verdad, pues no existe sobre la tierra pueblo más corrompido y sucio. Tan corrompido, que la Roma de Nerón, comparada con esta corte de España, bien podría calificarse como la casa de Dios y todos los santos. En España están corrompidos hasta los recién nacidos, y los muchachos, acabados de nacer, en vez de decir «mamá» sueltan una barbaridad increíble, que no se puede ni repetir. Pero el mal viene de arriba, y así, mientras la reina derrocha todo el tesoro en sus amores locos con Godoy, Carlos IV no se queda atrás y organiza tremendas orgías, solamente para la gente noble, y donde la entrada cuesta más de mil duros. Las malas lenguas dicen que ese dinero también va a parar a las manos de Godoy. Y mientras tanto el pueblo vive en la miseria más desoladora y se alimenta sólo con «taránganas del rastro», que son unas tripas podridas y llenas de sangre. Esta miseria es la causa de todas las ruindades, ya que la mala vida enseña todo tipo de artimañas para poder llenar el estómago. Existen por eso en España tan diversas clases de ladrones que para poder clasificarlos se necesitaría un diccionario aparte, pues cada ramo tiene un nombre diferente de acuerdo con el objeto que se dediquen a robar; así los capeadores son los que roban capas, los desmoteadores los que desvisten a la gente en plena calle y se llevan la ropa; y ésta es una de las variedades de ladrón que más abunda en Madrid, y tanta es la gente que corre en cueros, despavorida por todas las calles, que yo, en la primera noche de mi salida pensé que ésa era una nueva moda impuesta desde París (pues en Madrid son incapaces de ninguna innovación)... Los vicios y los desenfados de la moral no tienen límites, así como la corrupción de todo tipo, y la prostitución es tanta que a cada paso uno es acosado por una cuadrilla de mujeres que no cesan de hacernos proposiciones. El último censo sobre este material arrojaba una cifra de más de cuarenta mil putas, solamente en la corte de Madrid, y esto sin contar las cortesanas, las damas nobles ni la reina. En las iglesias es donde con mayor tranquilidad realizan estas mujeres sus ofertas. Allí, delante de los ojos del cura, que impávido sigue pronunciando su sermón o dando la misa. Y el religioso que proteste por ello se arriesga a morir de una pedrada frente al mismo altar. Así casi me sucedió a mí, que habiendo conseguido una plaza en una capilla para dar misa todas las semanas por seis reales, quise protestar ante aquellos desacatos que realizaban las mujeres en plena ceremonia, y cuando se lo comuniqué al canónigo, no hizo más que despedirme de inmediato. Por eso y otras cosas deduje que la mayoría de los canónigos de España realizan negocios bastante oscuros y tienen pactos con las peores lacras de toda la sociedad, pues si no, de dónde iban a amasar esos tesoros que muchos de ellos amasan. Por eso las iglesias son en España lo que bien puede llamarse un prostíbulo en América, y aún peores, y a ellas van a parar todos los ladrones que son perseguidos, pues no puede haber allí mayor seguridad... Otra de las grandes plagas que azotan a Madrid es la sodomía, y cuando llega la noche hay calles por las que no se puede cruzar, pues se expone uno a soportar sorpresas tremendas. Los policías capturan todas las noches a un centenar de esas criaturas infelices, y entre ellos resulta encontrarse siempre un conde o una gran persona. Este tipo de vicio es castigado con la hoguera y a ella van a parar los más miserables y el que no tiene quien lo proteja. Los nobles de la corte nunca llegan a iluminarse, a pesar de que todo el mundo sabe el sistema de vida que llevan, y cuando la hoguera está en su apogeo, lanzando grandes llamas y chisporroteando, ellos envían a sus pajes para que les busquen «abastecimientos». Tampoco el rey es tocado nunca por ese resplandor que allí llaman de «purificación». Pero si de veras hay algo que se queda en la memoria del que visita Madrid son las tribus de mendigos, que se lanzan a abrirle a uno la portezuela del coche. Y son tantos los que vienen con la misma intención, que el carro se derrumba y uno tiene que salir por el techo dando voces y llamando a las autoridades, que asustadas salen huyendo. Después que se logra salir con vida de aquel ajetreo, la caravana de mendigos, que nubla toda una calle, lo va siguiendo a uno hasta la misma casa. Y si no se les tira un puñado de pesetas son capaces de quitarnos hasta la vida. Así casi me pasó a mí, que viendo aquel enredijo de mendigos que me perseguían, clamando por pan, y no teniendo nada que darles me sentí aterrorizado, más cuando bien sé yo que la miseria inspira el mal; así que con gran cautela tomé la bolsa donde en un tiempo deposité unos duros y, llenándola de piedras, la tiré al viento. Mientras la turba se lanzaba a su captura yo pude escapar. Este es uno de los panoramas más tristes de la villa si no fuera porque la tristeza allí lo está golpeando a uno constantemente... Hay en Madrid una cantidad tan numerosa de seres «pensantes» como no los hay en ninguna otra parte del mundo. Esta son gente de provincia, muy soñadores, que viene a la corte con la esperanza de hacer fortuna y se aloja en «jonucos», y espera, como quien dice, a que el maná le caiga del cielo; pero nunca le cae nada, a no ser la miseria que se le echa por todas partes. Estos desgraciados terminan volviéndose pícaros o mendigos, que todo es lo mismo, o van a parar a las cárceles, donde enseguida son pasados a cuchillo, dicen que por orden del mismo Godoy, que no quiere que le hagan competencia... Madrid está rodeado de barrios donde se vive como en aldeas: los hombres desnudos se afeitan en medio de la calle y las mujeres están cosiendo o diciendo barbaridades, pues las riñas allí nunca terminan y los garitos permanecen abiertos día y noche. En la puerta del Sol se cuentan diariamente por miles los muertos a navajazos o a estacazos. Allí cualquiera despacha a cualquiera con la mayor «inclemencia», y casi nadie va por aquellos lugares si no es con una vejiga llena de agua y colocada en la barriga, para que le hagan la trampa a ella y lo dejen continuar a uno. El pasadizo de San Ginés es otro de los lugares prohibidos, como lo son todos en esta corte. Allí la putería es tanta que los oficiales son los dueños del pueblo, por lo cual todo está oficializado y a nadie se le llama la atención. Por todas esas calles lo único que se escucha es la *jacarandina*, mezclada con los tiroteos de los ladrones y los estertores de los moribundos. Y el barrio más poblado e insolente es el de Avapiés.[1] Y cuando hay fandangos de manolos en los barrios, el de Avapiés es el bastonero; esta preferencia la ga-

1. Antiguo Lavapiés.

naron en una batalla de pedradas que se dieron montados en burros y en la cual dicen que fue golpeado el mismo Carlos IV. Aunque ya los reyes tienen temor de acercarse por allí, y pasando un día la reina en coche junto al río Manzanares, donde lavaba el mujerío-manolo, la trataron a gritos de puta porque estaba el pan muy caro. La reina echó a correr (pues el coche no pudo abrirse paso entre aquellas barulleras), y prendieron a unos treinta, que luego soltaron porque la cosa no era sino demasiado pública... ¿Qué son manolos? Lo mismo que curros en Andalucía. Manolo es Manuelito y curro es Francisco. Esta es la gente natural del país. Gente sin educación, insolente, juguetona, y en una palabra, españoles al natural, que con una navaja o unas piedras lo despachan a uno si es menester después de mil desvergüenzas. Son los majos, los valentones y chulitos de a pie. Las mujeres son tan desvergonzadas como ellos, entre las que se encuentran todas las fruteras y revendedoras. «Allí los homicidios por riñas son innumerables, extendiéndose a todas las clases de la sociedad nobles y lacayos menestrales y clérigos, sin excluir a los propios funcionarios de la justicia.»[1] He aquí una de las coplas más conocidas de toda España, que se repite por donde quiera y que, según me dijeron, está atribuida a un obispo de anillo y todo. Ella habla por sí sola.

Matan a diestro y siniestro;
matan de noche y de día;
matan al Ave María;
matarán al Padre Nuestro.[2]

1. José Deleito y Piñuela, *La mala vida en la España de Felipe IV.*
2. *Ibíd.*

Capítulo XIV

De la visita del fraile a los jardines del rey

Lo mejor hubiera sido no haber dicho lo que dije. Pero ya qué voy a hacer. Lo mejor hubiera sido no haber nacido. Eso dije.

Lo mejor hubiera sido ser fraile allá en México. Quizá ni en México, sino en mi propia tierra. En Monterrey. Quizá lo mejor hubiera sido eso. Eso dije.

Pero quién sabe si lo mejor es esto. Estar aquí. Estar esperando. Estar pensando en la forma de estar. Estar a cada momento devorándome. Mientras aprendo nuevas artimañas y le temo a la muerte. Eso dije.

Pero estoy seguro que lo mejor no es lo mejor. Y lo mejor hubiera sido que yo no hubiera sido. Que no fuera nada. Y no estar a expensas de este calor madrileño que lo traspasa a uno y lo deja muerto en plena calle. O a estas heladas, que de un aire en el costado, enfrían a cualquiera, ya para siempre. Ni estar expuesto a estas continuas huidas y para otra vez caer cuando ya hasta me había olvidado que era perseguido. Sí, lo mejor hubiera sido no haber sido. Pero entonces, ¿cómo iba a saber que eso era lo mejor? ¿Cómo lo iba a saber? Eso dije.

Es que no hay salida. Es como si a cada momento fuera enterándome de lo inútil de estas huidas. Y, sin embargo me digo: haz todo lo posible, haz todo lo posible. Y lo hago. Pero lo peor es que nunca se sabe dónde termina el límite de las posibilidades. Y si todo es posible entonces resultaría igual que si fuera imposible, puesto que se puede hacer y no conduce a nada. Y no quedaría más que la rutina, que se agranda constantemente, hasta aburrirnos. Pero yo no puedo adaptarme a la rutina. Por eso siento como si a cada segundo me estuviera asfixiando. Pero tampoco logro terminar de asfixiarme.

Eso también dije.

Pero ni Cornide ni Filomeno me respondían. Estábamos los tres sentados y mirábamos por la puerta a la gente que cruzaba muy rápida y con las manos en los bolsillos, temiendo ser desvalijada. De vez en cuando se escuchaba el grito de alguien que era destajado sin compasión. Ya casi era de noche. Y yo hablaba. Y yo me escuchaba. Yo...

—Yo creo —dijo Filomeno, y se interrumpió un momento para dejar pasar los gritos de una mujer, que acababa de ser degollada con una navaja frente a nosotros por un hombre desnudo—. Yo creo —continuó hablando Filomeno, después que la mujer se quedó quieta sobre un charco de sangre, y dejó de lagrimear— que deberías ir a visitar a una bruja. A ver si algo te resuelve —ahora los alguaciles se llevaban al matador, que iba muerto de risa. Uno de ellos se quitó la chaqueta y se la amarró al cuerpo del asesino, cubriéndole desde las rodillas hasta la cintura.

—¡Una bruja! Pero, ¿ya no son bastantes las que nos ven a nosotros, para tenerlas que ir a buscar? Además, ¿qué podría resolver con eso?

—Más de lo que tú te figuras —dijo Cornide, poniéndose de pie y tapándose los oídos, pues el griterío de la calle era tan insoportable, que de no hacerlo se hubiera reventado los tímpanos.

—Yo creo que él tiene razón —dijo Filomeno cuando ya el vocerío se había calmado—. Pero cuando digo bruja se trata de una bruja verdadera, de esas que nunca irán a la hoguera porque son ellas mismas las que la atizan. Son las personas más inteligentes de toda España. Y también las que más influencias tienen en la corte. En fin, las que más resuelven.

—Pero ¿qué puede resolverme una bruja cuando ni siquiera creo que existan? Y si existen prefiero no hablar de ello.

Una turba de capeadores pasó corriendo junto al hombre que llevaban preso y le quitaron de un manotazo la chaqueta que cubría su desnudez. La turba de ladrones siguió corriendo mientras se reía. Todos los alguaciles se fueron tras ellos gritando: «¡A los ladrones!, ¡a los ladrones!», y el asesino, desnudo, dobló la esquina y se fue para su casa de lo más tranquilo y caminando despacio... Volvimos otra vez al silencio. Ya era noche cerrada. Por la calle desfilaba un batallón de mendigos de oficio, que ensayaba nuevas oraciones de gracia para recitárselas a los que les ayudaran. A lo lejos parecían colegiales que repasasen la lección camino de la escuela. Después cruzaron dos clérigos que iban hablando con los brazos en alto. Y por último siete prostitutas (cuya gracia se les notaba a la legua por la forma de vestir, o de desvestir, y de caminar) que no tardaron en darles alcance a los clérigos y hacerles compañía. Más atrás venía una vieja, recogiendo las colillas de tabaco que tiraban las prostitutas... Ahora el fuego del calor (siempre tan horrible) se había calmado un poco, y la gente (que moría nada más que de sacar una mano al aire) iba disminuyendo. Se oye música, quizá del Prado, y si cierro los ojos puedo pensar que estoy en México... No habíamos encendido las luces, y yo deseaba que no se encendieran. Y nosotros tres, sentados junto a la puerta única que daba a la calle, semejábamos criaturas deformes, recortadas en medio de la sombra. Yo seguí hablando:

—Fui a ver a Jovellanos para que viabilizase mis autos, y al fin yo me sintiera libre de la amenaza de estar siempre expuesto a prisión. Pero Jovellanos no es más que una víctima de Godoy, e inclusive tiene que besarle los pies cada vez que éste lo va a visitar, que, para fastidiarle, va muchas veces al día. En mi presencia se realizó ese repugnante acto: vi a Jovellanos inclinarse junto a Godoy hasta ponerse de rodillas y bajar la cabeza para besarle los chicutes a esa bestia. Entonces Godoy le dio tres pescozones sobre la nuca que yo pensé que lo iba a matar. De allí salí corriendo sin siquiera hablarle a Jovellanos de mi problema. Ahora he pedido justicia al Consejo de Indias pero bien sé que nada resolverá a mi favor. Allí, como en todas partes, ha triunfado la inmundicia. Y el maldito León me ha ganado las tres llaves del Consejo: el gobernador, que se vendió por una cortesana; el fiscal, por un cortesano; y el secretario, por una amenaza de cesantía. Por último solicité entrevista con el rey. Pero me dijeron que éste andaba de cacería por sus tierras, que él llama jardines. Y a las tierras del rey me fui, que es igual que irse por toda España. En estas cacerías del rey se ven todas las cosas imaginables y hasta imposibles; lo único que no se ve es una pieza de caza. En cuanto me adentré en el bosque, un grupo de mujeres desnudas se me abalanzó gritándome que me quedaba muy bien el disfraz, pero que estaba muy recargado de telas. Y al momento me dejaron desnudo; y caí, mientras me vestía, en un círculo de bebedoras de vino barato, que nada más por divertirse se sacan los ojos y luego siguen bebiendo y bailando; todo esto en medio de risotadas y palabras tremendas.

—»Esas son las mujeres que no les falta nada por hacer —me dijo un muchacho, que me sorprendió por lo cortés de sus palabras, y por su sonrisa—. Esa es la danza del suicidio, después de un rato no quedará ninguna viva.

»Y así fue que miré para el grupo de mujeres y las vi ahora atareadas en arrancarse los brazos unas a otras. El muchacho me siguió explicando cómo a estas antiguas cortesanas, o damas de la nobleza, les llegaba un momento en que todo les fastidiaba y les hastiaba, y, cansadas, decidían destruirse. El rey, que se había enterado de este asunto, decidió invitarlas a todas, para que continuaran esa ceremonia en su cacería, como parte principal del programa. Ahora las mujeres se habían concedido una tregua, y descansaban. El muchacho fue hasta ellas y las poseyó una por una; terminada su tarea volvió otra vez hasta mí, como quien ha cumplido un penoso deber.

»—El placer no debe faltar en ningún momento —me explicó con calma—, y menos en el de la muerte, que por ser el último, es el que más se disfruta. Pero dígame: ¿cuál es su oficio en esta cacería?, pues aquí todos tenemos un oficio específico.

»—Ninguno —dije—. Sólo trato de ver al rey.

»—Yo lo puedo llevar hasta donde está su majestad, pues ya ellas están satisfechas y no necesitarán de mí durante un rato —dijo, señalando hacia las mujeres, que amontonadas unas sobre otras, soltaban estertores desfallecidos y se arrancaban con calma todos los pelos de la cabeza.

»—Así que ése es su "oficio específico" —dije, señalando a las mujeres en reciente paroxismo.

»—Pero él no me contestó. Me tomó de la mano y me condujo por entre un pasadizo de árboles encima de cada cual había un obispo rezando, sibilantemente, su breviario.

»—La religión nunca debe olvidarse, porque entonces los pecados perderían su gracia y dejarían de serlo. Ay, y qué sería de nosotros si no existiese el pecado. Qué sería del mundo. Por eso su majestad pone, sobre cada árbol, un obispo, que no participa en ninguna de las ceremonias de la cacería, y que sólo se mantiene allá arriba para recordarnos que estamos pecando, y prodigarnos ese goce.

»Y entramos en una gran explanada, donde no había ningún árbol, y sólo gente y más gente en cuclillas y con la cabeza fija en la tierra y sin que nadie hablara ni se moviera. "Estos son los droguistas", me iba explicando el muchacho, a medida que cruzábamos por sobre las cabezas de los viciosos, que ni por eso salían de su ensimismamiento. "Si usted quiere...", me dijo el muchacho, y cogió uno de aquellos artefactos de quemar droga y lo absorbió con calma durante un rato, luego soltó una gran llamarada de candela por la boca, y después una negra columna de humo le fue saliendo por los oídos. Yo me asusté mucho, pensando que iba a estallar. Pero, entregando el instrumento de fumar a quien se lo había tomado, continuó andando por sobre las cabezas inclinadas, como quien va por sobre un lugar empedrado. Y yo me fui tras él. Así fue que arribamos a dos grandes charcos de agua, y uno estaba congelado y los trozos de hielo flotaban por el centro, y el otro echaba humo y el agua borboteaba de lo hirviente que estaba. Y mucha gente nadaba en ellos y se trasladaba de un charco a otro, pero sólo por una vez, pues el cambio era tan terrible que al momento quedaban flotando, muertos sobre el charco. Algunos, que en un principio sólo hacían uso de un baño (conservando así la vida), utilizaban los cadáveres como balsas y navegaban sobre ellos hacia parajes distantes. Pero casi siempre terminaban cambiando de charco, y pasaban a convertirse en balsas. Sobre esto el muchacho no me dio siquiera explicación. Y yo tampoco pregunté, pues no lo creí necesario. Bien sabía yo que ése era el lugar de los *inconformes*... Y tuve deseos de tirarme sobre el charco frío, pues me sentía como ahogado en llamas. Y me tiré. Y ya dentro creí morir de frío y quise a toda prisa tirarme al charco hirviente. Y ya iba a dar el salto cuando el muchacho me agarró por el cíngulo y me condujo a tierra. Y a remolque me fue alejando del lugar, mientras yo pedía a voces que me dejara meter aunque fuese un instante en el charco tibio, pues me sentía traspasado hasta los huesos...

»—Ahora vas a conocer las tres Tierras del Amor —me dijo el muchacho cuando terminaba de restregarme los músculos—. Las tres tienen sus ventajas, pero ninguna es perfecta.

»Y así fue que cruzamos cerca de un lugar donde todo era llamas, y ya frente a ellas mi guía dio un grito y apareció un negro inmenso, que sin decir más lo tomó entre sus brazos, como si fuera una piedra, y lo lanzó con fuerza para el otro lado de las llamas. Yo vi aquello y empecé a gritar y a tratar de huir, pero ya el negro me agarraba.

Y sin más me vi en el aire, pasando por encima de aquellas lenguas llameantes que me lanzaban chispazos sin que por suerte pudieran alcanzarme. Y fue la caída más suave de lo que pensé, pues vine a dar a un mar muy viscoso que no tardé en comprender con horror que se trataba de semen. Desfallecido, traté de encontrar la orilla y empecé a nadar. Y en eso vi al muchacho que sacaba la cabeza de entre aquella blancura y me dijo:

»—Estás en la primera Tierra del Amor —y con gran trabajo me pude mantener a flote para contemplar todo el panorama.

»A pesar de lo cual a cada rato me veía obligado a tragar (en contra de mi voluntad) un poco de aquel líquido indeseable a mi paladar. Y lo que vi no fue más que hombres y mujeres. Hombres en plena virilidad y mujeres en la edad en que inspiran más deseos, poseyéndose constantemente hasta quedar desfallecidos, yendo a dar al fondo de aquel mar espeso y blancuzco.

»—Si esto es todo, podemos seguir —le dije al muchacho.

—Y a uno de sus silbidos interrumpió la posesión que estaba haciendo a una de las mujeres y se colocó en los brazos del negro, que acababa de aparecer en actitud lujuriosa. El negro me tomó a mí también. Y de nuevo nos vimos lanzados al vacío. Y he aquí que caímos en un arenal semihúmedo y con poco sol.

»—Esta es la segunda Tierra del Amor. Y no te guíes por el orden que te doy, que sólo es una necesidad de la narración.

»Y todavía no habíamos tenido tiempo de explorar el lugar cuando un grupo de mujeres furiosas se nos abalanzó y a golpes de arena nos expulsaron de su tierra. Ya protegidos de aquel infernal ejército pude, a distancia, ver de qué se trataba: mujeres y más mujeres revolcándose en la arena y prodigándose caricias inenarrables hasta llegar al paroxismo, y quedar desfallecidas. Entonces otro batallón las iba enterrando, sin más, entre la arena húmeda, y volvían otra vez a sus aturdidores quehaceres, hasta que les sucedía lo mismo que a las enterradas...

»—En verdad que si ésta es la segunda Tierra del Amor, prefiero la primera —dije.

»Y el muchacho parece que no me oyó, pues me respondió diciendo:

»—Ahora visitaremos la tercera y última Tierra del Amor, puesto que es conveniente que sepas que solamente existen tres, y todos pertenecemos a uno de sus grupos o a los tres.

»Así fue que a un breve silbido apareció, detrás de unos derriscos, el gran negro y, sin más, nos toma en sus brazos y nos rebota como si fuéramos unos pescados podridos. Y llegamos (después de recorrer muchas nubes y haber provocado un aguacero con rayos) a caer en un sitio mullido, donde todo no era más que almohadas, donde brotaba desde el suelo una música que parecía rastrera, pues apenas uno se ponía de pie dejaba de oírse, por lo que decidimos caminar arrastrándonos para no dejar de escucharla. Y de vez en cuando emergía del aire como una ráfaga de cierto perfume que no era perfume, sino una especie de aire que viniese contaminado de algún campo recién despertado. Lugar agradable parece ser éste, dije, y como ya el cansancio de aquel tropel era bastante, me tiré sobre tantas almohadas y al momento ya estaba rendido. Pero he ahí que me despierta al poco rato una mano que ya me acaricia la cabeza, que ya desciende hasta mi vestido desabotonándolo; y abriendo los ojos veo ante mí a un hombre moviendo los labios como si rezara una oración extraña, y como temeroso de no poderla terminar, o de olvidarla. Imaginando, pues, en qué sitio me encontraba, me deslicé, raudo, por debajo de las almohadas, y como un pez atravesé todo aquel sitio, hasta guarecerme en lugar seguro dentro de una funda, a través de la cual podía ver lo que el muchacho me había presentado como la tercera Tierra del Amor. Deben, pues, imaginarse algo semejante al país de Sodoma, pero no tal como ése, pues todo aquí parecía obedecer a un orden donde no había ni el más mínimo rezago de anarquía. A diferencia de la tierra del Primer Amor, el lugar se conservaba muy limpio, gracias a unos profundos canales por los cuales se deslizaba lentamente el semen que iba a parar al mar, anegándolo, para consuelo de las blanquísimas gaviotas. A primera vista me pareció que todo estaba bien. Aunque no participara en aquel procedimiento, estimo que el placer no conoce el pecado y que el sexo nada tiene que ver con la moral. No había pues allí más que hombres desnudos siempre acariciándose y poseyéndose unos a otros u otros a unos. Y los más estaban agrupados en parejas y sólo hablaban y se poseían entre sí. Pero en todo aquello había algo extraño que a primera vista sobrecogía, y que luego daba miedo. Y yo no sabía qué era. Hasta que después pude ver que las parejas se iban disolviendo y cambiando de miembros. Así que aquel amor era poco duradero y terminaba, como siempre, colmado por el hastío. Hasta que llegaba la melancolía, como una especie de tristeza suave. Y una gran fila india iba recortándose al final del campo y desapareciendo, como una corriente de poco fluir, entre la otra corriente que iba a parar al mar; y las blanquísimas gaviotas, al verlos llegar, también se ponían muy alegres, y también se abalanzaban sobre ellos, no sin antes haber planeado en el aire ceremoniosos vuelos en honor al festín.

»—¿Tampoco te gusta este lugar? —me interrogó entonces el muchacho, mientras se entregaba a un hombre que lo poseía en forma despiadada.

»Y yo esperé a que terminase para contestarle que tampoco, y que no creía que aquello tuviese ninguna relación con la felicidad, que por otra parte la considero inexistente, y hasta me parece ridículo hablar de ella. Además, le dije después de haberle explicado mi teoría, dices que sólo existen estas tres categorías, pero entonces yo no estoy en ninguna de ellas, lo cual prueba que lo que me has enseñado no es cierto.

»—Pero si acabas de negar la existencia de la felicidad es muy natural que no estés en ninguna de sus categorías —me dijo el muchacho desfallecido, y echó a andar junto a mí—. No obstante —siguió hablando el muchacho—, hay un grupo que no tiene trascendencia, y en el cual podrías encontrarte "tú contigo". Su majestad los ha calificado con el nombre de "los desperdicios", pues a él va a parar gente de todos los grupos que ya hemos visitado. Así que vamos allá.

»Y echamos a correr, pues una gran manada de hombres se nos acercaba con sus dones muy frescos y señalando hacia nuestros cuerpos... Así fue que, poco a poco, entramos en lo que yo llamé el País de la Desolación, y todavía creo que el nombre no está tan por los aires. Cruzamos por entre una gran alameda de gajos muy largos y rectos, que semejaban brazos suplicantes. Y al poco rato pude ver a un anciano que se frotaba las manos con furia y soltaba un quejido.

»—Eso no tiene mayor importancia —me dijo el muchacho cuando le interrogué—. Fíjate que hasta lo han desterrado de su sitio. Su pasión consiste en sacar chispas de las manos a través del frotamiento.

»Y seguimos andando. Iba yo un poco distraído, mirando para todos los sitios cuando, de pronto, me veo rodando hasta un abismo que no parecía tener fin; y he aquí que caigo de pie sobre un pupitre y junto a un hombre que escribía, rompiendo sus papeles y haciéndole añicos la pluma. Y veo que el hombre, dando un gran grito, se eleva por sobre el agujero, y corriendo hasta uno de los árboles alarga una cuerda y al momento se ahorca. Ayudado por el muchacho salí de aquel hueco, y le pregunté, señalando hacia el ahorcado, que por qué lo había hecho.

»—Lo has interrumpido cuando estaba escribiendo su gran obra, y eso le costó la vida.

»Yo sentí que el cielo se me venía encima: había sido el causante de un suicidio. Pero el muchacho, que adivinó mis meditaciones, repuso:

»—No te preocupes, que ese hombre jamás hubiera terminado su obra, no olvides que estás en "la tierra de los que buscan", y, por lo tanto, nada encontrarán.

»—Pero, ¿no dices que era una obra maestra?

»—Precisamente por eso nunca la hubiera terminado —me contestó el muchacho.

»Y yo, aunque no quedé muy convencido, seguí andando. Y así fue que nos detuvimos delante de una mujer que trataba de parir por la boca. Continuamos andando, hasta que tropezamos con un hombre que se había sacado un ojo y quería colocárselo en la espalda, para ver por todas partes. Y seguimos andando y nos detuvimos frente a una anciana que con un cuchillo muy afilado se cortaba las arrugas de la cara. Luego vi a dos niños que con una vara muy larga apuntaban hacia el cielo, y al preguntarles qué buscaban en las alturas, me contestaron que estaban aguardando a que saliese la luna para darle un pinchazo y desinflarla; eso me causó cierta gracia, pero enseguida me dio tristeza. Los niños me llamaron, pues decían que como yo era más alto que ellos quizá podría alcanzarla. "No lo creo", les dije, y continué mi andanza. Y así fue que me vi frente a un poeta que se paseaba despavorido por toda aquella región. Y al preguntarle al muchacho, me respondió que se trataba sin duda de un poeta muy valioso que durante toda su vida se había dedicado a la construcción de un poema genial y que para terminarlo solamente faltaba una palabra, y que tras ella ya hacía más de veinte años que andaba, sin encontrarla ni por equivocación. Y a una señal del muchacho el poeta se acercó. Yo quedé muy sorprendido al verle inclinarse delante de nosotros y hacernos una profunda reverencia. Y a otra señal del muchacho el poeta levantó el pliego de papel, que nunca soltaba de las manos, y a la altura de sus ojos empezó a leer. Era realmente un poema como nunca antes lo había conocido y como bien sé que no habrá tampoco quien lo vuelva a declamar. A medida que iba leyendo, las palabras se transformaban en una magia sonora que me tenía más que embriagado, y era como un verdadero monumento, donde cada piedra ocupaba justamente el espacio indicado, sin que sobresaliese ni la más mínima rajadura. Pero sucedió que de pronto, cuando ya la composición concluía, el poeta cesó en su lectura, y nos dejó en suspenso: aguardando el final al que sólo faltaba una palabra. Pero la palabra no se dijo. Y fue como si después de haber saltado un gran precipicio y estar ya en la otra orilla, resbalásemos con un pequeño pedrusco y fuéramos a dar al vacío... Nuestro gran poeta dobló otra vez sus papeles, ya amarillentos, y después de una gran inclinación se marchó murmurando: "Vencido". "Tormento." "Estancia." "Extremos." "Tinieblas." "Manos"... Y así iba repitiendo y desechando palabras y más palabras, como quien buscase en una playa una concha imaginaria, y sólo tropezase con las verdaderas. "Tierra." "Distancia." "Eternidad." "Hojas." "Dimensiones." "Carcaj"... Hasta que se dejó de oír.

»—Tiene que encontrar la palabra —dije entonces.

Y en verdad me sentía conmovido. Y yo mismo me puse a rebuscar en mi vocabulario: "Tristeza". "Huida." "Encierro." "Hoguera"... Y el muchacho ni siquiera se molestó en responderme; se rió y siguió andando. Y pasamos junto a un viejo cargado de tantas arrugas que no se podían ni contar, sin pelo y sin voz, sin fuerzas para sostenerse, acuclillado y mirando siempre a alguna parte. Y como el muchacho pasó de largo sin querer mirarlo, yo reparé en este personaje que se hallaba alejado de todos los demás; y le pregunté a mi guía cuál era la búsqueda de aquel anciano, pues no daba siquiera la sensación de esperar nada.

»—Tienes razón —me respondió el muchacho— su aspecto no indica obstinación, y sin embargo es el más obstinado de todos los que has visto participar en esta cacería de cosas imposibles. Pretende lograr la eternidad. Y para eso qué otra cosa puede hacer sino esperar. Y no te quede la menor duda de que ese hombre es el más desgraciado de todos los que has podido ver en el recorrido: pues bien él sabe que su empresa trasciende el límite de lo humano.

»Y dejamos a aquel anciano esmirriado que a cada momento parecía como si se fuera a desmoronar. Y nos detuvimos frente a otro anciano de largas barbas blancas, que sostenía en una mano un espejo y con la otra se golpeaba el estómago. Y el muchacho me explicó que dicho individuo quería verse el alma. Y que presintiendo que ésta residía en el estómago, se lo golpeaba sin cesar, en espera de verla salir de un momento a otro por entre los labios. Y seguimos andando y he aquí que estamos frente a un alto precipicio del cual se lanzan, continuamente, centenares de mujeres y hombres, yendo a despedazarse contra los troncos del abismo. Y, sin embargo, a pesar de estas consecuencias, las tiradas se sucedían con mayor vertiginosidad.

»—Estos son los que quieren alzar el vuelo —me explicó el muchacho mientras me sujetaba, pues yo sentí un gran mareo que poco faltó para que me despeñara...

Y como ya estaba un poco cansado, le pedí que me llevase al fin hasta donde se encontraba el rey, pues ésa, y no otra, era la causa de mi visita. Y el muchacho, sin decir nada, me fue sacando de aquel derrisquero, y por todo el camino fuimos tropezando con infinidad de seres, todos queriendo hacer cosas inverosímiles: gentes que trataban de hacer oír a los pies. Mujeres que pretendían cargar el sexo en la frente. Hombres enterrándose vivos. Viejos que querían hacer hablar a los árboles y niños que a toda costa trataban de detener el tiempo. Cruzamos otra vez aquel claro, pues íbamos de regreso. Y pude ver de nuevo al poeta, que ya había agotado todo su vocabulario y ahora hacía combinaciones silábicas que no tenían ningún sentido. Así lo oí perderse entre los matorrales, murmurando: "Heternosto", "tonetis", "alans"... Y cuando ya íbamos saliendo volvimos a ver al viejo empeñado en lograr la eternidad. Estaba ahora más inclinado que nunca, y el sol, que ya iba despuntándose sobre un costado del mundo, depositaba sus rayos sobre su cabeza lisa e inmóvil, con lo cual ésta resplandecía como otro sol más pequeño y fijo... De todas las cosas que vi, esta cabeza despoblada, ya centelleando, ya tocando la tierra, ya casi sucumbiendo, ha sido una de las que más recuerdo y la que me causa más tristeza. Y es como si yo mismo me viera en esa posición; luchando inútilmente contra lo que ni siquiera se puede atacar... Y como no quise ver más nada, seguí andando, con los ojos fijos en mis pies y en el suelo, que con la puesta del sol parecía ser el reflejo de una gran llamarada que se desarrollara a distancia... No me has enseñado más que desolaciones, le dije al muchacho, pero para eso no tenías que haberme hecho caminar tanto. Y con seguridad que esto no es todo. Y me di cuenta que le gritaba, pero él seguía andando y ni siquiera miraba atrás. ¡Y con seguridad que esto no es todo!, volví a gritarle, quizá para convencerme a mí mismo de lo que afirmaba. Y así fue que el muchacho siguió andando, y sólo vino a detenerse al llegar a unos pinares tan cenicientos, altísimos y esmirriados que debían de tener por lo menos mil años.

»—¿Y qué es lo que falta? —dijo el muchacho, y por primera vez lo vi cansado.

»Y con un gesto de fatiga se recostó al tronco de uno de aquellos árboles sobre cuyas hojas luchaba el sol por sostenerse. Y yo no supe qué decir... Y fue así que me recosté junto a otro de los pinos, sobre el cual también el sol luchaba por permanecer, hasta quedar penosamente prendido a una última rama. No he venido aquí a que me demuestres lo que además conozco y de lo que siempre se ha hablado. Lo único que quiero es ver al rey y comunicarle mi situación... Y no reclamo piedad, pues eso me parece ridículo en quien nada ha hecho... Y como ya oscurecía, las palabras se fueron transformando a la vez que las sombras, y se perdieron, resonando por todo el pinar. El muchacho se inclinó y comenzó a mirar muy fijo. Luego dejó de hacerlo y, llevándose una mano a la frente, se volvió de espaldas. En esa posición me pareció que soportaba una gran tristeza, aunque bien podían ser los efectos de la tarde...

»—El rey soy yo, y nada puedo hacer por ti —dijo al fin.

»Y girando lo vi de frente: era ya un viejo de cara arrugada al que el viento le fue repentinamente tumbando el pelo. Y al hacer un leve ademán autoritario desapareció su último rasgo de juventud.

»—Sí que puedes ayudarme —le dije, y lo seguí tratando como al muchacho de antes, para que no fuera a notar mi sorpresa—. Entonces, ¿a quién voy a solicitar ayuda?

»—¿Para qué quieres modificar lo que precisamente te forma? —dijo—. No creo que seas tan tonto como para pensar que existe alguna manera de liberarte. El hecho de buscar esa liberación, ¿no es acaso entregarse a otra prisión más terrible? ¿O es que de nada te ha servido la excursión entre "los buscadores". Y además —añadió, mientras se disponía a marcharse—, suponiendo que encuentres esa liberación, ¿no sería eso más espantoso que la búsqueda?, y, aún más: ¿que la misma prisión en la cual imaginas que te encuentras?

»Y así fue que me dejó solo, desapareciendo con trabajo entre los árboles. Y yo me quedé pensando en esas futuras derrotas, las que siempre acaecen después del triunfo. Y como me sentía desorientado en cuanto al rumbo que debía tomar para llegar a Madrid, me encaramé en un pino y desde allí pude ver a la Villa, con sus dos grandes columnas a la entrada, que desde lejos parecen de mármol y que al acercarse sólo son de estiércol para hacer el pan dicen...

»—Y eso es todo —dije. (Y como mi voz cambió de momento, Cornide y Filomeno salieron del letargo y el semisueño, y se me quedaron mirando muy fijo.)— Y eso es todo. Y ahora me hablan ustedes que debo visitar a una bruja. Y ahora quieren que vaya a ver una cartomántica cualquiera que me diría mil tonterías y me quitaría varios duros. ¡Como si no hubiera hablado yo con la bruja más importante de la corte! ¡Y como si ésta no me hubiera dicho que en nada puede ayudarme! —Y Cornide y Filomeno se pusieron de pie al mismo tiempo y se llegaron hasta la puerta de la calle, la cerraron y luego vinieron hasta mí.

—No nos cabe la menor duda —dijeron— de que maneja muy bien la escoba el reyecito. Pero no te mostró —y ahora en la calle se escuchaba una gran algarabía de borrachos recién apuñaleados por ladrones frustrados— el sitio donde habitan los irreverentes, los ofendidos, los que en definitiva se cogerán el mundo. Por eso —y ya los estertores de los borrachos agonizantes no se oían— mañana iremos a ver a esa bruja de la que te hablamos.

Capítulo XV

De la visita a la bruja

Y he aquí que ya estás frente a la casa de la gran bruja. Pero la puerta está abierta, aunque tú no has tocado. Si bien es cierto que al principio tampoco puedes entrar.

Dentro se oye la voz de una mujer que canta. O es una canción que se oye como si saliera de una mujer. De la garganta de una mujer. De los labios de una mujer. ¿Qué canción es esa que no recuerdo y que tantas veces he oído? Y la voz de la mujer, cantando, te ha dicho «Entra» en un agudo fortísimo que te ha estremecido, oh, fraile.

Es así que voy atravesando una oscuridad tremenda a través de un pasillo tremendo, y llevo dentro un tremendo miedo, pues voy solo. Cornide y Filomeno te han dicho que te esperan a la salida y no han querido acompañarte. Se han quedado a un paso de la puerta y me han dicho: «Entra y dile esto y esto y luego le dices esto y esto otro. Y luego le cuentas lo demás». Y así avanzo entre esta tiniebla que gime mientras la voy interrumpiendo. Pero oyes la voz de la mujer que canta. Oigo esa canción y entonces a qué voy a temer. ¡Oyela! ¡Oyela! «Es la misma canción de siempre». La misma que pedíamos que nos cantaran para dormirnos. Ay: esa voz. La que nos decía meciéndonos... La que hablaba de serenos repartiendo mazazos entre las nubes y ángeles con espadas y cornetas.

Y detrás de los árboles.

Y detrás de los árboles la claridad. Estoy en tus manos y en tus brazos y soy tú mismo. Y no eres más que un niño y por eso te canto como siempre para que siempre lo seas. El error está en haber querido dejar de serlo cuando bien sabías que te era imposible. Pues se nace para ser agua y entonces empapas, o se nace para ser hombre y entonces no hay infancia. Pero si la hubo, entonces es que no se ha nacido para ser hombre. Y no vale la pena tratar de serlo. Y no estarás más que perdiendo el tiempo al tratar de serlo.

Y la voz de la mujer me va conduciendo. Y ya trasciendes las tinieblas. Y he aquí que en el centro de esa gran habitación, que ahora se te impone, descansa una mujer, desnuda. Más hermosa que todas las mujeres posibles e imposibles (y esto basta para definirla), que aún te sigue cantando. Y cuando entres cansado a la casa de la infancia, yo te recojo entre las manos y te llevo a la cama, y te cierro los ojos y te digo duerme... duerme... y como no quieres dormirte te digo que te acuerdes de los millones de abejas que la tempestad ha cogido fuera y perecen ahogadas, repletas por la tanta dulzura. Acuérdate de los pájaros, guareciéndose detrás de las hojas ya empapadas. Y de las flores arrasadas... Y te duermes, porque afuera está cayendo un aguacero tremendo, y no hay nada como sentirlo caer desde dentro, cuando se está protegido y todo te parece extraordinario y hecho a la medida de tus deseos... He sido ofendido, dijo el fraile, y ahora la mujer cierra los labios y su canción se concreta a interminables y dulcísimos *hummms* que resuenan muy quedos. Y era como una mano suave posándose sobre nuestros ojos. He sido ofendido, dijo el fraile, y todo no ha sido más que por decir lo que honestamente entendía y pensaba. He sido desterrado de mi patria y vilipendiado, solamente porque quise que la verdad ocupase su lugar sobre todas las sartas de ruindades entre las cuales he tenido que deslizarme y entre las cuales voy a perecer si usted no me ayuda. Y la canción, que no era canción sino murmullo distante iba envolviendo las palabras del fraile. Y así fue que le contaste todo y le hablaste de tus innumerables trabajos en la prisión, y de cómo escapaste, y de tu constante búsqueda de la razón, y de lo mal que andaba la Iglesia y todo el clero sin excluir al mismo rey y sus cacerías, y de que hubiera sido mejor que Dios nunca existiera si permite que se le invoque para tales crímenes. Y dijiste que la villa de Madrid era un asco, y que la Virgen de Guadalupe era más mexicana que los mismos idiotas que ahora la aclamaban, pues había surgido con anterioridad a ellos y a los repugnantes gachupines que pretenden haberla llevado para salvar del desastre a los nativos incrédulos. Y que, por lo tanto, si el cristianismo había llegado antes que los españoles a tu tierra, los españoles nada tenían que hacer allí. Pero como no quieren irse, habría que echarlos. Y tú los echarías por la fuerza. Y «tú verías al injusto exaltado como cedro del Líbano». Y tú pasarías y ellos ya no existirían. Pero para eso sería necesario eliminar muchos obstáculos, que por mezquinos no dejan de ser difíciles.

—Yo, que soy de noble familia y solar conocido, soy perseguido por una rata sucia como lo es ese covachuelo de León, cuyo nombre bien se le ajusta. Y aunque soy enemigo de la violencia, no veo otras posibilidades para mí, y para el bien de mis ideas, que eliminarlo. Muerta esa alimaña que me persigue, sin siquiera saber cuáles son mis ideales y solamente por coger la paga que constantemente le envía la otra rata de Haro y Peralta, podré yo al fin trabajar en lo que constituye mi fuerte y mi mayor anhelo: *la independencia de mi tierra.* Y mientras no se mate a ese covachuelo no tendré paz, y no me sentiré libre. Porque no lo estaré. Porque a cada paso me parece que está observándome. A cada momento me parece estar viéndolo acercárseme para conducirme a la reja y a la pudrición en la galera. Pues él no quiere más que mi muerte. Y yo no quiero más que mi vida. Y, por lo tanto, no queda otra alternativa que matarlo.

Y el fraile escupe sobre el piso y aplasta el escupitajo

con el pie, como si se tratara de León que ya hubiese perecido. Y la mujer se levanta, y tomando al fraile por las manos, y sin dejar de resonar, le dice:

—Creo que puedo ayudarte. Pero dime, después que mates a tu perseguidor, ¿quien será el próximo?

—Después —dijo el fraile, y ahora la mujer lo conducía a través del salón— debo matar a Godoy, a esa bestia lujuriosa.

—¿Y después?

—¡Al rey! ¡Al rey! —dijo el fraile, llenándose de heroísmo y mintiendo.

—¿Y después? —dijo la mujer, soltando músicas por todo el cuerpo.

—¡Al Papa! ¡Al Papa! —y su voz resonó tan alta que ahogó por varios minutos a las músicas. Era una voz de guerra, como aquélla: la de su antiguo amigo, el fraile de Valladolid.

—¿Así que al Papa? —dijo la mujer mientras pasaba la mano, que soltaba música, por la cabeza del fraile. Y luego le dijo—: Ven, que yo sí te puedo ayudar. —Y le dijo—: *hijo.* Estás en las manos de mis manos y es hora ya de que duermas... Duerme y recuerda a los millones de hormigas que se han quedado fuera de su casa mientras cae el aguacero, y a los árboles entumecidos bajo la lluvia, y a las hojas que relucen, como si fueran de lata, bajo los goterones, y a las hojas que caen, y a las pencas que se desprenden, y al constante relampaguear, y a las piedras que ruedan por el barranco hasta estallar sobre las aguas que ya todo lo van arrasando. Y tú estás seguro detrás de la ventana. Junto al calor de las hornillas. Oyendo el chisporroteo de los carbones. Y las hormigas, en estos momentos, acaban de ahogarse. Y a Dios... ¿Por qué no matas a Dios? —prosiguió la mujer, mientras entraban a un salón poblado de espejos donde el murmullo de los *hummmss* dejó de oírse.

—Porque no creo que sea necesario —dijo el fraile.

—¿Y si lo fuera? —dijo la mujer, llena de dulzura.

—Entonces no lo mataría, pues consideraría que nunca ha existido.

Y hubo silencio. Y el fraile miró en los espejos la figura de la mujer multiplicándose, repartiéndose en innumerables figuras, hasta no ser más que un torbellino de mujeres que a cada momento le hacían una señal y lo llamaban a un ritual misterioso. Pero se contuvo. El torbellino cesó. Y vio otra vez convertida a la mujer en una sola, y los espejos no reflejaban más que su apariencia.

—Creo que podré ayudarte —dijo al fin, y ahora parecía algo cansada—. Podré ayudarte sin duda. Y no te será fácil olvidar esta ayuda que te brindaré, *fraile.* —Y el fraile oyó esta palabra y se sobresaltó, pues ella la dijo con un cierto desdén que no pudo contener—. Yo te ayudaré a abrir los ojos, y a que no seas tan aldeano, tan provinciano, tan humano y tan campechano. —Y la mujer se paseó por todo el salón, y con un gesto de rabia agregó—: Y tan puritano... que no seas tan inocente y tan paciente, tan poco ocurrente, tan escaso vidente. Y a no tener imaginación. Y a que no te dejes llevar por la persuasión, y mucho menos por la emoción. Y aprendas que lo que más se debe ocultar es la razón, pues casi nunca nos sirve para nada, y solamente es arma de los vencidos, *fraile.* —Y ahora la palabra resonó con rabia—. Podré ayudarte a hacerte ver que solamente debes contar siempre contigo, y olvidarte de que tienes amigos sino sólo enemigos. ¡Tonto!, porque quiero que sepas que has caído en un engaño. ¡Y de qué tamaño!... y de que irás a parar a la cárcel por muchos años para que así puedas aprender a través de este desengaño, *fraile.* —Y ahora la palabra fue un insulto—. Mírame bien, porque estás delante del *fiero León*, como tú mismo dices. —Y la mujer soltó una carcajada. Y la carcajada se convirtió en un bufido de furia. Y el bufido convirtió a la mujer en un hombre barrigón y mofletudo, de grandes colmillos y brazos como pilares. Y la furia del fraile atravesó todos los espejos. Pero no dijo nada. Y pensaba si era posible que Cornide y Filomeno lo hubieran traicionado... Y la voz de León le dijo—: Te has entregado, Servando Teresa de Mier Noriega y Guerra —y soltó una carcajada—. Has caído como un cordero después de haber confesado. Y no te asombres de mi astucia sino de tu ignorancia que la hace resaltar.

Y en ese momento me sentí completamente derrumbado. Pero pensé que lo mejor era huir y dejar las meditaciones del derrumbe para cuando me hallara en lugar seguro. Pero en cuanto eché a correr lo primero que hice fue chocar contra el espejo que me devolvió mi imagen rota. Y así fui, tanteando espejos, y rompiéndolos todos, hasta que al fin hallé la puerta. Y en el momento en que voy a salir, una gran reja cae de pronto ante mí, con tanta violencia, que si no me aparto me aplasta. Y se oye la carcajada de León, que con los brazos abiertos se me acerca, con un arma de las más horribles. Entonces Filomeno y Cornide (traidores ruines) se asomaron a la reja, y viéndome ya casi asfixiado por el brazo de León, se compadecieron y quisieron remediar su crimen, y quisieron reparar la jugarreta sucia que me hicieron, y quisieron forzar la puerta para entrar y salvarme. Y así sucedió que la puerta quedó franqueada. Y Cornide y Filomeno se acercaron gritando: «¡Suéltalo!». Y así fue que a un solo movimiento de uno de los brazos de León Filomeno y Cornide se vuelven ovejas mansas. Tan mansas ovejas blancas, que se acercan a los pies de su progenitor y empiezan a lamérselos. Y León ríe; ríe tan fuerte que todos los espejos saltan y se hacen añicos. Y la reja de la puerta vuelve a caer, ahora muy suave. Y la tonada, que no era canción ni música, se deja oír.

—Con estos calores —dice León, y ahora era otra vez la maravillosa mujer— no se puede estar si no es desprovisto de indumentaria. Así estoy yo siempre y así recibo a mis invitados, que al momento me imitan, y hasta la misma reina no tarda en desvestirse cuando viene a visitarme. Y nada hay de inmoral en esto, sino de higiénico.

Y si visita usted ahora todos los grandes palacios de las más respetables señoras, las verá en pelotas en medio de los sillones y resollando a todo pulmón para no quedar asfixiadas al momento. Así es nuestro clima: tres meses de invierno y nueve de infierno. Qué le vamos a hacer. Pero desnúdese, hombre. A ver si lo es. Desnúdese y acomódese. Aunque sea por un principio de conservación —y así fue que después de tantearme inútilmente, la mujer se marchó, soltando risas por todo el cuerpo.

Y he aquí que a la mañana muy temprano tocan Cornide y Filomeno (los dos al mismo tiempo) a la puerta de mi cuarto. Y oigo sus voces que muy ligeras me llaman.

Y dicen:

—Servando, ahí afuera está León con miles de alguaciles. Sal por esa ventana. Encarámate en el techo y salta al otro tejado. Y parte rumbo a Pamplona por la puerta de Cataluña, que hemos conseguido que la dejasen sin requisitoria por parte de los clérigos contrabandistas amigos tuyos. Todos los alguaciles están armados; y León, enfurecido, ha dado muerte a dos docenas de frailes por tener cierta semejanza con tu manera de abrir la boca... Pero huye.

Así fue.

Y he aquí que a la mañana, muy temprano, me llaman Cornide y Filomeno (los dos al mismo tiempo), golpeando la puerta con gran estruendo. Y oigo sus voces que me dicen:

—Vamos, de pie, hombre, o es que piensas quedarte todo el día enchoclado. Levántese usted, que nosotros tenemos que irnos a trabajar y el desayuno se enfría en la mesa.

Así fue.

Y he aquí que muy de mañana las voces de Cornide y Filomeno despertaron a Servando diciéndole:

—Acaba de levantarte que ya es hora de salir a consultar a la bruja.

Y el fraile, medio dormido, dio dos cabezazos, se tiró de la cama y abrió la puerta, pestañeando perezosamente.

Así fue.

Capítulo XVI

De mi llegada y no llegada a Pamplona. De lo que allí me sucedió sin haberme sucedido

Parto para Pamplona. Ahora parto para Pamplona. Voy rumbo a Pamplona. Hacia Pamplona. De modo que ahora voy para Pamplona ayudado por mis clérigos contrabandistas y a pie. Y ya cruzo por entre los alguaciles... Voy disfrazado. Me he convertido en un médico francés que ha muerto. Soy el doctor Maniau. Ya yo no soy yo. El doctor Maniau con dos lunares en los ojos (y una cicatriz encima de la nariz): mientras una niña mira hacia las nubes la otra baja hasta el suelo. Yo, sin que me reconozca ni la madre que me parió. Rumbo a Pamplona voy. Hacia Pamplona voy. Y Godoy y León pisándome los talones. León prendiendo a todos los frailes que ha visto sonreír, pues mi apariencia, según él dice, es de lo más agradable. Y yo poniendo en práctica la última moda de los portugueses: «Poner mala cara a los enemigos». De manera que no hay quien pueda identificarme. Y salgo de Agreda por la puerta de Fuencarral en un coche simón que es el mismo infierno, protegido por los clérigos contrabandistas y armando un gran alboroto para no promover sospechas.

Ya hemos salido por Fuencarral.

Ya vamos rumbo a Pamplona. Y el coche simón traquetea por sobre el camino tan empedrado. Pero alguien le ha comunicado a la bestia de León mis señas: y he aquí que llegan de nuevo Filomeno y Cornide y cambian de nuevo mi apariencia, y me vuelven a desfigurar, en forma endiablada, todo el rostro. Y ya con esa nueva estampa que podría asemejar la anterior a la de un ángel, continuamos viaje, sin siquiera un duro para no morir de hambre, con la inseguridad y los miedos acosándonos a cada momento. Y el coche tropezando a cada girar de las ruedas con un hombre degollado en mitad del camino real. Un fraile que ha muerto por mí, un fraile que a León se le pareció a mi figura y por lo menos lo hizo degollar; un muerto que debería ser yo mismo... Y el coche simón, soltando chirridos, pasa, a cada momento, por encima de frailes y más frailes que tapizan todo el camino sin que se pueda andar por sobre otra cosa. Tantos son los muertos que no se ve ya camino ni carretera, sino frailes amontonados unos sobre otros. Y el coche se desliza sobre ellos, y las ruedas van sacándoles los sesos. ¡Rumbo a Pamplona! ¡Hacia Pamplona! ¡A Pamplona! Ya he dejado esa villa lujuriosa donde todo no es más que mondongo. Ya he dejado ese laberinto interminable de orgías y engaños. Pero, ¿adónde voy? Tratándose de España todo no es más que ruinas de otras ruinas pasadas. ¡Hacia Pamplona! Y el coche hace estallar las pobres cabezas de los pobres frailes, que traquetean como mazos de leña seca, como semillas aplastadas, como tierra desmoronada, como guiras reventadas, como cabezas de frailes machucadas por las ruedas de este infernal coche... Y se hace noche y se hace más grande el hambre, y aún no llegamos a Pamplona. Y la oscuridad se nos echa encima y el coche se atasca entre la cordillera de frailes amontonados a lo largo del camino. Y no podemos seguir utilizándolo. Y el mulo da un resoplido y cae muerto al momento sobre los otros muertos. Y el doctor Maniau tiene que abandonar el carro infernal. Y el doctor Maniau camina por sobre los frailes y, tomando el campo, busca la línea del horizonte, pero no la encuentra. Y como hay que continuar, los clérigos contrabandistas se echan al hombro al doctor Maniau (médico francés, distinguida eminencia), y al paso de ese trotecillo continúa su rumbo a Pamplona. ¡Hacia Pamplona! ¡Con destino a Pamplona! Y ya estoy en Pamplona. Heme aquí, en Pamplona. Albergado en casa de uno de mis amigos contrabandistas. Durmiendo sobre garrafones de vino (la gran mercancía del contrabando) que a cada momento estallan y me bañan con su licor pegajoso. Heme aquí en Pamplona bañándome con vino y bebiendo vino. Oyendo a mis clérigos hablar del vino, de su bajada y subida de precios. Y destapando botellas para que los estallidos se reduzcan.

Pamplona, ciudad amurallada y rodeada de aguas putrefactas e inmóviles, cruzadas por tres puentes levadizos, que son los únicos pasadizos entre el mundo medieval de este pueblo y el otro mundo que te rodea... Es el atardecer y me paseo por la plaza del Castillo, único lugar donde se puede respirar un tanto. Y ya cayendo la noche vuelvo a guarecerme en mi buhardilla. Entonces oigo cómo se alzan con estrépito los tres puentes y sé que hemos quedado incomunicados, perdidos en tiempos remotos. Así vamos retrocediendo siglos, hasta que llega la mañana y los puentes vuelven a descender... Ahora estoy llegando a los tiempos épicos, ya que hasta la puerta de San Nicolás acaba de alzarse; ahora Pamplona no es más que un murmullo de anacronismos perdidos entre murallas de aguas sucias... ¿No es éste el sitio indicado para preguntarse por qué hay que nacer? ¿Por qué hay que sobrellevar esta inalterable condena cuyo resultado más terrible sería la absolución? Este avanzar de los días sucediéndose a los días... ¿No es éste el sitio indicado para dudar? ¿Para asilarse y perderse en soluciones imposibles? ¿Y para empezar a renegar? Pamplona: lugar donde la huida parece cosa irrisoria. Yo estoy en Pamplona y el agua asquerosa se ribetea como un espejo aceitado que va lamiendo muy despacio las murallas. Pamplona: sitio más que de quietud, donde el doctor Maniau se hace interrogaciones irresolvibles: ¿qué hace un americano enterrado en estas murallas? ¿Qué haces con ese nombre extranjero y esa mirada de perro recién pateado? ¿Hasta cuándo el hecho de ser americano constituirá una condena que no se lava sino con años de exilio y pulimentos de culturas extrañas y muchas veces inútiles? ¿Hasta cuándo seremos considerados como seres paradisiacos y lujuriosos, criaturas de sol y agua?... ¿Hasta cuándo vamos a ser considerados como seres mágicos guiados por la pasión y el instinto? –como si todos los hombres no lo fuéramos, como si todos no nos guiáramos por esos principios–. Sí, debes de ser tú el sitio para la meditación, quizás el lugar más apropiado para morir... En medio de esta ciudad atrasada, pero que conserva como principio de adelanto su orgulloso atraso... ¿Hasta cuándo vamos a permanecer en perpetuo descubrimiento por ojos desconocidos?... Y de esta manera volviste a transformarte en el antiguo fraile. Y saliste muy orondo en cuanto escuchaste el levantamiento de los puentes. Y comenzaste otra vez a pasearte por las calles.

Y así sucedió que paseándose por cerca de la muralla fue descubierto nuestro fraile por el malvado León (hombre infatigable). Y he aquí que toda una cuadrilla de alguaciles te persigue ya desde muy cerca. Y he aquí que huyes por toda la calle y un nuevo escuadrón te sale al paso. Oh, Pamplona, ciudad medieval... Los alguaciles vienen con trajes color tierra (en el lugar donde la tierra es de ese color) y traen armaduras que armonizan con la ciudad.

–¡En nombre de Dios y del rey, deténte, fraile!

Oh, Pamplona, ciudad amurallada, agobiada, pero indestructible... Dios y el rey... oigan esas voces que me llaman.

Pero el fraile parece animado por el grito de los alguaciles, y de un salto cruza por una ventana, introduciéndose en una casa donde la familia aún dormía. De cama en cama va saltando el fraile en medio de los gritos de terror de los recién despertados, que durante toda su vida han de considerar este hecho como algo increíble y de procedencia sobrenatural. Oh, Pamplona, dentro de ti todo está tan en retiro y todo es tan repetido que estas repeticiones se han convertido en leyes inalterables. Por eso nadie puede creer que sean ciertas las andanzas de este fraile que ahora salta por sobre los tejados, atraviesa siete aljibes y corre por todo el paseo de La Taconera, encaramándose sobre la muralla y lanzándose con gran urgencia sobre las aguas que lo incomunican. Oh, Pamplona, ¿no son estos motivos más que reveladores para afirmar que fray Servando es el mismo demonio, caído sabrá Dios en qué momento sobre esta tierra de paz para despertar nuevos aspavientos y oraciones?

Y León se pasea furioso por toda la muralla y mira para las aguas resinosas, sin divisar las menores señales del fraile. Y en toda tú, oh Pamplona, no se oye hablar más que de esa criatura del infierno, que a la vista de todos pudo transformarse en ave, en pez, o en agua intranquila... Y mezclado en ella estuviste, oh, fraile, flotando durante todo el día entre ese fangal que aísla la ciudad; respirando solamente por el aire que llevaban las burbujas de las piedras, que continuamente te lanzaban los alguaciles desde la muralla, con la intención de aplastarte. Y así fue que, sin que los atacantes lograran dar en el blanco, el fraile nadó (siempre por debajo del agua) hasta el pasadizo mayor, y se aferró a las cadenas del puente. Y asido en esa forma a la cadena te pusiste a descansar un momento, pero he aquí que el puente comienza a elevarse llevándote sujeto a uno de sus extremos: había llegado la hora de la incomunicación, y las bisagras rechinaban con furia mientras todo aquel armatoste comenzaba a ganar altura. Y sucedió que el fraile fue despedido por los aires cuando ya el puente terminaba su furioso ascenso... Y así fue que en ese atardecer, el pueblo aterrorizado de Pamplona vio a la figura del fraile cruzar, como una centella de fango, por sobre toda la ciudad. Y prorrumpieron en exclamaciones de terror, cayendo de rodillas en medio de la calle. Y las mujeres cargaban a sus hijos y los apretaban, llorando, contra el pecho. Y las iglesias tocaron a rebato. Y por un momento no se oyeron más que las oraciones y los gritos de

«Perdóname Dios mío» de todo el pueblo. Y hasta León se sintió desconcertado, aunque sólo por unos segundos, cuando uno de los trozos de fango que iba soltando el fraile le cayó sobre las manos que apuntaban hacia el fugitivo... Y esa noche se rompió por primera vez la tan apacible vida de los habitantes de Pamplona. Oh, Pamplona, que viste cruzar al demonio por sobre la cabeza de tus hijos y sólo pudiste recoger sus inmundicias, de las cuales ahora estás salpicada.

Y mientras tanto, el fraile caía de golpe sobre un lodazal que lo acogía con blandura. A extramuros de la aterrorizada ciudad.

Capítulo XVII

Peripecias de viaje y entrada en Bayona

Está la mañana revestida de una neblina que embiste y taladra, como si el cielo se estuviese desgajando en cables finísimos, penetrantes y continuos que no cesan de acosarnos, traspasándonos. Esto es lo que aquí llaman el otoño.

Antes de la madrugada pude escabullirme de las manos de León y dejar la villa de Madrid. Así me interné en Agreda y luego salí por Cataluña, que mis amigos habían dejado sin requisitoria. Allí pude ponerme en contacto con mis clérigos contrabandistas, que, repartiendo pesetas a todos los guardias, lograron salir conmigo y con toda su mercancía sin ninguna dificultad. Y muy cerca de Pamplona (ciudad que nunca he visitado, aunque muchos afirman que sí) mis comerciantes franceses hicieron llamar a un arriero que había llevado muchos clérigos a Francia por encima de los Pirineos. Vino el arriero con su mula, y yo seguí tras él a la vez que me despedía de mis amigos. Al poco rato nos encaramamos los dos sobre la mula y la mula empezó a encaramarse sobre los Pirineos... No llevaba yo más que las vestimentas que me cubrían muy malamente, pues al salir de Aragón para Navarra fui completamente desvalijado. Allí pude ver las extravagancias despóticas y ruinosas de España, pues hacen unos registros más rigurosos, del dinero y de todo lo que uno lleva, que el que se practica en las fronteras. Aunque todo mi equipaje se reducía a un saquillo de ropa, que desparramaron los guardias por el suelo, y a ocho duros, que llevaba registrados y que ellos se embolsillaron: pasaron también con una lezna el fondo de mi breviario, por si llevaba algún oro; luego me hicieron desnudar y levantar los brazos y uno de los guardias me fue levantando todos los pelos de la cabeza y del cuerpo para ver si allí escondía yo alguna riqueza. Las uñas de los pies me fueron levantadas, y me hicieron abrir la boca en tal forma que temí que se me desprendiesen las quijadas; todo eso por ver si debajo de la lengua ocultaba algún valor. Y como yo tenía aún una pierna un poco hinchada por tantas caminatas y huidas, los muy viles pensaron que era un truco para ocultar allí algunas monedas, y uno de los guardias dio orden de que con un punzón me dieran varios pinchazos para ver qué guardaba yo dentro de aquella hinchazón. ¡Habráse visto qué humillación! Todo eso lo sufrí callado, con tal de que me dejaran salir de tanta ruindad, pero cuando no pude dejar de protestar fue cuando me ordenaron que me acostara bocabajo, y uno de los del regimiento, con un alambre en forma de garabato, trató de introducírmelo por donde ya se supone, diciendo que había que registrarlo todo. Pero la protesta fue inútil, y ellos me consolaron aduciendo que una gran cantidad de contrabandistas habían sido capturados gracias a ese tipo de registro, y que algunos guardaban allí hasta cien monedas de oro y una caneca llena de pólvora para vendérsela a los franceses en revolución. Pero a mí, desde luego, nada pudieron sacarme.

Y ahora ya vamos internándonos más en los Pirineos, y lo que hasta hace un momento no era más que neblina transparente, se convierte en pesada nieve que nos golpea como lingotes y se derrama sobre nuestros pies, sepultándolos. Pero el ascenso continúa, y la pobre mula parece disolverse en coces y resabios. A cada momento se oye un estruendo. Entonces levanto la cabeza y veo a una montaña blanquísima inclinándose sobre nosotros hasta que se estrella contra nuestras cabezas. Así nos va ocurriendo hasta que la nieve se funde como hierro y se vuelve hielo durísimo por donde resbalamos a cada momento. El arriero apenas si habla, y cuando lo hace no entiendo la jerigonza que me dice, aunque para mí, que cuando abre la boca no parece dirigirse a mí, sino al tiempo, al hielo y, en último caso, a la mula que resbala sobre el hielo y lanza mordiscos al aire infectado de frío... Así nos coge la noche, sin detenernos un momento por miedo a paralizarnos... Y ahora caminamos como sobre espejos, donde se refleja hasta el centelleo de las estrellas y donde podría verse la trayectoria de la luna, si la hubiera. El arriero camina delante de mí, llevando a rastras a la bestia, como si fuera un trineo, y yo aprovecho a que él nunca mira para atrás (ni siquiera para ver si lo sigo) y me encaramo algunas veces sobre el animal, y así descanso por algún tiempo, sin dejar de avanzar. Pero llega otra madrugada. El hambre y el frío van haciendo sus estragos, y el andar del arriero, que arrastra a la mula dormida, se hace más pesado y lento. Y yo, que ya no me siento con deseos de seguir, me tiro sobre aquella dureza que me refleja y me entran deseos de morirme. El arriero, sin mirar para atrás, se detiene, abre un hueco en el suelo donde introduce una pata de la bestia que al momento queda allí prisionera, sin posibilidades de escape. Viene hacia mí, me levanta los párpados, y luego se va otra vez hasta donde está preso el animalito. Y así fue que lo vi sacar una sevillana del mismo redondel del ombligo, donde nadie podía sospechar que pudiese guardarla y, con ella, se apareó a la mula, y de una sola rajadura le cortó la vena más gruesa, la que llega hasta el corazón y, colocando la boca en el orificio, se puso a beber la sangre del animal, que jadeaba y trataba de huir sin poder lograrlo.

—¡Venga usted y beba! —me grita sacando la boca de la vena cortada por donde salía a borbotones un chorro de sangre espesa. Y yo me deslizo sobre el hielo, pego la boca al manantial y bebo. Y al momento me lleno de energías y hasta siento deseos de echar a correr—. ¡Apúrese antes de que se congele! —me grita el hombre. Y yo sigo bebiendo aquella sangre todavía tibia que me va llenando de fuerzas, pero al poco rato deja de salir, y todo el animal no es más que un bloque de hielo oscuro que resalta sobre la transparencia de los demás bloques... Y continuamos la travesía. Iba yo con tantos bríos que a cada momento temía soltar un relincho o dar una coz a mi guía... Pero al otro día me vino también el sueño. Me sentí rendido y me eché a dormir sobre el hielo, que se extendía por todos los sitios. Y he aquí que a la madrugada me despierta el roce de una mano que se desliza sobre mi garganta; y, abriendo los ojos, veo al arriero junto a mí. Y con la sevillana en la otra mano... Y las energías, que pensaba que no llevaba, me salieron al momento. Y soltando un grito, que fue un aullido de terror, eché a correr por toda aquella desoladora región.

—¡Así cogerás miedo y no te dormirás! —me decía el arriero, justificándose.

Pero he aquí que mi voz va resonando, amplificándose, y chocando contras las barreras de las montañas, reventando cavernas, y rajando ríos interiores. Entonces viene el gran alud. Vemos montañas completas desplomarse sobre nosotros en forma sistemática e implacable. Los Pirineos parece que van a desaparecer. Maldigo de tan voluble lugar. Y el arriero y yo echamos a andar, soltando pedazos del cuerpo y sin dirigirnos la palabra por miedo a provocar otro alud. De esta manera vamos descendiendo, a tanta velocidad que los derriscaderos congelados, que se nos echan encima, quedan muy atrás... Así fue que vimos a un hato de hombres vestidos de negro que empezaba a ascender por donde nosotros bajábamos.

—Esos son los frailes —me dijo el arriero—, que vienen huyéndole al terror de la revolución; si se quedan en Francia lo más probable sería que los guillotinen.

Y yo casi hubiera temblado de no haber sido porque hacía rato que estaba temblando. La caravana se pierde en el ascenso y por último desaparece sepultada por un alud que se les precipita. Nosotros seguimos el descenso... Y así es que vemos a otra caravana de hombres y mujeres que se entierran y desentierran trabajosamente en la nieve, y que también parecen huir. Cruzan por delante de nosotros y se pierden en el ascenso, haciéndose añicos a causa de otro derrumbe que los sepulta.

—Esos parecen ser revolucionarios —me dice el arriero muy tranquilo—, y vendrán huyéndole al terror de la reacción. En estos momentos en Francia todo está cambiando continuamente.

Y como el arriero parece notar mi asombro, pronuncia estas consoladoras palabras:

—Pero cualquier cosa que usted vea no debe preocuparlo. Recuerde que es el doctor Maniau, y ningún antecedente lo compromete por encontrarse muerto hace ya tiempo...

Así seguimos andando, y «al otro día ya estábamos en Hostiz, helados de frío. Otro día atravesamos el valle de Baztán»[1] donde el sol, que caía a plomo, nos fue derritiendo la nieve que aún nos taponaba los oídos, las ventanas de la nariz y todos los demás orificios. Y continuamos viaje. «Al otro día estábamos ya en Cincovillas, desde donde se ve el mar, a Bayona y a todos sus alrededores, blanqueando en el campo como una vacada. Al otro día pasamos por Ordaz, último lugarcito de España por aquel lado, y mi afán era saber dónde era la raya de Francia.

»—Esta es —me dijo el arriero, señalándome a un arroyito muy pequeño y somero. Lo pasé, me apeé y tendí de bruces en el suelo.

»—¿Qué hace usted? —me dijo él.

»—He pasado el Rubicón —le respondí—: no soy emigrado, sino mexicano, y no traigo sino este pasaporte (era el de Maniau) de México para España.

»—No importa —dijo—; los gendarmes no entienden castellano, y en viéndolo tan grande le quitarán a usted el sombrero como a un gran personaje.

1. Fray Servando, *Apología.*

»Y así fue. Dormimos en Añoa, primer lugar de Francia,[1] donde el arriero se hizo de dos mulas» (no sé por qué artimaña). Y «a otro día, para entrar en Bayona, que es plaza murada, el arriero me hizo apear, y que fuera a entrar confundido con la gente del paseo público, donde por primera vez vi los coches tirados por bueyes»,[2] y me monté en uno. «Pero fue inútil la diligencia, porque el guardia me extrañó a causa del vestuario, y de ir con botas, y todo cubierto de polvo del camino. Me llevó a la municipalidad, donde presenté mi pasaporte mexicano, y como no lo entendieron, me dieron mi carta o boleta de seguridad. Todo esto era muy necesario en aquel tiempo por las turbulencias, aún no bien apagadas, de la República. Todavía lo era, aunque gobernada por cónsules, siendo Bonaparte el primero. Aquel día era el viernes de Dolores de 1801.»[3]

Qué hacer para no morirme de hambre, siendo yo tan pundonoroso que no me atrevía, desde luego, a pedir limosnas. Con mis vestidos desgarrados y la miseria saliéndome por los poros, me paseé durante la noche por toda Bayona, hasta que, de pie sobre un portal, me quedé dormido. Y muy de mañana (mientras nuevos desconsuelos me iban posesionando), con esa tristeza del desterrado que es desterrado de su destierro, eché a andar por toda aquella ciudad, para mí desconocida. Y así fue que en una calle del barrio de Sancti Spritus, oí un cántico de salmos en castellano... Me dirigí hasta allá y, sin pensarlo, entré rápidamente en el recinto de donde salían los cánticos.

Estaba, pues, dentro de una sinagoga. Y era la pascua de los ázimos y el cordero.

1. *Ibíd.*
2. *Ibíd.*
3. *Ibíd.*

Francia

Capítulo XVIII

De lo que me sucedió en Bayona al entrar en una sinagoga. Y de toda mi vida en esa ciudad hasta mi huida para salvarme

Jamás has estado en Madrid. Jamás has atravesado los Pirineos. Ni has pasado por todos esos lugares que mencionas y criticas. Bien sabes que el puente levadizo te lanzó de un golpe por los aires hasta Bayona y que, por azar, caíste sobre una sinagoga, y los judíos, temerosos del mal, te vieron descender como si fueras el Hijo de Dios. Tú mismo, oh, fraile, dices bien claro que cruzaste por sobre los Alpes, pero no entre ellos. Así fue.[1] Y caíste sobre la sinagoga en el mismo momento en que el rabino predicaba la imposibilidad del regreso del Mesías, el cual era retenido en Israel por el pecado de todos sus hijos. Y los judíos escuchaban apesadumbrados aquel sermón arduo que les quitaba las esperanzas del consuelo, por lo que no gustaba. Y tú llegaste en ese mismo momento, cayendo sobre las barbas del rabino, que era escuchado con desagrado porque no decía más que reproches. Y al instante todos te aclamaron como el Mesías, y se abalanzaron con furia contra el rabino, arrancándole las barbas. Y el pobre hombre salió despeluzado rumbo a la calle, mientras alzaba los brazos y clamaba por Dios. De modo que te rodearon todos los fanáticos que se encontraban en la sinagoga y te colocaron en el mismo sitio en que estaba el rabino, y cayeron de rodillas frente a ti, quitándose sus almaizales en actitud de gracia y besándote los pies. Y los que no pudieron besarte los pies besaron el piso; y como muchos de los judíos te-

1. «Cruzamos por sobre los Alpes.» Fray Servando, *Apología.*

nían por costumbre entrar descalzos en la sinagoga, todos los que besaron el piso cayeron muertos de la infección, y fueron considerados como criaturas manchadas por el pecado. Y se dijo que ésas eran las que, hasta entonces, habían retenido al Mesías en Jerusalén. Y cuando al fin terminaron los cánticos, y los muertos fueron amontonados sobre una de las esquinas de la nave, vino el silencio aguardador de la palabra. Y todos esperaban –como iluminados– a que tú les hablases. Y tú dijiste: No soy precisamente el Mesías, sino un simple emisario del mismo que quiere recordarles que el Mesías no puede venir a ustedes puesto que nunca los ha abandonado... Y he aquí que todos se enfurecieron contra el rabino, y salieron tras él, para matarlo al momento. Y tú seguiste hablando hasta que regresaron. Y tu voz salió fresca y llena de razones, que nadie entendía, pero que los emocionaba. Y fuiste aclamado. Y te colmaron de mil halagos. Y te compraron una túnica nueva. Y te hicieron llamar *Jajá*, que en su idioma quiere decir «el sabio». Y todos quisieron que tú fueras su huésped. Y poco faltó para que te descuartizaran, tirándote de un lado para otro. Y en esa situación te encontrabas cuando, de entre el barullo, saltó una judía muy movediza y pomposa y, al verla, todos le abrieron paso. Y ella, en un momento, llegó hasta donde te estaban zarandeando. Y, dirigiéndose a los fieles, dijo:

–Este será mi huésped. ¿Acaso no soy la mujer más rica de toda Bayona? ¿Acaso no soy la que mejor lo puede atender?

Y, sin más, cargó contigo... Y en brazos de Raquel (Fineta, en francés), saliste, atemorizado, de aquella sinagoga. Detrás iban todos los fieles, cantando alabanzas y lanzándote bendiciones. Contigo en sus brazos cruzó Raquel toda la ciudad. Y en una de las calles tropezó con el rabino destrozado por los fanáticos. Le dio un puntapié para apartarlo de su paso, y siguió andando hasta su casa: un palacio imponente.

Es la hora en que ya no es de día, pero tampoco es de noche. Y las sombras, que durante el mediodía habían quedado agazapadas debajo de los edificios o en los troncos de los árboles, comienzan a estirarse, hasta que se van uniendo y todo no es más que una sola sombra... Desde tu jaula, colocada encima de una galería de ventanas, viste al sol descender, entre estertores, y enterrarse en la línea del horizonte. Y, por un momento, todo cogió el color semiamarillento de las hojas maduras. Y las rejas de la jaula centellearon brevemente. Es ésta la hora en que los sonidos se transforman y adquieren resonancias extrañas, que parecen clamar (aunque muy discretamente) por la piedad o la melancolía. Desde la jaula te llegan voces, convertidas en susurros respetuosos, y ves hasta el mismo finalizar de la ciudad, y más allá la llanura, replegándose hasta formar un solo límite con el cielo. El palacio está por encima de todos los demás edificios, de manera que no puede haber secretos para quien todo lo observa desde arriba, sin poder ser observado. Aquellas casas, con las fachadas tan coloreadas y engalanadas, no tienen casi techo, y sus dueños duermen en el suelo. Aquel edificio de varios pisos, donde viven innumerables familias, tiene un solo patio donde las mujeres se reúnen a lavar y hacer la comida. Y hasta los mismos árboles pierden su serenidad y respeto, cuando se les mira desde esta altura, semejando arañas verdes que quisiesen despegarse del suelo. Pero ahora has olvidado estas comparaciones; y los últimos brillos del día, que habían quedado rezagados no se sabe detrás de qué sombra, al reflejarse entre dos palmeras de dátiles que marcan el límite entre la ciudad y la llanura, te traen recuerdos de otras llanuras y de otras arenas y palmares. Las evocaciones fueron descendiendo, a la vez que las sombras, como aves silenciosas y fijas que buscasen un solo objetivo y no lo encontrasen, y revoloteasen sin cesar, sin alejarse de un determinado lugar, pero sin posarse tampoco sobre él... Así estuviste, entrando y saliendo en tiempos y lugares. Y cuando diste la espalda a la ventana y contemplaste las ceremonias que se celebraban en el salón para tu diversión, ya se había hecho completamente de noche, y las voces volvían otra vez a adquirir sus timbres vulgares y sus resonancias chillonas.

En el salón, Raquel, con una indumentaria que lanzaba destellos, bailaba al son de una música llorona, mientras un gran número de cortesanas y caballeros se arrebujaban entre las sombras de las columnas y no dejaban nada por hacer. Un coro de viejos judíos rondaba por todo el salón, con sus grandes barbas blancas, y de vez en cuando alzaba la cabeza y te ofrecía una inclinación respetuosa, a manera de saludo repetido. Termina Fineta su danza y, a una señal, los judíos empiezan a soltar la cuerda de donde cuelga tu jaula.

Y ya desciendes.

—Oh, *Jajá* —te dice Fineta, abriendo las puertas de la jaula, entrando en ella y cerrándola al momento—, ¿ya estás decidido a celebrar la boda?

Pero tú ni siquiera le contestas. Todas las noches sucede lo mismo, la misma pregunta, el mismo silencio como respuesta. Luego, como siempre, saldrá Raquel muy entristecida y comenzará a cantar una tonada melancólica que evocará caravanas perdidas en el desierto, oasis secos, y soledad. Luego los judíos entrarán muy respetuosos hasta tus perpetuas habitaciones, y volverán a hacerte las mismas inclinaciones y las mismas proposiciones. «Que no sea tan tímido», «que la boda puede celebrarse en Holanda, donde no está mal visto que los frailes contraigan matrimonio», «que toda la fortuna de Fineta pasará a tus manos», «que con el tiempo te harías judío y serías el rabino de la gran sinagoga.» Pero tú tampoco les contestas, y ellos se retiran cabizbajos. Raquel continúa cantando su lastimero reproche. Y la jaula empieza de nuevo su ascenso.

Ay, qué suerte la mía, qué destino este de andar siempre de reja en reja, sin escape posible. Y cuando lo he logrado es para caer en otras rejas aún más difíciles de forzar. Espero que esta prisión sea lo peor. Por lo menos, hasta ahora ninguna me ha sido tan dura como ésta. Ay, porque estar acosado por una judía melosa que quiere que renuncie a todo y me case con ella es lo más terrible de lo que me pueda haber sucedido. Y todos los días me hostiga con sus proposiciones. Y yo no veo la forma de escaparme de esta jaula, a pesar de que ya he examinado hasta sus últimos recovecos. Pero tengo que salir de aquí como sea. ¡Tengo que salir!, ¡que salir!

Así clamaba el fraile apenas se hubo despertado, y corría de un extremo a otro de la jaula que colgaba de lo más alto de los ventanales del castillo; de manera que ni siquiera veía al hombre que, allá abajo, se le acercaba con el desayuno, y que desde allí arriba semejaba un insecto minúsculo abriéndose paso dentro de un laberinto.

¡Y que no se reviente la soga!, ¡y que no me precipite hasta el fondo del castillo y allí caiga sobre las cabezas de esos judíos y los haga trizas, aunque yo también me tenga que despedazar!...

Y, al momento, la jaula pareció soltarse de sus amarras y comenzó un descenso vertiginoso. Dentro, el fraile se asía aterrorizado a los barrotes, y pensaba en la ironía de los hechos, viendo cómo de tantas cosas que deseaba sólo se le concediese lo que había sido solicitado como un mero medio de desahogo. Así meditaba el fraile, bajando a toda velocidad. Y esto le hizo llegar a la conclusión de que aun en las cosas más dolorosas hay una mezcla de ironía y bestialidad, que hace de toda tragedia verdadera una sucesión de calamidades grotescas, capaces de desbordar la risa... Con gran estrépito cayó aquel artefacto dorado (toda la jaula era de oro, pero resulta tan penoso decirlo), y el palacio retumbó, y por un momento no se oyó más que un infernal estallido de cristales, lozas, vitrales, jarras; y hasta los mármoles más gruesos quedaron reducidos a polvo. Dentro de esa polvareda emergió el cocinero, pidiendo mil perdones (pues era él quien, emocionado por las lamentaciones del fraile, había soltado la cuerda en el momento en que hacía descender la jaula para darle los alimentos al cautivo) y con los añicos de la bandeja en la cual traía el desayuno. Detrás de aquellos retorcijos de oro clamaba el fraile, pidiendo de favor que lo sacasen de allí antes de quedar completamente asfixiado. Halló el cocinero la puerta, la abrió a golpes. Salió fray Servando caminando en un solo pie, mientras el criado le sacudía la ropa y otra vez le colmaba de excusas.

—Cállese usted —le dice el fraile, ya caminando sobre los dos pies—, y dígame rápido cómo se sale de este lugar.

—Ay, ¡salir! —exclamó el cocinero—. ¿Cree usted que es tan fácil?

—Lo más difícil era salir de la jaula y ya estoy fuera.

—Pues no lo crea usted. Este palacio no es más que una sucesión de jaulas, unas incrustadas en las otras. Ha salido de la primera, pero ahora estamos en la segunda. ¡De aquí a la última!...

—Si salí de la primera saldré de la última. Y si no quiere ayudarme saldré solo.

—Sí, quiero ayudarle —dijo el cocinero, y sus palabras sonaron tan desgarradoras que era indiscutible su sinceridad—. Lo estaba oyendo clamar allá arriba y quedé embelesado. Por eso se me escapó la cuerda y vino usted al suelo. Esas mismas palabras que decía usted las dije yo hace diez años. Y sin embargo, míreme aquí: en diez años no he conseguido más que salir de la primera prisión y bajar de categoría, pues sepa que yo vine aquí en la misma situación que usted. Esa judía siempre se encapricha con los imposibles. Y cuando ve que no lo logra, lo rebaja a uno. Así, la mayoría de los criados, aun los más despreciables, ocuparon en un tiempo el sitio que usted ocupa ahora.

—Pero, ¿por qué no se casó ninguno con ella? Usted mismo, ¿por qué no llegó a casarse con esa mujer?

—Por lo mismo que no se casa usted... O por otro motivo parecido... —dijo el cocinero, con tanta intimidad que el fraile no quiso seguir investigando.

—Pero de todos modos voy a hacer lo posible por salir de aquí... —dijo luego Servando, y su firmeza entusiasmó al criado.

—Y yo lo ayudaré. Y escaparemos juntos.

En ese momento una cuadrilla de sirvientes entraba en el salón, alborotados por el estruendo que había resonado en todo el palacio. Servando y el cocinero no pudieron hacer más que enterrarse entre los montones de polvo vidrioso que llenaban todo el recinto. Escondidos debajo de aquella mole, que a cada momento les traspasaba el cuerpo, oyeron los gritos de Raquel y luego sus órdenes mandando a vigilar constantemente las dos mil jaulas que formaban el entretejido castillo. Y el fraile, al oír este número tan elevado, quiso soltar un grito, pero los vidrios que lo aprisionaban le impidieron abrir la boca...

Además —ordenó Fineta, a quien nada se le escapaba—, toda esa polvareda debe ser pasada por un tamiz por si acaso se encuentra el *Jajá* ahí... escondido...

Con estas noticias Servando perdió completamente el juicio. Trató de moverse dentro de aquellos escombros y sintió como si millones de alfileres lo fueran traspasando. Al momento aparecieron los criados con el gran tamiz y una gran pala, y empezaron a ventear todo aquel desastre... Y sucedió que ya anochecido llegó Raquel de nuevo al salón, y viendo que aún no encontraban a su fraile, se echó a llorar, y tomando un puñado de aquel polvo vidrioso se lo llevó a los labios; con tanta emoción besaba aquellos restos, que algunos de los diminutos pedazos del vidrio triturado pasaron a su estómago y la mataron al momento, no sin antes haber soltado un grito tan estruendoso que las partículas del desastre se transformaron en una polvareda grisácea que envolvió todo el salón. Este fue el momento que aprovecharon Servando y el cocinero para trasladarse hasta el montón de vidrio ya tamizado y ocultarse en su interior.

Y así fue que toda la montaña de vidrio pasó por el tamiz sin que se encontraran rastros del fraile (motivo por el cual se confirmó la noticia entre los judíos de que se trataba del demonio). Y toda aquella arena fue trasladada a un gran carretón que, en amaneciendo, fue sacado del castillo por un millar de criados cristianos que tiraban del vehículo. Sobre todo aquel cargamento iba el inerte cuerpo de Raquel, ya que los judíos (por su gran espíritu de ahorro) determinaron utilizar el mismo transporte para los funerales. Debajo de todos aquellos cristales y de Raquel, el criado y Servando creían asfixiarse.

Y así fue que el carretón (siempre tirado por los sirvientes cristianos, por ser sábado y los judíos no poder hacer ningún tipo de trabajo), fue traspasando las dos mil jaulas, que eran abiertas por otros dos mil criados cristianos. Y el vehículo salió al fin a la ciudad, y los conductores, sudorosos, lo vinieron a depositar, ya atardeciendo, a orillas del río Dax, donde fue volteado, y lanzada su pesada carga a la corriente. De manera que el cuerpo de Raquel quedó sepultado, y Servando y el cocinero emergieron, para asombro de los cristianos, quienes los vieron alejarse sobre las aguas espumeantes, que adquirían miles de coloraciones cada vez que emergían los remolinos de vidrios minúsculos, a los que el sol del atardecer hacía centellear.

—¡Oh, libertad! —exclamaba el cocinero, mientras flotaba de espaldas sobre la corriente y recitaba trozos completos del *Contrato social.* Por lo que el fraile sintió curiosidad por aquel personaje, y le preguntó su origen y nombre.

—Oh —contestó el cocinero—, yo soy ahora el gran Samuel Robinson, que en otro tiempo fui el sabio Simón Rodríguez... —Y al momento la corriente del Dax lo fue arrastrando hasta el fondo, por lo que el fraile pensó que lo más conveniente era hacer la señal de la cruz allí, donde había desaparecido. Pero he aquí a Samuel que vuelve a resurgir más adelante—: ¡Nos veremos en París! —le dice Simón al fraile, como quien salta a un coche. Y de nuevo la corriente lo hace desaparecer. Por esta vez el fraile no hizo ninguna señal.

Toda la noche siguió el fraile cabalgando sobre aquellas aguas que no dejaban ni un momento de sumergirlo, sacarlo a flote y volverlo a sumergir, hasta convertirse en un monótono juego en el cual el fraile se adormeció. Pero a la mañana había ya perdido las pocas fuerzas que traía encima. Iba, pues, a la deriva y sin posibilidades de ganar la orilla, cuando tropezó con algo metálico que le impidió seguir la travesía. Y fue a sumergirse hasta el mismo fondo del río (sin duda un golpe de suerte), asiéndose a unas raíces, nadó hasta la orilla y saltó a tierra.

—Ha arruinado usted mi puente —le dice entonces un hombre, con un saco lleno de oro en las manos.

—¿Qué puente? —pregunta, asombrado, Servando. Sin dejar de observar a personaje tan ridículo.

—El que estaba haciendo con todo este oro para poder cruzar el río y llegar a París.

—Pero, ¿para qué derrochar tanto dinero? ¿Es que no hay otra forma de cruzar este río?

—No sé si la habrá o no. Soy el conde de Gijón y tengo

millones, y si con ellos no puedo cruzar un río entonces para qué tenerlos –y arrojó dos bolsas más a la corriente.

–¡Qué derroche! ¡Qué derroche! –clamaba el fraile, poniéndose las manos en la cabeza y echándose en la sotana las monedas que había desparramadas en la orilla.

Así fue que acertó a pasar un labriego y el fraile habló con él sólo por unos momentos. Y al poco rato ya estaban el conde y Servando atravesando el río, trepados sobre el labriego, que también lo atravesaba, pero a nado.

–¡De qué me sirve mi oro! –bramaba el conde–, si para cruzar este arroyo he tenido que pedir ayuda.

–De mucho le sirvió –dijo el fraile–, pues acabo de darle una moneda de oro al labriego.

–¡Una moneda de oro!... –y fue tanta la alegría del conde, al ver que su dinero no había sido inútil, que empezó a abrazar al fraile y a hacerle mil promesas–. No sé el francés –decía–. Necesito a alguien que me enseñe todo lo que se puede ver. Y que me ayude a gastar todo este oro que traigo de América y todo el que tengo invertido en azúcar que al venderla triplicará mi fortuna. Yo soy el gran conde de Gijón y vengo del Perú. ¡Así que vamos a París!... ¡Soy el conde de Gijón! ¡Soy el conde de Gijón!

Y tantas veces lo fue repitiendo, que cuando el conde de Gijón se cansó de nombrar sus títulos, ya iban entrando en Burdeos.

Capítulo XIX

De mi entrada en París

Después de haber pasado por Burdeos, donde el conde de Gijón gastó un dineral en vino, que él estimaba que era de los mejores y más exquisitos, descubriendo luego que no era más que un mejunje fabricado en Canarias, proseguimos viaje, siempre tirando el oro como si fuera tierra, cosa que me hacía sufrir muchísimo, y trataba de irle de la mano al conde para que se frenara un poco.

Y entramos en París.

Lo primero que vimos fue un ejército muy bien uniformado y portando armas de guerra; pensé al ver aquella artillería y todo aquel desfile de uniformes de colores que se trataba de una invasión contra el rebuznante Napoleón. Pero pronto me enteré que no era más que gente del rey que se dedicaba a espantar las ranas a los nobles para que no los molestaran durante el sueño. Cada noble tiene el nombramiento de uno de estos ejércitos, y aquel que no lo tenga se le considerará tan infeliz que nadie querrá trato alguno con él. Es de suponer que el pomposo de mi perulero trató inmediatamente de agenciarse uno de aquellos ejércitos, y que de no haber sido por mí habría gastado toda su fortuna para satisfacer tan atolondrado capricho... Así continuamos viaje. Pero he aquí que somos sorprendidos por un batallón que, con furia, cruza sobre nosotros, siguiendo, como perros de presa, sabrá Dios qué feroz enemigo. Pero al preguntar a qué viene aquella estampida y de si se trataba de una resurrección de los bárbaros, alguien me comunica que no están haciendo más que perseguir a una paloma que, sin respeto a la propiedad ajena, osó meterse en los sembrados de un obispo. Así iban quedando destrozados todos los campos por donde atravesaba el ejército en busca de aquella avecilla. Se siente una estampida, parecen cañones que retumban furiosos. Han atrapado a la paloma. Vuelve otra vez la tranquilidad... Continuamos viaje yo y el ostentoso conde, que no para de hablar sandeces, de tirar el oro y de cometer mil disparates. Entrando ya en París, nos tropezamos con un hombre ahorcado. El hombre cuelga de una encina y de sus cabellos cuelga una paloma destrozada. Tal parece que éste fue el dueño de aquel importuno animalito, que ahora se balancea a la entrada de la ciudad, para ejemplo de los propietarios de estas aves. Esto, y todas las demás cosas que vi entrando en París, me hizo comprender a las claras que las cosas habían vuelto a su estado normal y que el tumulto de la revolución ya había pasado.

Iba yo de lazarillo del conde de Gijón que, por supuesto, no sabía francés (ni siquiera muy bien el español), y se asombraba ante cualquier tontería que en América estaba ya cansado de ver. Pero como tenía dinero todas sus ridiculeces le fueron perdonadas, y hasta alabadas. Con él entré en los salones más lujosos de la aristocracia de siempre y conocí a lo que podría llamarse «lo más noble de la época». Pero pronto me cansé de hacerle el papel de lazarillo a aquel perulero desfachatado: yo —que bien sabía cómo tratan de pelar los europeos a un americano en cuanto llega— no cesaba de aconsejarle y de sujetarle las manos al conde, aun cuando gastase en mi persona. Pero él se ponía furioso, y seguía gastando y derrochando a manos llenas. En una de estas discusiones resolví abandonarlo y entregarme otra vez a la pobreza, para la cual, después de todo, parecía estar formado. Así que recogí las pocas cosas de mi posesión, le entregué al conde lo que me había regalado y con un bulto pequeño, que casi podía guardar debajo de la sotana sin que se notara, eché a andar por las calles de lo que entonces llamaban «el maravilloso París». Y en realidad lo era, para quien sólo buscase la picardía y el pecado, puesto que París no se diferencia de la corte de Madrid más que en que aquí las cosas escandalosas se hacen a la luz pública. Y por eso se ha perdido ese hálito de misterio, mezcla de lujuria y misticismo, que en España aún sigue perdurando.

Nunca me sentí tan tranquilo e independiente como cuando abandoné al desfachatado perulero (que al poco tiempo quedó completamente arruinado y tuvo que pedir limosnas) y me dediqué a tratar de vivir por mis propios medios. Y, como yo era muy escrupuloso, pasé incontables miserias, pero no me decidí a pedir ayuda. Así fue que estando un día desfallecido de hambre, me arrastré hasta un banco de un paseo y me tiré allí, casi a morir. Entonces oí que alguien me llamaba con grandes voces y, empleando las pocas energías que aún me quedaban, alcé la cabeza y vi a Samuel Robinson, que venía corriendo hasta mí.

Fue una gran suerte tropezarme con ese Simón Rodríguez, que a veces parecía estar loco de remate y resultaba entonces una persona formidable. El me alborotó para poner una escuela donde enseñáramos el español. Y la pusimos. Las clases las dábamos en los parques y en las iglesias. Samuel se consiguió algunos alumnos de gente noble a los que enseñaba en sus palacios. Fue entonces cuando decidimos traducir al español la *Atala,* del vizconde de Chateaubriand, traducción que nos fue onerosa, pues se cuentan muchos nombres botánicos que no están en ninguna enciclopedia. Pero al fin terminamos la traducción, y el primer ejemplar se lo vendimos al mismísimo vizconde, que acertó a pasar por allí. Creo que la mejor época que pasé en París fue aquella de mi amistad con Rodríguez; al menos es la que ahora me viene al recuerdo sin ningún momento desagradable que la empañe. Por primera vez tenía lo que se podía llamar un verdadero amigo. Tanto Simón como yo veníamos de América, habíamos sido desterrados y procedíamos de las cárceles más bárbaras de España. Tanto él como yo estábamos llenos de ideas y no hacíamos más que pensar en la forma de cambiar el mundo, por lo menos el americano, tan bestializado e ignorante. Yo, después de infinitas miserias, conseguí la rectoría de una parroquia, y él se hizo de una verdadera escuela donde empezó a enseñar el español en forma ordenada. Había que oír aquellas clases de mi amigo Robinson: cerraba siempre con un fuerte discurso volteriano que fulminaba. En la calle se agrupaba la gente para escucharlo. La mayoría de los alumnos nunca aprendió a la perfección una conjugación castellana, pero este detalle resultaba nimio si tenemos en cuenta que salían de allí convertidos en verdaderos hombres, atormentados por esa nueva visión del mundo que Simón, a fuerza de martillar, les había encasquetado... Digo que fue ésta una época que siempre he de rememorar con agrado y digo poco: tendría que agregar que fue la única. Cayendo el día, después de haber terminado Simón las clases y haber yo cerrado la parroquia, salíamos a deambular por todo París. El iba parodiando a Voltaire y a Rousseau y diciendo barbaridades de todos los nobles, yo enriquecía su porte contando anécdotas de los clérigos y de lo que sucedía en la corte de España, que a pesar de ser ciertas dejaban pequeñas las barbaridades que me contaba Simón. Así nos llegábamos al Palais Royal, donde nos poníamos a hacer un inventario de aquel lujo inútil que tiraban los reyes. Una vez recuerdo haber contado once cocinas, catorce cafés y doce teatros grandes y tres pequeños y hasta centenares de *secretas* con *bureau* o mesas de cambio de moneda y gente de peluca que suministraba, para limpiarse, agua de lavanda y alhuecema para salir con el trasero oloroso. Comentando todas estas cosas tan ridículas volvíamos, ya de madrugada, de nuestras andanzas; siempre con la cabeza llena de miles de proyectos y sintiéndonos, muchas veces, acongojados por tantas nimiedades... Pero fue corto este tiempo de tranquilidad y compañía (y quizá por eso lo recuerdo con tanto agrado): una mañana recibió Samuel la orden imperial de abandonar inmediatamente Francia. Y partió otra vez a vagabundear y a fabulear. Y yo, que me vi en él como nunca me he visto ni en mí mismo, tuve que empezar de nuevo a adaptarme a mi compañía, que por aquellos tiempos se me hacía insoportable. Me dijo que iría a Alemania, a Austria, a Rusia. Y allá se fue, «siempre de maestro, siempre de filósofo, siempre irónico y sarcástico y ferozmente entusiasta por la independencia».[1]

Huyéndome, tal vez, fue por lo que recomencé a visitar los salones, los palacios, los sitios oficiales de aburrimiento de la nobleza.

Estoy en el gran palacio del vizconde de Chateaubriand. ¿Quién no está esta noche en este palacio? Por doquier no se oye más que pedantes conversaciones acerca de literatura que, por lo aburridas y pomposas, se hacen insostenibles. De América no sale a relucir ningún libro, ningún autor. Tal parece como si no existiera... Por fin aparece el vizconde, con su vestimenta negra de gran ceremonia, con su andar lento y su manera de mirar distraída y sin ver. Parece un ser elegido de una región desconocida. Se hace silencio. La mayoría de las mujeres se reclinan en el suelo sobre grandes almohadones ya preparados al efecto. La voz del vizconde parece emerger de una gruta final. Es una voz pastosa y melancólica, lenta, que parece repasar cada palabra, deteniéndose en cada sílaba, en cada letra, para llenarla de entonación. Es una voz que no habla de hombres ni de hechos concretos sino de tiempos de melancolías y de una tristeza que ni siquiera se puede identificar; y cada palabra, y cada pompa de su entonación, es acompañada por un ademán también pomposo, casi grandioso, que siempre luce afectado. *Je reste pour*

1. Germán Arciniegas, *América Mágica.*

enterrer mon siècle. Y concluye como un profeta lleno de luz. Vuelven otra vez las conversaciones. El vizconde disipa un tanto sus gestos de grandilocuencia, y viene a saludarnos, me saluda, le suelto en la cara que he traducido uno de sus libros y le recuerdo que fue él el primero en adquirir un ejemplar. El vizconde no recuerda. Se sonríe con gran condescendencia. Desaparece entre el barullo. Otra vez las conversaciones. ¿De qué se habla? ¿Qué se dice? ¿Cuál es el comentario de la velada? ¿Qué importancia tienen todos estos coloquios?...

En una de las tantas reuniones de salón conocí más personalmente a Chateaubriand, que daba una fiesta en su palacio. Hubiera sido mejor no haber hecho amistad con él; tanto en esa reunión como en todas las restantes, en las que trabé cierta intimidad con el vizconde, la visión que me dio fue la de un hombre demasiado triste, reaccionario, melancólico. Chateaubriand dio forma por primera vez a esa tristeza moderna que se llama *el mal de René...* Y es indudable que su hablar suntuoso y sobrecargado, que parecía como «si estuviera desplegando tapices orientales»[1] sobrecogía a la mayoría de la gente enfermiza que le escuchaba... Y así fue que al terminar este hombre de hablar pude darme cuenta que todas aquellas mujeres que le prestaban atención, sentadas sobre los almohadones, se habían dado muerte. Y a un ademán del vizconde, respetuosos criados con pelucas recogían los cadáveres y los tiraban a otro salón. De nuevo empezaba entonces la conversación.

Ahora estoy en casa del ya pacífico abate Henri B. Gre-

1. Artemio de Valle-Arizpe, *Fray Servando.*

goire. Se llama ésta la velada del llanto y, por lo que pude enterarme, ya se ha repetido con mucho éxito. De manera que es una más entre las veladas de la nobleza... Gran silencio. Aparece el abate. Se sienta sobre una modesta silla frente a sus invitados. Las luces se apagan y queda solamente prendida alguna que otra vela. De entre esa casi penumbra salen los sollozos del abate, primero muy suaves, como una canción a punto de coger entonación; luego aumenta su volumen, y después es ya un aullido que se prolonga, sin alterarse (sin ascender ni bajar), durante media hora. Dos criados retiran, de vez en cuando, de la cara del abate sus constantes lágrimas. Los invitados encienden sus pipas. Las mujeres hacen comentarios en voz baja:

—Hoy llora mejor que nunca.

—Está insuperable.

Y algunas también se echan a llorar, pero por lo bajo, como temiendo opacar al abate. Al cabo de esa media hora el llanto sube de volumen, como un golpe orquestal ensordecedor, pero sólo por unos momentos; luego desciende en breves hilillos, se va haciendo imperceptible, y cesa. Ha terminado la velada. Los empapados pañuelos que han usado los criados del abate son muy codiciados. Se inicia una lucha por ellos. Luego, alguien propone subastarlos. Comienza la subasta. Las proposiciones ya ascienden a miles de monedas de oro. El abate ha desaparecido. Yo aprovecho también la confusión y desaparezco.

En una de esas reuniones conocí al abate Gregoire, que ya estaba muy tranquilo y en nada recordaba al hombre furioso que, hasta los últimos momentos, defendió la vida de Luis XVI. A estas reuniones del conservador abate concurría toda la nobleza sobreviviente a la Gran Revolución, y todos los principales personajes de Francia. Lo más encumbrado, junto a señoras de muchísimo lustre y empinado copete... El abate terminaba siempre aquellas reuniones con un recuento del pasado, una evocación al guillotinamiento del rey, y luego una sesión de llanto.

Para la sociedad de aquellos tiempos —añorante de viejas épocas— ninguna velada era tan importante y conmovedora como ésta, que yo sólo pude soportar una vez.

Capítulo XX

Del diario del fraile

Acabo de llegar de los salones de Madame Recamier. Nada de importancia. La Recamier se paseaba constantemente por entre los invitados y profería chistes livianos, que no causaban ninguna gracia, y de los cuales todos se reían. Luego llegó Benjamin Constant (hombre de armadura endeble y de carácter amargado, con el que he conversado varias veces y nada de valor me ha dicho) y los dos desaparecieron rumbo a las altas habitaciones. Al cabo de una hora volvieron a aparecer: venían cogidos de la mano, y la Recamier lucía una sonrisa de yegua satisfecha... Me fui amaneciendo y muy aburrido. Ya en la salida conocí a un joven guanajuatense: Lucas Alamán, que me hizo despertar de ese letargo de salón cuando me habló de su tierra, que es la mía, y de sus pasiones, que también son las mías.

París, agosto, primero...

He hecho amistad con el joven Alamán, y me ha invitado a visitar el famoso salón de Fanny. Allí conocí a otro joven muy altanero, rebelde y orgulloso, un tal Simón Bolívar (amante de Fanny y de casi todas las cortesanas del salón). Me dijo que había sido discípulo de Simón Rodríguez y esto me bastó para considerarlo un amigo. Me habló de Robinson, y me informó que en esos momentos estaba en Viena, aunque solamente por unos días. Luego no sabía qué rumbo tomaría su inquieto profesor... Otro personaje que me impresionó fue el de Madame de Staël

—antigua Madame Necker—. Es muy atractiva y, sobre todo, se destacaba entre las demás mujeres (tan amaneradas y ostentosas) por su poco interés en destacarse. Le pedí a Alamán que me la presentase, pero en esos momentos entró en el salón el joven Alejandro de Humboldt, a quien todos le dicen el Barón. Humboldt constituyó el plato fuerte del salón. En un francés muy fluido y claro habló de todo y con gran conocimiento, pero sin alarde. Conoce América mejor que la mayoría de los americanos, y sus ideas políticas son de las más avanzadas. Muchos se estremecieron cuando dijo: «La América española está madura para ser libre, pero carece de un gran hombre que inicie la marcha». Y el joven Bolívar, que constantemente tenía que estar apartando a Fanny, pues lo agobiaba con perennes besuqueos, lo escuchaba muy atento y se le notaba exaltado. Por último, viendo que Fanny no le dejaba oír con atención las palabras del barón, le propinó una gran bofetada que resonó en todo el salón. Entonces Madame de Staël soltó una carcajada, muy contagiosa por cierto. Y el barón continuó hablando.

París, agosto, 16...

El joven Alamán me ha presentado a este otro formidable joven, que es Humboldt. Hemos hablado toda la tarde aquí, en la parroquia, y, ya oscureciendo, salimos a dar una vuelta en el coche del barón. Hemos vuelto a la América. Estás allí, conversando con la naturaleza y con la vida de la gente. Tocas las cosas. Cuando el barón olvida un detalle, tú te precipitas a recordárselo... Hablamos de los ríos, que él conoce de memoria, y hasta de los más insignificantes arroyuelos... Y de la ciudad de México no ha olvidado ni el nombre de una calle. Ya está enterado de todas las vilezas que he sufrido. Nos bajamos del coche y echamos a andar por el paseo, y a cada momento nos detenemos para resaltar un detalle. Para discutirlo. Para llenarnos mutuamente de pasión. Después seguimos andando. Hace bastante frío y aún no estamos en invierno. El barón me invita a su castillo... El castillo está rodeado por miles de plantas de toda la América. Atravesando el jardín oímos chillidos, silbidos, piares, graznidos de aves americanas que no pensé ya oír jamás... Ahora estamos en una de las terrazas del castillo. El barón me enseña su ensayo sobre la Nueva España, en el cual se encuentra trabajando. Le doy más datos. Le lleno la cabeza de nuevas ideas y descripciones. Me voy dejando llevar por los sentimientos... Ya amaneciendo nos despedimos, siempre con el compromiso de volvernos a ver.

París, septiembre, 30...

Al fin he podido conocer a Madame de Staël. Tal como lo pensé, es una mujer formidable... «Viene usted de un lugar que pronto existirá», me dijo cuando le fui presentado. Y después nos mostramos tal como somos: sin ninguna ponderación o grandeza. Le dije que detestaba a las francesas, que todas me parecían boconas y horribles, hechas al tipo de las ranas. Me contestó que ella adoraba a los americanos, que todos le parecían *llenos de fuego;* de un fuego que en los europeos hacía tiempo que se había extinguido. Le dije que no comprendía por qué tenía siempre su casa llena de gente quejumbrosa y despreciable.

—«Lo que hace sociable al hombre es su debilidad» —me contestó, citando a Rousseau (esa nueva y manual biblia)—. «Y yo soy débil» —agregó, con ese tono, mezcla de picardía y confesión.

—«El ser verdaderamente feliz es un solitario» —le respondí, siempre citando a «la biblia moderna».

—Oh, «sólo el bueno permanece solo» —agregó ella, y aquí terminamos con Rousseau.

Caminamos hasta otro salón y allí nos sentamos. Entonces sacó su cigarrera en cuya parte central estaba dibujado el cuerpo de Luis XVI, y en la tapa la cabeza, que se unía al cuerpo, pero que se separaba en cuanto la cigarrera se abría.

—Le hace gracia la figura —me dijo sonriendo—. Es para recordarle a todo el que observe que aquí una vez se le cortó la cabeza a un rey y que —y aquí su voz se alzó ligeramente, casi con pasión— en cualquier momento puede volver a suceder.

—¿Hace usted algo para que suceda?

—En estos momentos —dijo, con gran naturalidad— no hago más que invertir mi capital en pólvora... A ver en qué forma podemos volar con el imperio y también con esa camarilla de bribones borbones, que ya veo ascender.

—«La familia indiscutible» —agregué, citando palabras textuales de Constant.

—Ah, esa mujerzuela —dijo ella, lo cual me hizo suponer que habían sido amantes, refiriéndose a Constant.

Desde el primer salón nos llegaba la música de la orquesta, pero bastante lejana, lo cual la hacía menos insoportable. Staël fumó un rato. Luego se tendió sobre el sillón y no dijo nada. Nos entendíamos perfectamente.

—Hemos perdido la gran oportunidad. Tal vez la única —dijo luego—. Una revolución no se hace en diez años, ni en un siglo. Es la acumulación de épocas y hombres. Y ahora llega al fin esa culminación. Y ahora nosotros la estropeamos y ensuciamos hasta deformarla, faltándole con eso el respeto a toda la humanidad... Pero, entonces me digo: ¿y si hubiéramos respetado aquellas posiciones?, si todo hubiera salido tal como debió haber salido, ¿se hubiera logrado acaso la felicidad?... Y me pongo yo en el ejemplo, y me pregunto: ¿podrías vivir sin estos salones?, ¿sin esta gente que se te hace insoportable?, ¿sin dar estas fiestas?, ¿sin sentirte importante dentro de toda esa mezquindad tan despreciable? Y sobre todo (y esto es lo que más me preocupa): ¿serán los demás, los que nos odian y quieren destruirnos, menos mezquinos que nosotros?...

Acomodó despacio los restos del cigarro sobre el cenicero de largas patas de plata, y de nuevo se recostó. Y lloró un rato, sin hacer casi ningún ruido. Terminado el llanto sacó un pañuelo muy fino, que llevaba escondido no recuerdo dónde, y se limpió la cara.

—Vamos —dijo al fin con gran soltura—, aún no le he enseñado mis habitaciones.

Estamos en las habitaciones de Madame de Staël. Me ha regalado una bandera roja donde está escrita la *Marsellesa.* Me ha mostrado su colección completa de obras de Voltaire enchapada en oro. Se ha tirado sobre la cama, arrugando todos los tules y encajes, que crujían penosamente, y me ha dicho: «Demuéstrame que mi opinión sobre los americanos es verdadera». Me ha llamado reaccionario y monárquico cuando le expliqué que mi condición religiosa me impedía realizar algunos actos que cualquier otro se los podría otorgar con muchísimo gusto. Se ha levantado. Me ha dado la mano con gran cortesía y me ha dicho: «No importa. No era más que un gesto de afabilidad que mantengo con casi todos mis invitados»... Del brazo bajamos hasta el primer balcón.

Constant y la Recamier bailaban sin moverse. Fanny y su infatigable americano se perdían detrás de una columna. Más allá, Humboldt y Alamán conversaban muy tranquilos, sentados sobre grandes sillones que miraban al comedor. La mayoría de las mujeres se desgajaban en inclinaciones y coqueterías.

Madame de Staël hace una sencilla reverencia ante el abate Gregoire. Le toma de las manos y se pierden entre el tumulto.

París, noviembre, 21...

Me he quedado todo el día en la parroquia. Hace rato

llegó el secretario del embajador español y trató de volverme ateo con los argumentos de un libro pésimo, que acaba de publicarse. Después de haberle reducido a polvo sus planteamientos me pidió cinco monedas de oro y se marchó.

A la parroquia no ha venido hoy ni un alma (a no ser ese detestable secretario, que no sé si la posee).

París, diciembre, 11...

El barón de Humboldt ha partido para América. Vino a despedirse. Hablamos muy poco y yo, al final, le dije:

–Si se queda usted mucho tiempo por allá, de seguro que nos veremos.

–Así será –me respondió. Y nos reímos... Pienso en América como en algo demasiado querido para que sea verdadero. Y algunas veces me pregunto si será verdad que existe.

París, mayo, 17...

Madame de Staël ha recibido la orden de abandonar inmediatamente Francia. Ni siquiera pudimos despedirnos. Me ha enviado un corto mensaje en el que me saluda entusiasmada y llena de serenidad. También promete volver a verme. «Estoy segura de que nos veremos pronto», dice. Y más abajo: «Cuelgue usted los hábitos, que le conviene...». Eso no es necesario que me lo diga.

París, febrero, 4...

El invierno en París. La mitad de la gente del pueblo ha muerto de hambre y de frío. Los otros días sorprendí a una devota tomándose el vino del cáliz. Es tanta la miseria. Me dio mucha pena y la invité a comer... Los suicidios, desde los puentes, se han convertido en una locura contagiosa. Hay allí cadenas de policías para impedir que la gente se lance constantemente desde las barandas hasta los ríos congelados. Pero también los policías rompen, a veces, las reglas, y se dejan caer, estrellándose contra los hielos... Es una gran ola de suicidios provocada por el frío, según dicen.

París, marzo, 11...

Me estuve paseando por toda la ciudad. Entré en un teatro y después seguí caminando. He reparado cómo le reprochan a uno el andar con los hábitos de fraile por calles y teatros. Para la mayoría de los franceses es un escándalo que un fraile salga de su parroquia, y más después que fueron cazados, como «bestias negras», por todos los bosques de Francia. La gente, en cuanto salgo a la calle, me mira recelosa y criticona. Y al pasar por sobre uno de los puentes, el cordón de guardianes se puso muy atento. Según me han informado, los frailes que han cometido tales descalabros son tantos que los mendigos se aglomeran en las desembocaduras de los ríos para quitarles los hábitos y hacerse vestidos y trajes de disfraz para el carnaval.

París, marzo, 17...

Sigue el invierno. No sé qué hacer. La parroquia está cerrada y los mendigos quieren entrar por la fuerza. Si entran romperán todo lo poco de valor que queda. Pero si los dejo fuera se morirán de frío... Abro la parroquia y la multitud entra en estampida. Se tiran de rodillas ante el altar y empiezan a rezar. Muy turbado doy misa y hago que canten la salve. Muchas de las palabras de la misa se me han olvidado. Si sigo aquí voy a perder el juicio.

París, junio, 3...

Ya perdí el juicio.

Aquí terminan las anotaciones del fraile. Sin embargo se sabe que permaneció en París hasta la segunda entrada de Napoleón; partiendo entonces para Roma «huyéndole al ladrón de pueblos», según sus propias palabras. En Roma pidió autorización para dejar los hábitos de fraile y hacerse clérigo de mundo. Y como fue denegada su petición, presentó al mismo Papa su querella, quien, al no oírlo, enfureció a Servando; y preparó una expedición desde Sicilia para tomar el Vaticano «y freír al Papa» (según sus propias palabras). Pero, por obra y gracia del Espíritu Santo y de dos sicilianos, la expedición fue descubierta, la tripulación arrasada, y el fraile hecho prisionero y llevado a galeras, y luego condenado a la hoguera...

Pero el mismo día de la «purificación» se escapó de la cárcel (sin saberse aún cómo pudo lograrlo). El Papa, que iba a presenciar la ceremonia, se molestó mucho, y como la hoguera ya estaba encendida se aprovecharon las llamas para quemar al carcelero y a todo el personal de aquella prisión, incluyendo al confesor y al verdugo... Terminada la ceremonia, que se prolongó hasta el oscurecer, su santidad hizo una cruz en señal de absolución a las víctimas y se retiró hacia el ala derecha de su «divina morada». Casi en la penumbra comenzó a leer su breviario.

Capítulo XXI

De las contradicciones del fraile

Pasé una temporada en París, y ya estaba hecho un saco de melancolías (quizá debido al tiempo, pues en ningún lugar influyó tanto sobre mí) cuando irrumpió Napoleón y con gran estrépito quitó reyes, despachó obispos y nobles... Y yo, que vi todo aquello, me sentí muy entusiasmado y me identifiqué enseguida con el sistema, que me parecía muy conveniente. Y mis méritos fueron reconocidos por el propio Napoleón, que me obligó a tomar sitio eminente en el Instituto Nacional y luego, muy importante y principalísimo, en el Gran Concilio Nacional, convocado por él para establecer el culto católico... Pero no tardé mucho en desengañarme de aquel ladronzuelo. Y cuando se hizo coronar emperador, junto a su mujerzuela, yo me llené de temores, que confirmé enseguida al ver que el pueblo había logrado cambiar de gobernante, pero con ello no había hecho más que cambiar de tiranía. El nuevo gobierno ni siquiera tenía la gracia y el don de gentes del pasado. Y si antes a un prisionero se le conducía con argollas, música y cierta distinción y respeto hasta la horca, ahora se le llevaba a patadas y a gritos de insulto. Además vi, con miedo, que las mismas personas de antes de la revolución, y los que se aprovecharon de ella, volvían a ocupar grandes cargos; así como los más macabros del clero ocupaban parroquias y eran nombrados obispos. Vi, pues, cómo ascendía de nuevo toda la basura, aprovechando que el río estaba otra vez revuelto. Por eso comencé a temer por mi vida; y sabiéndome vigilado, empecé a planear miles de huidas;

una de las cuales me sirvió para atravesar París, cruzar toda Francia y llegarme hasta Roma; ésta fue cuando Napoleón celebraba su primer mes del nuevo imperio, y desfilaba muy orondo por toda la ciudad y entre los aplausos de la multitud por la que yo me deslizaba. Y así me escapé para salvarme... Entonces vi que todo es fraude en el mundo político. Y sentí gran compasión por los franceses. «¡Pobre pueblo!, y ciertamente nunca vi uno más ligero, mudable y fútil que el pueblo de Francia. Basta para arrastrarlos hablarles poéticamente y mezclar, por una parte algunas agudezas, que son su ídolo, y su contrario el ridículo, que es lo que más temen. Allá los hombres son como las mujeres, y las mujeres como niños.»[1]

1. Fray Servando: *Apología.*

Italia

Capítulo XXII

De las negaciones del fraile

Y ahora, oh gran fraile, dirás de tu llegada a Roma, del hambre que pasaste por esos caminos, hasta que te entrevistaste con el Papa, quien, de un golpe, te hizo prelado doméstico y te permitió, al fin, colgar tus molestos hábitos. Hablarás de todas tus peripecias en ese país donde la *Cittá è sancta ma il populo corruto...* Dirás cómo fue que te llevaron los zapatos, mientras te paseabas sobre un calesín. Y de la forma de las calles, tan intrincadas, que muchos se pierden en ellas, sin encontrar jamás sus casas; y ése es el motivo por el que la mayoría de los habitantes de Roma salen con un cordel, que amarran desde el portal de la vivienda, y van desenrollándolo a medida que avanzan, para no perderse. Hablarás, oh, fraile, del hambre terrible que azota a esta «santa ciudad», donde los pobres se cortan pedazos del cuerpo para echarlos a la olla, y donde los ladrones son tan abundantes que cuando alguien no lo es al momento lo canonizan; y, a pesar de eso, los santos son muy escasos en Roma... Contarás cómo fue que tuviste que salir, de entre una cuadrilla de limosneros, envuelto en una especie de paño, pues ya te habían desvalijado. Y dirás cómo llegaste a Florencia, y de lo mucho que te emocionaste cuando viste en uno de sus parques un *ágave mexicano*, ay, una planta de maguey, enjaulada, con aquel cartelito clasificador colocado donde las hojas formaban el cuello. Y entonces dirás toda la tristeza que se te echó encima, y de la forma que te embargó, y cómo pensaste en tu tierra, en manos de los burros españoles, y cómo fue que decidiste zarpar hacia ella, para libertarla de cualquier manera. Así dirás cómo saliste por Liorna y atravesaste Génova, siempre de noche, para que no descubrieran tu desnudez, hasta que te diste cuenta que todos allí andaban desnudos (tanta es la miseria en esos lugares) y decidiste viajar de día. Y atravesando Génova contarás cómo llegaste a Barcelona y te internaste en Madrid para pedir ayuda y preparar la expedición libertadora. Habla, oh infatigable prelado doméstico. Habla, oh, fraile.

No voy a decir nada de mi huida a Roma, ni de mi modo de vivir allí, porque no quiero remover en mi memoria cosas desagradables. Basta decir que el pueblo de Roma es, si no el más pobre que he conocido, sí el más descarado. Así, cuando uno coge un coche le cobran la entrada, luego el monto, la ventanilla (si hace calor y uno la quiere correr), y hasta el aire que entra por ella, cuando entra alguno, pues a veces los calores son tan terribles que hasta el coche se vuelve humo... A Roma fui pensando que iba a conocer una ciudad santa, pero en cuando le di dos vueltas no vi más que miserias por parte del pueblo, azotado por los constantes impuestos de la Iglesia, que se aprovecha de la ignorancia para llenar sus arcas. Eso fue lo que vi allí, como en todas partes.

España

Capítulo XXIII

De mi vuelta a Madrid y de lo que allí me sucedió hasta la llegada de Toribios

Yo, en cuanto llegué a Madrid, me fui a buscar a la Tía Bárbara (cortesana, pero noble, que me había ayudado en mi primera huida y que mantenía muy buenas relaciones con la querida de Godoy, por lo que podía volver a ayudarme si así se lo pidiese), pero había muerto. Entonces, y por no morir yo también (de hambre), me dediqué a la búsqueda del doctor Traggia (eminente sabio, muy progresista, que el rey mantenía en su corte porque le sabía preparar unas drogas especiales que todos los demás sabios desconocían, y que le aniquilaban la impotencia). Lo busqué por toda la corte, pero había muerto. ¿Qué hacer entonces sino correr en busca de mis dos amigos, Cornide y Filomeno? Y así fue que me dirigí a su casa, y en llegándome a ella vi el cielo abierto; mas la casa estaba cerrada: habían muerto. De modo que después de tantas muertes empecé a dudar, y me dije si no sería yo el muerto y por eso todo lo veía tan fúnebre. Y pellizcándome y volviéndome a pellizcar me llegué a mi buhardilla, donde me había alojado hasta encontrar nuevo sitio. Era un lugar tan inmundo que se mantenía sin alquilar en Madrid, donde la nobleza, a falta de vivienda, vive debajo de los puentes. Pero he aquí que cuando ya había logrado el sueño –cosa tan difícil sobre aquel suelo lleno de alimañas–, la patrona, dueña de aquella covacha, irrumpe en mi aposento y, a golpes, me despierta, con gran escándalo, y me echa de su hostería en un italiano brutal (de Italia era esa fiera), en el que me decía que no podía seguir viviendo allí si no pagaba. Y a golpes y a patadas me condujo hasta la calle... Me puse a deambular sin saber qué dirección me sería más conveniente. Entonces fue cuando me vino la idea de ir a visitar la casa del conde de Gijón que, según me había dicho, tenía en Madrid. Y después de caminar sin rumbo durante todo un día, preguntando por el peruano, di, por azar, con su casa. Toqué a la puerta, y mientras aguardaba pedía al cielo que no estuviese muerto.

El mismo conde en persona me vino a responder. Y yo salté de alegría al interior, mientras le contaba mis peripecias y miserias. Y él me contó cómo fue desvalijado por los franceses, y cómo, con la paz de Amiens, su azúcar descendió tanto de precio que tuvo que comérsela, y de lo pobre que se había encontrado; y de lo pobre que aún estaba por no haber oído mis consejos. De modo que nos consolamos recíprocamente. Y me quedé a vivir en casa del quiteño.

Y sucedió que estando el perulero y otras grandes personas de Madrid y yo conversando en el salón de la casa, acertó a pasar por aquella calle el infernal León, quien, oyendo mi voz, creyó reconocerme al momento; entró en la casa, nos alumbró la cara y preguntó quiénes éramos. Mas como yo había pasado tanta hambre, mi rostro se hallaba desfigurado, y como estaba arrebujado en la sotana, y las tinieblas eran muchas, no pudo reconocerme a primera vista, y se marchó con su ejército de aduladores. Pero bien sabía yo que León no se iba a dar por derrotado, así que al momento empecé a preparar la fuga. Y ya a los pocos minutos nos escurríamos Gijón y yo de la casa y, tratando de aparentar mucha tranquilidad, echamos a caminar por las calles.

Pero los malos se conocen y, como los demonios (dice santo Tomás), no se aman, pero concuerdan para hacer el mal; escogió, pues, León, para ejecutar la diabólica orden de mi captura, a Marquina, el alcalde de la corte, corregidor y verdugo de Madrid; tal era el tropellón, alborotador y brutal, que en mi primera visita a Madrid no era más que un fumador de cigarros en la puerta del Sol. Algún servicio vil le haría a Godoy, que lo hizo alcalde de corte. «Los hombres, mientras más se arrastran a sus superiores que han menester, son más altaneros y crueles con los que están abajo de ellos. A este bárbaro se encomendaba pues la ejecución de toda orden que demandara despotismo y tropelía, y la desempeñaba a maravilla. Era el timebunt gente de Madrid, cuyo pueblo, por eso, cuando cayó Godoy, le dio su merecido haciéndolo pedazos. Si todos los déspotas tuviesen igual éxito, no se reirían tantos en el mundo.»[1] Así fue que estando ya nosotros en la calle, el caribe de Marquina envió a León una orden real que sólo al diablo podía ofrecérsele, pues decía «que interesaba a la vida y tranquilidad de sus majestades que fray Servando de Mier fuese preso al momento». Tal orden hubiera puesto en actividad al hombre más quieto. Y ya se puede considerar el alboroto que metió León, que llenó al momento de espías todo Madrid, y en la calle Mayor y en la de San Juan de Dios apostó numerosos gruesos de corchetes que interrogaban a todo el mundo y que, amontonados en medio de los paseos, parecía que aguardaban a un toro o a una partida de bandoleros, o que esperaban la invasión de Napoleón. Cómo íbamos a suponer el peruano y yo que aquel ejército estaba preparado para nosotros; yo mismo le pregunté al alguacil cuál era el objeto de aquel revuelo, pues no podía imaginar, de ningún modo, que fuera mi propia persona.

—Estamos buscando a Servando de Mier —me respondió, y el conde de Gijón y yo no seguimos investigando, y sí seguimos andando muy despacio y con naturalidad, aunque bien hubiésemos querido alzar el vuelo. Y ya cuando íbamos a doblar la calle, vimos al ejército de corchetes y alguaciles que se nos abalanzaba. Y echamos a correr. Pero por el otro extremo de la calle nos salió otro

1. Fray Servando, *Apología.*

ejército de alguaciles que nos cerró el paso. Y al momento nos vimos rodeados. El conde de Gijón pegó un grito tan fuerte que aturdió por un momento a los perseguidores, y desapareció entre ellos. Y yo me vi rodeado por aquella multitud de fariseos y llevado al trote para la cárcel pública.

Allí me metieron en un calabozo tan bajo que sentado tocaba, con las manos abiertas, el techo, y donde las chinches eran tantas que cuando entré no vi el jergón, sino a una montaña de chinches que lo cubría todo. No había ventanas, pero un escándalo ensordecedor llegaba, no se sabe de dónde, producido por todos los gitanos que, como ladrones profesionales, siempre estaban hospedados en tan respetable lugar. La primera noche, para dormir, me tiré al suelo, pensando que iba a despistar a las chinches, pero éstas, por el olor, bajaron en hileras hasta mi cuerpo y empezaron a rejonearlo. Así fue que me quedé en la oscuridad, rompiéndoseme la cabeza con el techo, arrastrándome de una esquina a otra del calabozo y aplastando chinches cada vez que ponía las manos en la pared. El mismo alcaide, en su visita por la madrugada, solía matarlas con los pies, pero éstas se ponían tan furiosas cuando eran aplastadas que se le reviraban al alcaide, y le iban subiendo a la cara, hasta que un día le sacaron los ojos. El alcaide, enfurecido, salió dando maullidos de mi celda, y dijo, el muy bribón, que yo le había sacado los ojos. El director de la cárcel adujo que era imposible, pues bien se veían los agujeros de las chinches por toda la cara. Pero el alcaide aseguró que yo, con mi brujería, las había hostigado para que hicieran tal crimen, puesto que a mí no me lo habían hecho. Y así, por castigo, me trasladaron a otra celda aún más estrecha, donde ni siquiera podía sentarme, por lo bajo del techo; tenía que permanecer siempre acostado y sin poder siquiera rascarme. En esta celda, donde se le habían aplicado torturas a una mujer hasta matarla, no había chinches, pues el hambre de los gitanos era tanta que se las comían.

Ellos estaban también metidos en calabozos parecidos al mío, aunque más amplios, y todo el día se lo pasaban fastidiando y diciendo barbaridades. Cantaban sin parar, y así, para darse los buenos días, alargan unas canciones interminables que empezaban diciendo:

—Yo te saludo, gitano bonito...

Y cuando terminaban ya estaba oscureciendo, por lo que empezaban a cantar la despedida, que finalizaba al amanecer. Algunas veces, creo que por la tarde, se abría la puerta de la celda y me dejaban caer una escudilla con un poco de caldo de res podrida que yo comía para no morir. Entonces se oía entre los gitanos un gran tropel: se estaban fajando por la comida, y siempre alguno terminaba con una navaja incrustada en el pecho, o en un sitio peor.

Poco a poco los piojos de los gitanos atravesaron mi celda y, con el tiempo, me llené de ellos, tanto que pensaba que mi cuerpo los producía y que me estaba resolviendo en piojos. La frazada caminaba sola, muchas veces el jergón completo; yo pedía una pileta con agua, y en ella, y sin mucha pena, los iba depositando, pero al poco rato la pileta estaba repleta, y mi cabeza seguía tan habitada como antes.

Luego llegó el invierno. La ropa se me había podrido en el cuerpo y no me quedó otra alternativa que taparme con aquella frazada. Entonces sentía cómo todos los piojos me cubrían por completo, y los palpaba, andándome por el cuerpo, y paseándose por sobre los labios y metiéndose en los oídos hasta reventármelos. Terminaron, pues, por comerse la frazada y entonces el frío empezó a comerme a mí. Solo, emparedado entre aquella celda que no era celda sino tumba en vida, no sentía siquiera pasar el tiempo. Y llevando por ropa tan sólo un pañuelo con el que me cubría la cabeza para no perecer, meditaba sobre las posibilidades de la resistencia. Y me maravillaba al ver cómo en las propias desgracias, y mientras más duras sean éstas, más duro se vuelve uno para afrontarlas, y cómo es que entre mayores sean las mezquindades que nos rodean, más poderosas y fuertes se vuelven las ideas que nos surgen al paso para combatirlas. Y lo que más me enloquecía no eran los piojos que me descuartizaban, ni las jerigonzas y las griterías de los gitanos, ni el frío que me traspasaba, ni las paredes que a cada momento parecían juntarse más para apresarme, ni la comida que no existía, ni el mal trato de los carceleros, a quienes consideraba como animales de los peores y, por lo tanto, no me ofendían; lo que más me entristecía, digo, era no tener un buen libro, para leerlo mil veces, o una pluma y unas hojas de papel, para llenarlas hasta los bordes de todas las ideas que dentro sentía bullirme. Esa era mi angustia, y ésta despertaba las otras angustias, y protestaba contra los piojos y renegaba del frío y mandaba a callar a esa partida de degenerados e insultaba a los carceleros y tiraba la escudilla contra el suelo... y me deseaba algunas veces la muerte. Pero no me conformaba con esperarla allí... En esa situación estaba cuando un día se me apareció el nuevo alcaide, y me dijo:

—Venga para que declare.

Y yo le contesté:

—No tengo nada que declarar, puesto que nada he hecho.

Y él me dijo:

—Venga de todos modos, que le conviene...

Y yo, por tal de salir de aquella celda que me torturaba, aunque fuese por un momento, accedí. Pero ya afuera no pude ponerme en pie. Las fuerzas habían dejado mi cuerpo y los piojos habían chupado mi sangre. Y yo no recordaba siquiera cómo se caminaba. Con aquellas barbas que me llegaban al pecho, y no pudiendo enseñar más que el esqueleto maltratado, creo que le hubiera inspirado lástima hasta al propio Satanás; y así fue: el alcaide me cubrió con un viejo vestido, dos guardianes me tomaron de los brazos y, arrastrándome, me llevaron lentamente hasta la sala de los jueces.

Los jueces estaban sentados alrededor de una mesa muy larga y muy alta.

Los jueces eran como veinte hombres, o cuarenta quizá, de barbas blancas y de vestidos y togas muy negras, que a alguien que no fuera yo y que no hubiera pasado por los padecimientos que he pasado, quizá pudieran impresionarle.

—Diga el acusado su nombre —dijeron los jueces, con voces que retumbaban.

—Bien saben ustedes cuál es mi nombre, a no ser que hayan recibido órdenes del covachuelo León para que se me cambie —dije.

—Jura usted decir la verdad —dijeron los ridículos jueces.

—¿Lo juran ustedes? Vamos al asunto y no perdamos más tiempo.

—Si continúa usted faltándonos al respeto lo mandaremos para otro calabozo peor.

—No creo que a ustedes se les pueda faltar al respeto, puesto que no lo conocen. De no ser así no estarían representando esta pantomima, ni fueran cómplices del crimen que con mi persona se está cometiendo. En cuanto a mandarme para una celda peor, creo que tendrían que mandarla a fabricar —dije.

—¿Es usted sacerdote?

—Por la fuerza lo he sido. Para complacer a mi familia, que creía ver en este oficio el más noble de los que podía desempeñar el hombre. Mis padres son gente de provincia y no saben nada del mundo...

—Recítenos usted el padrenuestro.

—Eso se lo ordenan ustedes a un predicador de burros. No a mí, que soy doctor en teología.

—Servando Teresa de Mier, se le acusa a usted de conspirar contra las sagradas vidas de sus majestades. También se le acusa de ser propenso a la fuga y de que su pasión más fuerte es la independencia de América —y aquí las voces de los jueces cacarearon como tambores de lata—, y de haber compuesto unas décimas a los carceleros de esta prisión en las que los pintaba como asnos. Y de haber inculcado a las chinches (a través de magias y ceremonias negras) odio mortal hacia nuestro antiguo alcaide para que lo dejaran ciego o le quitaran la vida. Se le acusa también de haber dado una misa por seis reales, cuando el precio es de cuatro. De haber entrado a una parroquia con un pie enfangado. De componer sátiras lujuriosas en las cuales son Godoy y su divina majestad los principales personajes. De haber renegado de la madre del rey. De haberse quejado por el excesivo calor de la villa de Madrid. También de haberse quejado del frío. De haberse rascado una oreja delante de un arzobispo. De haber sido procesado por dos virreyes: Branciforte y Revillagigedo. De haber incluido a la reina María Luisa entre las tres yeguas reales de Europa. De no tener espíritu religioso, por no haberle besado las correas a los canónigos de Las Caldas. De renegar de las divinas disciplinas observadas en los conventos. De haber criticado las santas relaciones entre novicios y frailes. De no haberse entregado a su alteza real, el príncipe León. De haber comentado que era una lástima que *La Gaceta Literaria* se imprimiese en papel tan duro, pues de no ser así habría podido tener alguna utilidad entre los madrileños. De no haber encontrado su título de doctor. Y de haberse quejado del mal trato que se lleva a cabo con los presidiarios en las santas prisiones de toda la España... Ah, y también se le acusa de haber pronunciado, hace treinta años, un sermón en contra de la aparición de la Virgen de Guadalupe... Y todo eso importa a la vida y tranquilidad de sus serenísimas majestades. Y por ello se te mantiene incomunicado en este calabozo de esta Real Cárcel Pública. Y por ello te declaramos culpable, te despojamos de tus hábitos de sacerdote y te enviamos, como preso perpetuo, a la prisión de Los Toribios en Sevilla. —Eso dijeron los jueces.

Y yo dije:

—Nada puede demostrar más claramente mi inocencia que el hecho de que ustedes me declaren culpable... No voy a exponer a ustedes mi teoría sobre la aparición de la Virgen de Guadalupe, porque bien sé que no la van a entender. Ni voy a gastar un tiempo inútil tratando de convencer con observaciones razonables a quienes son pagados precisamente para castigar a los que participan de esas observaciones. Basta con decir que no he conspirado contra la vida de sus majestades, no porque no desee su muerte, que tanto bien le haría a los españoles, sino porque estimo que no valdría la pena conspirar contra la vida de ellos si se permite que continúen viviendo ustedes y todo este aparato de aprovechadores y arrastrados que son, precisamente, los que las sostienen. Pero mi fuerza no alcanza para tanto, si no, tal vez cooperaría en algo... Entré a esta cárcel siendo todavía joven y salgo para otra hecho un viejo y con la muerte encima. Lleno de enfermedades. Mi crimen es ser americano y no compartir algunos de los engaños religiosos que ni quienes los habían inventado creían en ellos, pero que les servían y les sirven para aprovecharse del candor del pueblo y someterlo. Ahora no veo tanta importancia en ese engaño, sino en la manera de combatir a quienes lo crean. Esa es la diferencia entre el fraile idealista que ustedes encarcelaron y este hombre que no ansía más que —y aquí su voz se alzó, y se golpeó el pecho, matando a un millar de piojos— ver a la América libre de todas sus plagas impuestas por los europeos, y que sabe que esto sólo puede lograrse a través de una total independencia.

En suma, que a fines de enero bajó la orden del pícaro León para que me llevasen a la casa de Los Toribios de Sevilla... Cinco o seis días antes de partir, el inquisidor consiguió que me bajasen a la enfermería para poder darme los Breves de Roma. Para bajar me quité toda la ropa y me vestí con el traje que me había hecho el vicario de Madrid. Cesaron los piojos, que llenaron la cama con la ropa y todo lo que me quité. «Me afeitaron en la enfermería, y de oso comencé a parecer gente. Pero estaba muy malo y, no obstante, un día muy de madrugada se me obligó a montar con un alguacil en un calesín escoltado»[1] por una tropa de soldados a pie y otra de caballería. Y a poco de andar, el sol se fue haciendo tan fuerte que los oídos se me reventaron, y «yo moría del dolor; y no pudiendo aguantar a que se entibiase el agua del malvavisco (que era la única medicina que me daban), metía la cabeza toda dentro de esa agua hirviendo, y se me peló de la parte donde la clavaba en el cazo del agua hasta hoy. Cuando llegamos a Adujar acabé de sanar».[2] Y enfilamos hacia la prisión de Los Toribios de Sevilla, «caminando por entre nieve, en lo que tardamos diez y seis días»,[3] y muchos de los soldados murieron congelados.

1. Fray Servando, *Apología.*
2. *Ibíd.*
3. *Ibíd.*

Capítulo XXIV

De la prisión de Los Toribios. El encadenamiento del fraile

Escoltado por una cuadrilla de soldados iba el fraile dentro del calesín. El sol pulverizaba las piedras y, de vez en cuando, se oían los aullidos de un soldado que reventaba. Así atravesaron Las Dos Castillas, donde prepararon una sopa con huesos milenarios. Luego cruzaron sobre campos de nieve, que a sus pasos se iba derritiendo. Atravesaron toda Sevilla, y llegaron a la prisión de Los Toribios.

—Es un condenado a perpetuidad —dijo el alguacil.

Y el fraile subió a la última celda de la prisión. Y allí empezaron a encadenarlo. Del cuello le amarraron una cadena gruesa: «la cadena madre y central», que le daba después dos vueltas a la cintura, le amarraba los pies y volvía a rematar en el mismo sitio del cuello. Esta cadena pasaba a su vez por dos puntales de hierro, que escoltaban al fraile en forma de «guardacantones», y estos «puntales» se adherían a un barrote, que se sembraba en el suelo. De modo que el fraile tenía que permanecer acostado, sin poder levantarse nunca. Otra cadena, de menor grosor, se ataba a la cadena central por la cintura del fraile, le daba muchas vueltas y luego salía, en línea recta, rumbo a la cabeza, donde le bordeaba la frente como una diadema, y bajaba hasta los pies, rodeándolos de acero; de modo que el fraile no podía mover la cabeza ni a un lado ni a otro. En el mismo sitio en que esta cadena le daba una vuelta a la frente, le ensartaron otra cadena que partía a todo lo largo del cuerpo e iba a enrollarse en sus rodillas. Le daba ocho vueltas a cada rodilla y luego volvía a salir rumbo a la nuca, a la cual rodeaba, no sin ceremonia, y volvía a bajar, para rematar en la cintura del fraile, donde formaba un gran nudo, de modo que el fraile no podía mover las rodillas, y su respiración tenía que ser breve, pues las paredes del estómago estaban amuralladas. Era de esta muralla de donde partían diez cadenas del mismo grosor (bastante finas, pero muy fuertes). La primera de esta red de cadenas iba a enrollarse en la nariz del fraile, le daba tres vueltas a ésta, que por ser bastante larga permitía ese amarre, y luego salía rumbo a una de las orejas, la traspasaba como un arete, le daba diez vueltas (aunque tal vez fueran más, ya que los carceleros casi no sabían contar), y partía rumbo a la otra oreja, a la cual bordeaba nueve veces, según dicen, y de allí salía a bordear dos de los colmillos del fraile, se intercalaba entre todos los dientes, aprisionaba la lengua por siete partes distintas y remataba en la campanilla, en la cual hacía un nudo: de modo que el fraile no podía hablar, ni tampoco respirar por la nariz; tampoco, desde luego, podía oler. La segunda cadena emergía recta hasta uno de los dedos gordos de los pies del fraile, lo retorcía, aprisionándolo, y luego comenzaba a amarrar el resto de los dedos de ese pie. Terminando el amarre, la cadena volvía a circular sobre la misma muralla, hasta que todo aquel pie quedaba completamente metalizado y no se veían sus carnes por ningún sitio de modo que el fraile no podía mover ninguno de los dedos de este pie, y mucho menos el pie, que permanecía acorazado. La siguiente cadena partía en dirección al otro pie, y hacía la misma operación; de modo que los dos pies del fraile permanecían inmóviles. La cuarta cadena llegaba hasta las piernas del prisionero, formando un tejido entre una y otra, de manera que ambas semejaban una sola trenza metálica; y las venas de las dos piernas quedaban apresadas, haciéndosele muy difícil al fraile la circulación. Pero las cadenas salían rectas hasta los escasos cabellos del penado, y allí se ramificaban en miles de cadenitas, casi invisibles, que tenían por función aprisionar cada «folículo» del pelo del condenado; de manera que el presidiario permanecía atado hasta por el cabello, y esto le daba una apariencia sobrenatural y terrible, que asustaba hasta a los propios carceleros. La otra cadena partía en la misma línea que habían partido las cuatro anteriores y reforzaba, duplicando, todas las amarras ya realizadas; de manera que el fraile no tenía ni la más mínima posibilidad de que alguna de estas ataduras fallase. Hablemos ahora de la sexta cadena, la cual cumplía una función algo especial, pues salía recta, atravesaba la frente del prisionero y luego descendía e iba a enrollarse en sus testículos, primero bordeaba uno, lo rodeaba varias veces, lo amarraba; y luego empezaba a circular al otro. Esta cadena partía después por entre el intersticio dejado por las dos nalgas del fraile y remataba en la cadena central, de modo que al condenado le era casi imposible realizar cualquiera de sus necesidades; pero, por suerte, la escasa alimentación suprimía tales vicisitudes. La siguiente cadena bordeaba de nuevo los testículos, pero sin aprisionarlos y, de manera airosa, rodeaba el pene del religioso, así, al terminar de ser encadenado este órgano, semejaba una serpiente brillante, de muchas roscas o anillos pronunciados. Y por el constante roce de tal atrincamiento, el fraile permanecía con su miembro prisionero siempre alterado, lo cual le causaba gran mortificación. Por eso la octava cadena partía en línea recta hasta ese sitio, y, atando el miembro, lo amarraba a una de las cadenas del muslo, de manera que el fraile, en todo caso, para mover ese órgano tenía que mover el muslo y a la vez mover «los puntales», y éstos tenían que mover, a su vez, la reja de hierro, que permanecía fija al piso, y con ella mover a la prisión entera. Así es que la siguiente cadena salía en zigzag por todo el abdomen del presidiario, y sobre él realizaba finos bordados, luego hacía un remate en cada uno de los muslos, a los cuales unía, hasta fundirlos en una sola pieza impenetrable, y de allí bordeaba de nuevo los dedos de los pies, y de cada uno salía, multiplicada en cinco finas cadenitas, que iban a adherirse a los cinco dedos de cada mano; de modo que manos y pies permanecían atados y no permitían ningún movimiento ni señal al fraile. Pero esta cadena tenía, a su vez, un apéndice, que partía hacia los ojos del condenado, ramificándose en innumerables minicadenas, que tenían por función atar las pestañas y luego cada pelo de las cejas y, luego, muy unidas, iban a rematar, amarrándose a los vellos de la nariz, ya encadenada; de modo que el fraile no podía ni siquiera pestañear. Mas la décima y última cadena permanecía libre; se veía salir de la misma región que salían las otras, y colgar en el aire. Su función era servir de orientación a los carceleros, para que ellos supieran, más o menos, dónde estaban los distintos órganos del prisionero. Dónde la boca para darle los alimentos... No obstante, como toda su cara permanecía cruzada por esa metálica red de hilos, era imposible localizar facción alguna, por lo que el alcaide ordenó que solamente se le diera sopa al reo, y ésta se le tiraba por sobre las cadenas, en el sitio aproximado donde podría tener la cara, para luego que el líquido cruzara la intrincada red llegase al fin a la boca; pero casi nunca sucedía así. Y el fraile aprendió a absorber por las ventanas de la nariz. Por último, un carcelero, que odiaba a muerte al fraile porque éste, en su entrada y antes de ser encadenado, le había dicho: «Pensé que en Toribios solamente había toros, pero usted no es más que una vaca», se empecinó en que aquel encadenamiento era bastante leve, y una nueva retahíla de cadenas cruzó las viejas retahílas, y todo el cuarto no fue más que una pelota gigante de plomo y acero, que ya engrosaba demasiado y llegaba casi al techo. A esa gran proporción metálica, y por orden del alcaide, se hicieron atar cuatro cadenas que se adherían a la coraza donde yacía sepultado el fraile, y luego se iban a amarrar a cada una de las esquinas del techo, de manera que el fraile, visto en la constante semipenumbra de aquella cárcel sin ventanas ni puertas, semejaba una araña gigante colocada bocarriba y cubierta de una grasa viscosa y brillante... ¿Y qué era de la vida de aquel hombre que permanecía en el interior de aquella red asfixiante? Fray Servando se había ido adaptando a las prisiones. Y ya ésta le resultó dura, pero no tanto. De manera que aprendió a tomar el aire a través de la red de cadenas, y aprendió a succionar aquella agua podrida, que le lanzaban sobre el rollo metálico que le ocultaba la cara; de modo que la sopa que le servían un lunes (siempre por la tarde) humedecía su rostro el sábado ya bien de mañana. Y por los cambios de temperatura que se observaban en su ferroso encierro, por el calentamiento o enfriamiento del enrejado, sabía el fraile de la llegada del día y de su retirada, de la entrada de la noche y del amanecer. Y de haberse prolongado aquel encierro, con los años, habría aprendido a traspasar con la vista el hierro y el techo, y ver el cielo, el sol y los buitres revoloteando por encima de la prisión... Y como fue adelgazando hasta que sus huesos se redujeron de volumen, el encadenamiento se le hizo más soportable, y hasta podía, de vez en cuando, mover ligeramente el abdomen y respirar... Y no obstante su situación tan penosa de tortuga varada, no obstante la vigilancia de los carceleros, y las flotas que llegaban cargadas de barras de acero, que se acumulaban sobre un cuerpo ya esquelético, no obstante «los rigores» de ese encadenamiento, algo había fallado en toda aquella ceremonia infernal. Algo hacía que la prisión siempre fuera imperfecta, algo se estrellaba contra aquella red de cadenas y las hacía resultar mezquinas e inútiles. «Incapaces de aprisionar...» Y es que el pensamiento del fraile era libre. Y, saltando las cadenas, salía, breve y sin traba, fuera de las paredes, y no dejaba ni un momento de maquinar escapes y de planear venganzas y liberaciones. El pensamiento emergiendo ligero de entre aquellas barras de acero, saltaba por sobre las mismas narices de los carceleros y llegaba, retrocediendo en el tiempo, hasta los campos de arena y los cerros de piedras como pintadas de blanco, y se paseaba por frescos «chumberales» e intrincados «chaparrales» y luego emergía hasta la ciudad de las infatigables campañas; y ya estaba debajo de los bancos y veía pasar a las soldaderas arrebujadas en sus ponchos, pregonando tamales y huaraches... De modo que todo resultaba inútil. Y el fraile iba y venía más que nunca por donde se le antojaba, y repasaba el tiempo, y se adentraba en él y volvía a salir, libre, como nunca en días de agobio (como lo habían sido todos) lo había podido lograr. Y de no haber sido por aquellas odiosas cadenas que le apretaban las comisuras de los labios, introduciéndose por los intersticios de los dientes y atándole la lengua, se hubiera visto dentro de aquella armazón, semejante a un pájaro fantástico, la sonrisa de Servando, tranquila, agitada por una especie de ternura imperturbable... Y mientras tanto los carceleros hacían conjeturas y temían: veían aquella mole en la penumbra. La veían centellear. Y temían. Y el temor les hacía despertar nuevos temores. De manera que sobre aquellas cadenas se amontonaron más cadenas, y sobre aquellas «más cadenas» volvió a colocarse una nueva red de cadenas. Pero los carceleros seguían temiendo por la audacia del fraile, y también por la bestialidad de la obra que ellos estaban haciendo. Por lo que se pidió una nueva remesa de cadenas; y dos bergantines vinieron de Inglaterra. Y toda aquella carga reluciente fue colocada sobre «la chatarra» ya enmohecida, que empezaba a traspasar las paredes. Y la cárcel casi se bamboleaba bajo aquel peso; pero los carceleros seguían temiendo, y se reunían en los pasillos, temerosos. Y empezaban a temer por sus temores. Y se agazapaban en los rincones y señalaban para la celda del fraile. Y por las noches alguno enloquecía, y luego decía que desde la celda del condenado se habían oído gritos y desprendimientos de cadenas, y que en las paredes (y esto sí era cierto) se habían escuchado crujidos... Y nuevos bergantines venían cargados de cadenas. Y, como las tormentas eran muchas y el peso de la carga demasiado, no pocos fueron a parar al fondo del estrecho; y esto fue un nuevo cargo a favor de la acusación de brujería del fraile y sus diabólicos tratos con el temible diablo, que tanto temían los temerosos carceleros tan temibles. Pero otros bergantines sí llegaron a tierra. Y las cadenas fueron arrastradas por innumerables «fieles» hasta la «santa» prisión donde yacía el «maldito» encadenado. Y nuevas cadenas se agregaron a las nuevas cadenas. Y, por último, se le suprimió la comida al fraile y sólo se le abastecía de cadenas. La tarea era febril: día y noche no se oía más que aquel ascenso de cadenas que se arrojaban sobre un cuerpo ya remoto... Y los carceleros seguían temiendo... Hasta que llegó el momento: los aterrorizados guardianes oyeron el crujir y se refugiaron, abrazados, en las celdas más bajas. Luego oyeron de nuevo el nuevo crujir, y siguieron refugiándose. Y al momento se escuchó un estallido de las paredes, un estallido del piso y un estallido de toda la prisión. Era el peso de las cadenas del fraile que, al fin, había echado abajo toda la cárcel, que ya no resistía más. Y los escombros de las rejas fueron abriéndose paso a través de otros escombros. Y el fraile, encadenado, se vino abajo, entre aludes de piedras y chirridos de grilletes, que se retorcían y cedían. Así fue rodando aquella masa de acero piso por piso, hasta convertir en polvo todas las galerías y echar por tierra las infernales celdas, hasta llegar al piso más bajo y aplastar, de un solo golpe, a todos los temerosos carceleros. Y el alcaide, al sentir el estrellamiento de los grillos, echó a correr campo abajo, pero un bloque de piedra lo alcanzó en el cuello y lo hizo detener, hasta que el fraile, en su vertiginoso giro, le cruzó por encima... De modo que la prisión quedó reducida a piedras dislocadas. Pero he aquí que fray Servando sigue encadenado y como la prisión estaba sobre una pendiente, prosigue dando vueltas dentro de su armazón, destruyendo aldeas y sepultando poblaciones completas. Así cruzó toda Sevilla, desbordando el Guadalquivir y pulverizando juncos, ranas, pájaros y marismas. Luego continuó hasta Madrid, asolándolo. Y de allí retrocedió, pasando por El Escorial y reduciéndolo a un montón de piedras, sin dejar un árbol en pie. Asoló las dos Castillas, y bajó luego por Cádiz, sumergiendo el puerto. Así iba el fraile, rodando dentro de sus propias cadenas, que ya se resquebrajaban y cedían. Así iba, hasta que atravesó, de un golpe, toda la sierra de León. Y fue, balanceándose (únicamente atado por la cadena central), hasta llegar al mar. Pero antes tropezó con unos acantilados, y la cadena central cedió, y los «puntales» cedieron. Y el fraile cayó libre sobre las olas, tan espumosas, que no cesaron, ni por un momento, de estrellar a los cangrejos contra los imperturbables farallones de la costa. Y hacerlos añicos.

Capítulo XXV

De mi salida hacia Portugal

Y caí al agua. Y el balandrán y la esclavina se fueron empapando y me sumergieron, pero rápidamente me deshice de mi indumentaria y, desnudo, trataba de asirme a las olas, pues no había otro sitio a que asirse. Y así estaba, clamando por una tabla para salvar mi vida, cuando un rugido enorme bramó sobre el mar. Y las olas se enfurecieron y se colorearon de punzó. Y por un momento no se oyó más que aquel estruendo que parecía llegar de otros infiernos, hasta entonces para mí desconocidos... Y cuando de nuevo pude salir a flote de entre aquella barahúnda, vi la batalla naval que nunca antes, hasta entonces, había celebrado la historia, y a sólo unas cuantas brazadas de donde yo naufragaba. Eran tres interminables flotas muy bien alineadas: la Flota Real inglesa, la Flota de los Gachupines y la Flota francesa. Y estas dos últimas empezaron a lanzarle metralla a la primera. Pero he aquí que la escuadra inglesa enfila sus cañones hacia donde vienen los disparos, y la Flota española queda completamente diezmada, no sin antes haber izado las banderas nacionales para poderlas bajar corriendo en señal de rendición (que así son de tramposos y cobardes los españoles en la guerra). Y he aquí que el combate entre los marineros franceses e ingleses se prolonga, hasta que una gran llama se levanta en las naves francesas y luego se escucha un aterrador estampido, y desaparecen para consuelo de los tiburones. Todo aquello me parecía una pesadilla, y hasta hubiera creído que se trataba de eso de no haber escuchado el griterío de la tripulación, momentos antes de sumergirse, y de no haber oído, al mismo almirante Nelson en persona, dar un maullido tan enorme, momentos antes de morir, que yo deduje al instante que tenía que ser el Gran Almirante que había sido alcanzado por alguna estampida de los derrotados, pues no estaba permitido en la Flota Real inglesa soltar tal grito, a no ser que lo emitiese el mismo que lo prohibía. Por eso todos los marineros morían en silencio, y cuando los tiburones les enfilaban sus bocas de mil hachas, no decían más que «Dios salve al rey» (que por otra parte no corría ningún peligro), y las fieras se encargaban de que ellos no se salvaran... Pero lo importante para mí no fue aquel estallido de las dos escuadras, ni los centenares de naves que fueron a parar al fondo del mar, ni los clamores de «Dios salve al Rey» de los marineros que ya no tenían salvación. Lo importante para mí fue que pude asirme a uno de los leños flotantes, que se habían desprendido de las flamantes naves recién sumergidas. Y así, a la ventura, e impulsándome con las manos, traté de salir de aquel mar rojizo, donde las bestias de las profundidades morían congestionadas. Y navegando sobre olas de cadáveres, pues eran tantos que el agua muchas veces ni se veía, fui abriéndome paso. Y ya, en apareciendo el día, estaba frente a las altas costas de Portugal.

Portugal

Capítulo XXVI

De lo que es Portugal

No hay más que silencio en esta ciudad. Silencio y hambre. Acabo de pasearme por toda la calle de Aurea y luego por la de Augusta y he notado que nadie hablaba. La gente se cruza silenciosa, y aunque se conozca no se saluda; y ni en las Delareslas, que es donde está el comercio mayor, he oído una voz. Qué silencio. Qué diferencia con el escandaloso Madrid tiene la villa de Lisboa. Pero es tan poco acogedora como aquélla. En Madrid la gente se alimenta de gritos, pero aquí parece que ya la miseria no los deja ni gritar. Tanta es el hambre en este sitio que la persona que habla la consideran acaudalada. Y así me sucedió que acabando de llegar se me ocurrió preguntar por una dirección a un parroquiano, y en vez de contestarme me extendió la mano, y al momento ya venía tras de mí una cuadrilla de mendigos, tan silenciosa y harapienta, que yo, por unos instantes, pensé que todo no era más que cosa de alucinaciones, que bien podía tenerlas después de haber atravesado toda Vizcaya en un leño, bastante reducido por cierto...

Qué hacer para sobrevivir en un sitio donde ni siquiera se puede pedir limosna en alta voz porque eso es considerado como un derroche de riquezas. Qué hacer... En estas meditaciones andaba cuando siento el retumbar de trompetas y tambores, y aunque de principio no lo pude creer, lo confirmé cuando vi sobre el puente del Tajo un gran batallón, que irrumpiendo a tambor batiente se introducía en la ciudad, como un sacrilegio. Y de pronto despertaron los niños. Y de pronto es la guerra. Y vuelven las voces: las mujeres, en un último despilfarro, dan un grito, y los hombres, en un final derroche, se lanzan a la calle y tratan de contener la invasión... Las tropas francesas hacen su llegada a Portugal. El ladronzuelo de Napoleón se ha propuesto dominar el mundo y tú, Lisboa, puedes sentirte orgullosa de que te hayan incluido dentro de él.

Y no pude hacer otra cosa para sobrevivir. Y me fui (lo confieso) tras la gula, tras el miserable sustento. Me enrolé en el ejército portugués. Y fuimos a parar a Zaragoza. Siempre luchando, como capellán real, contra los belicosos franceses. Y devorando, sin escrúpulos, lo primero que se nos ponía por delante... Hasta que caí prisionero y me olvidé de la obsesión del sustento, sustituyéndola por otra aún más persistente: la huida.

Y huí. Y vine a parar a Inglaterra... Y heme aquí, tropezando constantemente contra los edificios y la gente, a causa de esta continua neblina, que envuelve a todo este brumoso Londres, al cual no termino de acostumbrarme.

Inglaterra

Capítulo XXVII

De las nuevas amistades del fraile y su escapada para América

Orlando, rara mujer, me ha llevado a los salones reales. Y he conocido a toda la nobleza (muy rancia, desde luego, lo cual se puede reconocer por el olor).

Aquella mofeta de pelo erizado es la reina.

–La reina –me dijo Orlando, rara mujer. Y yo le hice una reverencia.

Desfilamos por entre una hilera de duques y entre una cordillera de condes, a los que saludé muy personalmente. Y luego nos introdujimos en el coro de las grandes damas.

–¿Quién será ese hombre que trae hoy Orlando? –dijeron las grandes damas.

–Gente de tierra caliente –se contestaron a sí mismas. Y soltaron la carcajada.

–¡Oh!, ella siente una gran atracción por los países de sol. ¿No fue precisamente en Egipto, y en pleno desierto, donde se operó el cambio?

–Así fue. Y, según pude saber, allí no había más que camellos.

–¡Dios mío!...

Orlando, rara mujer, me ha tomado de la mano, y así hemos cruzado por un centenar de salones.

–No pensé que este palacio fuera tan grande.

–Ocupa la mitad de la Gran Bretaña. Antes esto era tierra arable.

–¿Y adónde me lleva usted?

–Adónde lo puedo llevar si no es a los brazos de una mujer.

Orlando, rara mujer, me ha paseado por todos los salones. Un ventanal. Más salones. Y ya estamos junto a la mujer.

—Retírate, Orlando —dice la mujer. Y Orlando desaparece entre las cortinas.

—¿No me conoce usted? —me interroga la mujer, que está arrebujada en un paño negro, y sólo se le ve el rostro.

Es indiscutible que se trata de una dama de mundo. Esto se nota en la manera de sentarse, y porque los dos brazos y el cuello los lleva acorazados de diamantes, que le centellean constantemente, de manera que, sentada allí, entre aquellas cortinas negras y entre los negros sillones y el negro vestido, da la sensación de un faro en mitad de la bruma.

—No —digo.

—Lady Hamilton.

—Encantado.

—Sé que usted presenció la batalla en la cual murió mi esposo. Por eso lo he llamado. Porque quiero que me cuente todos los detalles. Dígame cómo murió. Dígame si es verdad que gritó. Y si me nombró. Y si lo tiraron al mar. Y si se lo comieron los tiburones. Ay, dígame cómo eran los tiburones que se lo comieron... Cuénteme, que yo le pagaré a onza de oro cada palabra.

Lady Hamilton da dos palmadas y, al momento, aparece un hombre, muy bien vestido, con un libro y una pluma.

—Ya puede empezar a hablar —me ha dicho la dama.

—Pues, señora...

—Dos —dice el hombre, y hace una anotación en el libro.

—Yo no sé cómo empezar...

—Cinco.

—Oh, me está usted derrochando el dinero. Vamos a la verdadera historia.

—Yo estaba allí, es cierto, pero un poco lejos.

—Nueve.

—¡Siga! ¡Siga!

Y el fraile empezó la historia muy detalladamente. Y así estuvo hablando toda la tarde, la noche y parte de la mañana. Lady Hamilton escuchaba embelesada, y a las dos o tres horas de haber empezado el relato dio dos palmadas, y tres mozos, muy gallardos, aparecieron de entre el cortinaje. Los tres fueron acariciados al mismo tiempo por las finas manos de la dama. Y el fraile siguió hablando, cada vez con más rapidez, en un gran derroche de fantasía.

—... ¡Las naves parecían águilas desencadenadas sobre las olas!... Y entonces empezaron a vomitar fuego. Un fuego rojo, que llegó al cielo.

—Oh, siga. ¡Siga!

Y los tres jóvenes fueron desnudados al mismo tiempo por las finas manos de la dama.

—... Las tres escuadras se acercaban de frente. Y el almirante Nelson salió a popa y levantó un brazo, que al momento le fue cercenado por una descarga, y ordenó la batalla...

—¡Continúe! ¡Continúe!

—... El almirante se paseaba de un lado para otro. El almirante. El almirante. El almirante...

—¡Oh, no derroche así mi dinero!

—Trece mil doscientas —voz del escribano.

—... Entonces, del cuerpo del almirante salió un grito —voz del fraile.

—¡Acérquense! ¡Acérquense! —voz de Lady Hamilton.

—Trece mil doscientas ocho.

—... Era un grito extraño, como el de un león herido por mil rayos. Y he dicho mil rayos, así que deben anotarse como mil palabras distintas, pues todos los rayos eran diferentes.

—Catorce mil doscientas cuarenta. Incluyendo a los mil rayos —voz del escribano.

—¡Los tres al mismo tiempo! —voz de Lady Hamilton.

—¡Oh! ¡Uf! ¡Ay! —voces de los tres mozos.

—¡Continúe! ¡Continúe! —voz de Lady Hamilton.

Ya amanecía.

Orlando, rara mujer, y yo, estamos conversando en una de las terrazas del palacio. Orlando, rara mujer, es quien ha impedido que yo perezca de hambre en este país distante y brumoso. Orlando, rara mujer, dio conmigo, un día en que yo no había comido más que niebla. Y me condujo a su palacio. Me llevó a su lecho, y me puso a descansar. Y luego trató de fastidiarme con sus infatigables requiebros que yo rechacé, y esto despertó más el interés sobre mí por parte de Orlando, rara mujer. Pertenezco a una real familia, me dijo. Siempre he descendido de reyes. Nací hace ya unos trescientos años.

Se conserva usted muy bien.

Nací hombre... de ello solamente he conservado el nombre.

Me alegra saberlo.

Antes de que cumpliera los veinte años me volví mujer. Eso sucede a menudo en la sociedad inglesa.

Mi vida no ha sido más que una constante búsqueda, sin ningún acierto.

Por eso ha vivido usted tanto.

Y usted, ¿quién es? Pero no lo diga, ya lo sé. Me dio tanta pena verlo tropezando con las paredes. Es difícil acostumbrarse a esta neblina permanente, pero alégrese, cuando lo consiga le va a resultar tan aburrido...

—Bien, creo que has hecho una fortuna.

—No me fue mal con la dama.

—Entonces, ya no me necesitas.

—Es usted demasiado objetiva.

—Cuando se han vivido trescientos años.

—Pues, sí, creo que la necesito. Con este dinero voy a preparar una expedición y voy a invadir México, pero me hace falta tener relaciones con gente preparada y experta en esos asuntos. Usted puede ayudarme.

—Y me critica de objetiva, ¿qué cosa es usted?

—No he tenido tiempo para pensarlo. Mi vida no ha sido más que un salir de una cárcel para entrar en otra.

—Entonces habrá tenido mucho tiempo para pensar.

—La mayoría de las veces solamente pensaba en escaparme.

—Me eres muy simpático, Servando. Mañana te presentaré a todos los rebeldes de la época. A los disconformes. A los revolucionarios. De veras, me eres muy simpático... Ah, y no te olvides de hacerle otra visita a la Lyon. Es una mujer frustrada desde que se le murió el esposo. Nada la entretiene sino es oír los relatos de su muerte, la de su cónyuge, y hasta el mismo placer no llega a lograrlo, sino es escuchándolo. Es posible que eso sea una prueba de fidelidad. Nadie debe criticar lo que no conoce, o no entiende. Hasta mañana.

—El padre White.

—Encantado.

—El encantado me pertenece a mí, ¡fray Servando! ¡Ya sé quién es usted, y de dónde viene, y cuál es su causa! Yo era español, pero he traducido hasta mi apellido al inglés. Antes me llamaba José Blanco. ¡No quiero saber nada de España mientras sea ese asqueroso fanguero que ahora es! ¡No quiero saber tampoco nada del catolicismo ni de sus ceremonias lujuriosas! ¡La religión católica es un crimen contra Cristo! ¡El jamás pudo imaginarse ese sacrilegio! ¡Es tan bestial! ¡Es tan degradante!... ¡Pero ya verá como barremos con todos! ¡Me alegra mucho haberlo conocido! Debe usted ser mi colaborador en mi periódico *El Español.* En él colabora lo mejor de toda la Península que, desde luego, no vive en ella. ¡Pero venga! ¡Venga, que le voy a presentar a un rebelde furioso! ¡Dice que lo es más que yo! ¡Ja! ¡Ja! ¡Ja!... ¡Aquí tiene usted a un señor de confianza!... Señor Mina: el padre Mier, hijo de reyes allá, en América, y deportado a la España y condenado a la hoguera por decir boberías de una virgen inventada por los españoles, como todas las vírgenes, llamada Lola Guadalupe, o algo por estilo. ¡El padre Mier es hombre fuerte, don Javier Mina! Trató de volar al rey y lo cogieron en el brinco, pero él dio otro más grande, ¡y mírelo aquí!...

—Para mí es un honor conocerlo, don Servando. Ya he oído hablar de usted, cuando encendió aquellas velas llenas de pólvora en la misma capilla del Papa, y su santidad por poco desaparece. ¡Ja! ¡Ja! Sí que eres uno de nuestros chicos... Bueno, ¿y a quién piensas arrancársela ahora? Porque me imagino que no estarás perdiendo el tiempo... Ay, y cómo están estos tiempos... Figúrate que en México, el cura Hidalgo se acaba de alzar con cuatro hombres y ya tiene cuarenta mil. Yo me voy para allá. Ese es mi propósito. Tengo contratados a más de mil hombres, a los cuales lo único que hay que hacer es darles la orden de aviso. Lo que me hace falta es el dinero. Por falta de un par de miles de monedas de oro, México no es libre en estos momentos y el virrey conserva su linda cabeza. Pero no se preocupe, ya las conseguiré. Creo que vale la pena... Pero, dígame, ¿trama usted algo contra la reina? ¿Sueña todavía con degollar a su ilustrísima? ¡Cuente! ¡Cuente! Que bien sé yo que usted es hombre de empresa.

—Creo que tenemos los mismos planes, don Mina. En realidad, he escrito, durante mi estancia en Londres, un libro fulminante. Lo titulé *La historia de la revolución en la Nueva España.* Con él pienso invadir toda América.

—¡Papeles! ¡Papeles! Lo que se necesita es dinero y metralla.

—Sí, pero para que esa metralla surta efecto hay que tener preparado el sitio. La gente de América es muy ignorante, no por su condición natural, sino por la poca oportunidad que ha tenido de cultivarse. Aquí todos leemos el *Contrato social*. Allá no saben más que el catecismo. Hay que abrirle el cerebro a todos los criollos para luego poderle abrir fuego a los gachupines.

—¡Del fuego me encargo yo!...

—Y yo también. ¿Dice usted que lo único que hace falta es el dinero?

—Eso, y ya estamos a la mar.

—Pues yo lo voy a conseguir, y los dos nos iremos a invadir América.

—No creo que ande usted muy amplio.

—Tengo verba, y eso siempre me ha ayudado. Señale el plazo y le traeré dos mil monedas de oro. Y vaya preparando a toda su gente... Después de todo es cierto: solamente con palabras no se gana una guerra.

—Para la semana que viene ya lo puedo tener todo arreglado.

—Entonces, hasta la semana que viene.

—... Y he aquí que el gran almirante dio un salto, y el agua centelleó —voz del fraile.

—¡Ay, siga, siga! ¡Ahora! ¡Ahora!... —voz de Lady Hamilton.

—... Y dijo: «¡A la carga, que somos soldados ingleses!». Y repitió la palabra «ingleses» dos millones de veces. (Dense por repetidas e inclúyanse en la cuenta.)

—¡Eso es una estafa! —voz de Lady Hamilton.

—Bien, no discutamos —voz del fraile.

Y salimos rumbo a América en un bergantín y armados hasta los dientes. Mina dio un grito, y las velas fueron izadas. Llevábamos dos mil reclutas, todos hombres de bien:

infantes retirados y soldados de licencia. Mina soltó un largo discurso de arenga en saliendo del puerto. Y yo vi dos manos de mujer, muy blancas, y un rostro que me despedía con apacible cordialidad. Exito. Exito, dijo su voz, y se volvió a diluir entre la niebla. Era Orlando, rara mujer.

Capítulo XXVII

De las nuevas amistades del fraile y su escapada para América

Y al fin llegué a Inglaterra y pude respirar un cierto aire de libertad, que todavía me era desconocido. Inglaterra era el sitio de conspiración de todos los revolucionarios de Europa y hasta de los mismos ingleses. Aquellas dos señoras que conversaban tan apacibles sobre aquel puente, bien pueden estar tramando el degollamiento de la reina. Y ese muchacho que se acerca, con dos bolas de nieve, es indiscutible que irá a volar el Parlamento.

Yo, para poder vivir en este sitio, me puse en contacto con los refugiados americanos, que no dejaban, ni por un momento, de maquinar planes de invasión; y por ellos supe que el padre Hidalgo se había alzado en México y que lo había hecho con quince hombres y una mujer y ya tenía detrás más de quince mil hombres. Y esto, en verdad, me entusiasmó mucho y despertó aún más mis ideas invasoras... También supe que el padre Hidalgo había sido fusilado por los gachupines, pero esto no tenía tanta importancia.

Debo decir que dos personas muy distinguidas trataron de hacer por el bien de mi existencia durante mi vida en esta nebulosa ciudad y que tanto hicieron que llegaron a hacérseme insoportables. La primera, cuando la conocí, era una mujer excéntrica, que se vestía siempre con pieles de oso sin curtir, y que más tarde supe que se tiró, como Safo, al mar. Orlando se llamaba, y me aseguraba descender de nobleza muy rancia (y esto se podía confirmar por el olor que tenían las pieles de oso que ella usaba). Aseguraba también haber nacido varón y hacía más de trescientos años.

Yo la escuchaba con gran paciencia, puesto que, después de todo, era mi protectora. Oía aquellos relatos descabellados y siempre le decía que todo era muy posible, y más descendiendo de la rancia nobleza inglesa. Entonces ella sonreía, se me acercaba con gran ceremonia y me aseguraba que de su primer origen no le quedaba ningún rasgo (lo cual parecía cierto) y que por lo tanto nada debía temer. Yo me hacía el que no comprendía. (Siempre he tenido que hacerme el que no comprende ante estas insinuaciones que constantemente me han acosado. Siempre teniendo que estar pasando por tonto o por incorruptible.) Entonces ella me daba la espalda, me sonreía, inclinándose en la puerta del salón y, con gran furia, se dirigía a sus habitaciones; se encerraba en ellas y empezaba a escribir en unos manuscritos amarillos titulados: *La Encina,* que guardaban cerca de dos mil de sus mejores poemas, según me dijo en nuestro primer encuentro. Algunas tardes la veía trabajar ferozmente en su manuscrito, la oía maldecir y pronunciar palabras de subido calibre... y yo sentía mis dudas, y pensaba si, después de todo, me habría dicho la verdad... Por ella, que me introdujo en la corte, conocí a mi segunda protectora, mujer que inspiraba compasión y, por lo tanto, aborrecimiento. Emma Lyon, más conocida por Lady Hamilton. Me fue presentada por la misma reina en una de sus fiestas. Estaba rodeada y acosada por un centenar de pretendientes, todos idiotas, que no dejaban de galantearla. Ella miraba con distracción por entre una escuadra de marqueses (viejas reliquias que no parecen morir nunca) que constantemente se están inclinando respetuosos, hasta que terminan por hacerse perder el respeto. Y, muchas veces, sus cabezas chocaban en estas continuas inclinaciones y alguien caía muerto. Entonces, y con gran ceremonia y dignidad, dos criados retiraban el cadáver hacia los jardines. Y seguían las inclinaciones. Y esto me hacía pensar si aquellos señores no estarían celebrando un duelo a cabezazos o algo por el estilo... Pero ella parecía ausente de esas galanterías; desde que su marido había muerto se había convertido en una mujer algo distraída, aunque no por eso dejaba de asistir a todas las fiestas y salones de la corte, según dicen, para no disgustar a la reina, que en aquel momento hacía su entrada en el salón, confundida con una de las brujas de Macbeth y conversando con ella con gran intimidad. Por lo cual pregunté si se iba a representar dicha tragedia en pleno salón; pero ante tal pregunta, los airados condes y marqueses inclinaron, respetuosos, sus cabezas hacia la reina, que ya descendía y me miraba con interrogación. Las cabezas chocaron, y los cadáveres cayeron al suelo. La reina se deslizó, pesadamente y con su andar de babosa, por sobre ellos.

—Tantas ceremonias me aturden —dijo—, qué necesidad hay de que mueran todos estos caballeros que todavía tienen aspecto de hombres útiles.

Y, sin más, se llegó hasta donde yo estaba, muy tieso, pues no se me ocurrió bajar la cabeza.

—Y usted ¿quién es? —me dijo.

—Soy Servando Teresa de Mier.

—Y qué oficio tiene —me preguntó, siempre parpadeando con sus ojos de rata recién despertada.

—Soy fraile...

—Eso es un nuevo aporte que nos hace usted a los salones de la corte. No sé si mi querida Emma habrá experimentado con un fraile, así que venga, que quién sabe si aquí está la salvación de ella y también la de usted... —Así dijo con mucha soltura, y tomándome de un brazo me condujo hasta donde estaba la dama ascdiada.

Y así fue... el resto de la historia ya es conocida: en cuanto me dijo que era la viuda del gran almirante Nelson, le respondí que lo había visto reventar a dos varas de mí, y que me pareció un hombre de coraje, aunque un poco anacrónico. Y de que su grito, antes del reventamiento, me heló la sangre... ¡Siga! ¡Siga!, dijo ella, y yo continué toda la noche y, en amaneciendo, fui trasladado en un lujoso coche a su mansión, y allí seguí el relato aún con más desatino, luego de haber cerrado un contrato en el cual ella se comprometía a pagarme por cada palabra del relato una moneda de oro. Sin voz, pero con una carreta llena de riquezas, regresé a la siguiente semana a la mansión de mi primera protectora, que se paseaba furiosa por el gran balcón y a cada momento tomaba la pluma y enriquecía con un nuevo y largo aporte a su voluminosa *Encina*.

Andando por aquellos salones conocí un día a José María Blanco, cuando trataba de clavar en la espalda de la reina un alfiler de un pie de largo, y sin tener éxito, pues parece que la distinguida dama iba ataviada para el caso, y el alfiler no pudo penetrar. Después de varios intentos desistió y miró hacia mí que lo observaba. Se me acercó y, de un golpe, me dijo mil sandeces y otras cosas que a mí me parecieron más juiciosas, como su irreductible odio a la Iglesia católica y a todos los reyes, aun cuando fueran ateos. Tan desengañado estaba de su tierra, que de Blanco se cambió el apellido por White y dejó de ser católico para convertirse en protestante... Dirigía ese señor un periódico titulado *El Español,* donde en cada columna se le recordaba la madre a Carlos IV y donde estaba prohibido poner el nombre de España con mayúscula. (Lo cual, según pude después saber, era una deficiencia de la imprenta, que Blanco White sabía aprovechar patrióticamente.) En la redacción del periódico conocí a Javier Mina, que me pareció más cuerdo que el padre White, y me dijo que tenía ya lista una gran expedición para introducirla en América, y que al llegar allí no dejaría, en siendo español o simplemente europeo, ni a títere con cabeza. Esto me pareció bien. Y él me pidió que ingresara en la lista de los voluntarios. Yo acepté, y él mismo me informó que ya estaba incluido desde antes de que aceptara, y también me comunicó que el único contratiempo que los tenía estancados era la falta de dinero, pues los ingleses cobran el impuesto sobre cada ola que atraviese un barco dentro de su jurisdicción.

—Si la cuestión es el dinero, yo lo conseguiré —dije.

Y al otro día me fui para casa de la Hamilton y terminé improvisándole un gran discurso acerca de la muerte del almirante, y salí de allí con dos carretas repletas de oro...

—Ha conseguido usted una mina —me dijo Mina. Y me abrazó, patrióticamente.

—Gracias a mi verborrea —dije, y no quise entrar en detalles, que bien valía guardarle el secreto a la Lady que tan generosamente había pagado mis historias.

Y salió la Flota de Inglaterra. Y yo, muy contento y lleno de entusiasmo, iba en la popa, diciéndole adiós a las brumas y a la corrompida Europa. Pero me había olvidado que dos mujeres me protegían y que, por lo tanto, no estaban dispuestas a cesar en sus ayudas. Y así fue que, antes de atravesar por completo el puerto, Orlando, dirigiendo una flota, se me acercó y me pidió, de favor, que regresase con ella. Y dándole explicaciones de mi urgente partida y de mi pronto regreso estaba, cuando otra flota apareció por el lado opuesto del puerto: era Lady Hamilton, que haciendo gala del recuerdo de su marido, me gritaba, desde un costado del mar, que no me dejaría partir de la corte, pues yo era ya su único consuelo. De manera que no sabía qué hacer, y cuando corría por la borda hacia mi infatigable Orlando, la «oyente» Hamilton hacía una señal para que toda su tripulación se me viniera encima. ¿Qué hacer para salir con vida de aquel acoso? No se me ocurrió otra cosa que lanzarme al mar. Y me lancé, que, después de todo, era mejor servir de manjar a los peces que servir a dos mujeres caprichosas... Ya en el agua le dije adiós a todos y me encomendé a las bestias de las profundidades, que me veían descender con mi negra indumentaria, y huían asustadas, estrellándose en el fondo. Por ese trance estaba pasando, cuando siento que alguien se arroja al agua, y veo el pelo y la cara de Orlando que ya se me acerca. Pero, cuál no sería mi sorpresa al ver su cuerpo desnudo, pues si es cierto que no se diferenciaba del de una mujer por la forma, por su sexo sí ganaba en diferencia. Y así venía hasta mí, riéndose y apuntándome con Su Inmensa Clasificación Definitiva que oscilaba a derecha y a izquierda, arriba y abajo, creciendo por momentos. Mi angustia fue horrible... La vi sonreír y estirar las manos y tomé impulso. Y eché a nadar, lo más rápido que pude (siempre por el fondo del océano). Orlando, desde cerca, me iba apuntalando... Y cuando al fin emergí, sacando la cabeza, me vi frente a las costas de América.

De todas mis travesías fue ésta una de las más penosas, y la que realicé con más sobresalto y temor.

Estados Unidos

Capítulo XXVIII

Las nuevas peripecias. Primera expedición

Entramos en los Estados Unidos ya de medianoche. Y tratamos de anclar sin ser vistos por los de la aduana, pues ya sabíamos de antemano todos los impuestos que son capaces de cobrar, demostrando que existen y que son necesarios para la manutención del gobierno; pero no lo logramos, nos enfocaron con unas grandes luminarias hechas de palos combustibles, y empezaron a leernos la lista de los impuestos... Javier Mina, yo y toda la tripulación abandonamos el barco y salimos a pie. Así nos fuimos introduciendo en la tierra americana. El barco quedó como pago de una parte de la deuda, por haberlo atracado en esas aguas. La otra parte de los impuestos de abordaje la tendríamos que ir pagando con nuestro trabajo en los algodonales del Sur... Y para que no cambiáramos de ideas ni de ruta, nos seguía una escuadra de soldados yanquis, armados hasta los dedos de los pies (donde se ataban una navaja inglesa de doble filo, que poco a poco les iba trozando los dedos). Llegamos, pues, a una gran llanura usurpada por dos largas barras de hierro. Y aguardamos el tren.

El tren marcha a gran velocidad y despide un humo rojizo que a cada momento embadurna el cielo. De los treinta vagones de transporte, he notado que veintinueve son ocupados por negros, que van muy apilados, como sacos en esteras. Solamente el vagón restante se usa como transporte de pasajeros blancos. En ese vagón vamos nosotros, y ya estamos introduciéndonos en las rojas tierras del Sur. Y yo no maquino más que la manera de salir de esta nave bullente y horrible, que no se detiene en ningún sitio y que tampoco deja de maullar; y donde, constantemente, estamos cayendo uno encima del otro y rompiéndonos la cabeza. Un señor, que con gran serenidad trataba de encender un tabaco, acaba de morir cuando éste por un bache del infernal vehículo, le atraviesa el estómago; al mismo tiempo las damas encopetadas, que parecían semidormidas, son lanzadas por la ventanilla, sin más miramientos que el de los que las miraron desaparecer. Otras son despedidas por una ventanilla y luego, impulsadas por la misma presión de aire, vuelven a entrar por otra ventana, cayendo, muchas veces, en su propio asiento o sobre las rodillas de un señor inmutable, que se echa a un lado y sigue leyendo su diario; esa actitud demuestra la experiencia de haber viajado por esta línea y conocer sus peripecias; pero yo, que es la primera vez que veo tales maniobras, me mantengo siempre alerta y me sujeto, con las dos manos, al asiento delantero, pensando en la manera de salvarme de este meteoro. En esta situación vamos avanzando, cuando siento un gran alboroto en los vagones ocupados por los negros.

—Combustible —grita el maquinista—. Combustible o no llegamos. —Y uno de los veintinueve vagones queda completamente despoblado.

—Es lo que más se asemeja al carbón de piedra —me explica una señora, con gran zalamería al ver mi expresión de desconcierto, y agrega que por allí no tienen ese material, pues la tierra no produce más que oro.

»—Por eso usamos negros, los tenemos en abundancia. Y, como ya le dije: por ser lo más semejante al carbón...

Y el segundo vagón quedó desierto, de manera que ya solamente llevamos veintisiete tramos de combustible... Miro aterrorizado por la ventanilla y lo único que veo es la gran estela de humo negro que brota por la chimenea de la caldera y que de nuevo se apodera del cielo, coloreándolo... Pero al fin llegamos al Sur, y con uno de los vagones de combustible intacto. Mina luce aterrado.

—Así que éste es el país de la libertad —me dice, sin agregar más nada, mientras le atan una cadena de gran grosor al cuello.

—No sé, realmente... —le contesto—, aquí sin dinero no se consigue ni el aire.

Y veo cómo otra cadena de gran grosor rodea mi nuca y nos une a ambos por la misma región. Y sin más, y a restallantes latigazos, somos conducidos hasta las plantaciones de algodón... Y ya estamos trabajando en esta gran cuadrilla. Y ya recogemos algodón desde el amanecer hasta la puesta del sol (que estos americanos, amantes de la productividad, hacen retardar a través de espejos y disparos al aire). Y ya estoy completamente exhausto.

Pero para qué vas a contar esa vieja calamidad, oh, fraile, ah fraile. Esa calamidad que nada tiene de original, pues todavía se repite. Eh, fraile, deja algo para las nuevas generaciones y sigue tus andanzas. Upa, fraile. ¡Anda!, fraile. ¡Zas!, fraile. Ahora dirás cómo fue que te escapaste de ese endemoniado sitio. Y cómo te hiciste de ciento veinte mil dólares, y cómo fue que entraste al fin, ¡ca!, fraile, en las tierras mexicanas. ¡Ancla, fraile! ¡Ea!, fraile. ¡Viva!, fraile. ¡Jau!, fraile. ¡Yeu!, fraile.

Dirás, fraile, cómo cierta tarde, ya bastante tarde, llegó al campo del campamento un viejito muy viejo con unos bultos muy abultados y empezó a gritar dando gritos muy altos. Y tú te despertaste y acudiste a sus gritos, pasándole la mano por la espalda jorobada, tratando de averiguar cuáles eran sus penas.

—Mi pena es una —dijo el viejo—, pero tan grande como ninguna. He vivido diez años con una mujer gigante que me obligaba a hacer todo lo que ella quería y yo detestaba, ya puede usted imaginar... Una mujer feroz, que acaba de morir y me ha dejado, como castigo, toda su fortuna. Ay, ahora dígame usted qué voy a hacer con todo este oro. Ay, dígamelo usted. Yo, que pensé haber ganado la libertad con su muerte, y la muy maldita me condena a ser millonario. Ay, dígame usted si habrá peor castigo.

Y tú, oh, fraile, le hiciste la señal de la cruz y trataste de liberarlo de su pesada condena.

—Venga —le dijiste, y tomaste sus abultados bultos—, venga y duerma aquí, que mañana usted verá cómo se va a sentir completamente libre.

—¿De veras?... —dijo el viejo, entre sollozos.

Y tú, oh gran fraile, lo acostaste en tu cama, y le dijiste duerma... duerma. Y el viejo te dijo:

—No puedo dormir. ¿Quién ha visto a un millonario que haya dormido jamás?

—Duerma tranquilo, que yo vigilaré su fortuna —dijiste, oh, fraile.

—Oh, no. No se le ha dado ese privilegio a los millonarios. De ningún modo: debo velar yo solo hasta que se me sequen los ojos. Ay, la muy maldita bien lo tramó. En vida nunca me dio ni una onza de oro, y ahora me condena hasta no poder más.

—¡Duerma! —gritaste imperioso.

—¡De ningún modo! Tengo que vigilar mi fortuna.

Entonces tú, oh, fraile, planeaste nuevos planes bien planificados. Y empezaste a hablar, sin dejar que el otro te interrumpiese:

—Mi querido amigo, ya que a usted le causa tanta molestia esa fortuna, debe darme una parte, para yo conseguir la manera de libertarlo.

—No —dijo el viejo—; mire usted lo que hemos conseguido con tantas libertades —y señaló hacia un racimo de negros, ahorcados en una sola palmera.

Pero tú, oh, fraile, no dejaste ni un momento de hablar, y no hiciste caso de las interrupciones del viejo:

—«La libertad, mi querido amigo, es uno de los más preciosos dones que a los hombres dieron los cielos» —y seguiste recitando el *Quijote*—; «con ella no pueden igualarse los tesoros que encierra la tierra, ni el mar encubre; por la libertad, así como por la honra, se puede y debe aventurar la vida; y, por el contrario, el cautiverio es el mayor mal que puede venir a los hombres»... Y usted está cautivo. ¡Cautivo de esa gran fortuna que no hace más que estorbarle! ¡Déme acá esas dos bolsas de oro y usted verá como se sentirá más libre y liviano!...

Pero como el viejo no parecía conforme, tú, oh, fraile, que habías notado cierto incipiente bostezo en el oyente al citar aquellas palabras del *ingenioso libro,* seguiste recitándolo, gracias a tu gran memoria, siempre con voz lenta y meticulosa, reparadora de insomnes... Así pues:

—... «El bachiller, aunque se llamaba Sansón, no muy grande de cuerpo» —y ya amanecía, y el viejo luchaba sin poder controlarse—... «Señor, un caudaloso río dividía los términos de un mismo señorío»... —y al fin, un largo bostezo. Y así fue que llegaste, por pura honradez intelectual, pues ya el acribillado estaba a punto de roncar, a:

> ¡Tate, tate, folloncicos!
> de ninguno sea tocada;
> porque esta empresa, buen rey,
> para mí estaba guardada.[1]

Y el oyente, que ya no oía, no pudo más; y un largo ronquido, como un clamor de piedad, salió de su garganta. Era el tercer amanecer de su llegada a aquel barracón. Y así fue que tú, oh, fraile, dijiste: «Vale»,[2] saltando todo un párrafo de tu memorizada lectura por temor a perpetuar su sueño hasta la eternidad. Y de un salto te apoderaste de los

1. Cervantes, *El ingenioso hidalgo don Quijote de la Mancha.*
2. *Ibíd.*

dos bultos. Palpaste el dinero. Calculaste la suma. Despertaste a Mina de un puntapié y echaste a correr por todo el algodonal. Y a cada paso te salía un centinela, oh, fraile, y a cada paso metías las manos en una de las bolsas y regalabas unas monedas de oro. Y a cada paso desaparecía un centinela... Y con una de las bolsas medio vacía, pues los centinelas se multiplicaban a cada momento, llegaste, oh, fraile, a las costas del río Grande. Detrás venía el pequeño Mina. Y empezó el conteo.

—Esto equivale a ciento veinte mil dólares —dijiste, oh, fraile—. Y ahora te pondrás a preparar la gran expedición.

Y salió la expedición. Y tú, oh, fraile, ibas en la popa con tu traje púrpura, de obispo, pues te habías autonombrado obispo de Baltimore. Y tú, oh, obispo, apareciste en la proa y empuñaste un arma y aniquilaste a un grupo de peces voladores, haciendo blanco en sus ojos siempre abiertos; y seguiste paseándote entre la tripulación, como una llama violenta, rezando y maldiciendo de los vientos que se hacían cada vez más fuertes. Y cuando estaban en mitad del golfo, una gran ola, oh obispo, te cayó encima usurpando la cubierta, y un agua morada se deslizó por todo tu cuerpo. Y he aquí que el gran tren de artillería es batido por las olas y empieza a cañonear a las nubes. Y he aquí que los marineros, después de una reyerta, lanzan por la borda al habanero Infante (que iba en calidad de literato y periodista), pues en medio de la tormenta se mantenía alejado, componiendo un soneto al mar... Y tú, obispo, te paseas descolorido por toda la plataforma, y ya el árbol mayor se balancea y se viene al suelo. Y tú, oh, gran obispo, corres hasta donde está Mina y le ordenas el regreso. Pero Mina es zarandeado por una ola y cae sobre la espuma que reverbera. Los marineros lanzan blasfemias y oraciones. Y tú, oh, obispo de Baltimore, tomas al fin el timón de la nave que se bambolea y da cabezazos, y vas descubriendo el secreto de la navegación. Y, precaviendo la inmersión, lanzas al agua tu violeta indumentaria. ¡Ha caído el obispo!, gritan los marineros al ver que tus vestidos flotan sobre las olas. ¡Pero queda el fraile!, les contestas tú, desnudo, y tratas de hacerte dueño de la situación. Y otra vez tomas el timón. Y los vientos alborotados descubren su centro precisamente debajo de la nave de guerra. Oh, fraile, el barco se alza sobre el mar y toca las nubes. Y vuelve a caer sobre el océano bullente. Y los peces convocan al banquete. Y la muerte, cabalgando sobre las olas, saca su guadaña y empieza a bailar con grandes piruetas. Pero tú, oh, fraile, vas nadando hasta donde danza «la infatigable obrera» y, tomando su encorvado instrumento, se lo trozas en dos y se lo arrojas a la cara. Y la Muerte, dando un berrido, se aleja asustada. Y tú, oh, fraile, te volviste a zambullir y, tomando la antigua y morada vestimenta, que andaba enredada en la cola de un delfín, saliste, oh obispo, otra vez de entre las espumosas y constantes olas. Y pisaste tierra...

Déjese de fanfarrias, y cuente las cosas tal como sucedieron. Apenas salimos a la mar se nos hundió el buque y los peces dieron cuenta de muchos de nuestros soldados. El resto, y entre ellos yo, arribaron a las costas de Nueva Orleans, provistos de grandes hambres y temiendo volver a caer prisioneros. Así fue como Mina, que había llegado hasta allí sujeto a un pez, decidió marcharse para Galveston y buscar refuerzos. Y yo me quedé en Nueva Orleans, contratando gente y buscando dinero de mil modos distintos, pues todo el oro que había conseguido descansaba ahora en el mismo fondo del golfo. De los marineros, que no sucumbieron ahogados, muchos perecieron derretidos por el sol y los demás huyeron a la selva, donde, según dicen, fueron asados por los indios, aunque esto es de dudar, pues, con lo flacos que estaban, luego de aquella travesía, creo que en nada podrían mitigar el apetito de seres tan voraces... Y como Mina no regresaba y yo estaba ansioso por invadir México, me fui a buscarlo. Y allá, en Galveston, lo hallé, sin haber levantado un dedo por la independencia. Así que lo alboroté y le canté muchas de las verdades. Y él prometió, desde ese momento, ponerse a organizar la expedición. Y yo me fui por otros rumbos a hacer lo imposible. Y después de recitarle una docena de veces el *Contrato social* y los *Derechos del Hombre,* así como los más bellos pasajes de la Biblia, logré convencer a un americano excéntrico, un tal Smith, amante de la literatura y, por lo tanto, mal literato, para que me facilitase parte del tesoro de su cosecha, es decir, de la cosecha de negros esclavos que el frustrado poeta comerciaba con los plantadores del Sur. Con gran resignación acepté aquella suma, y le di al benefactor unas cuantas lecciones de métrica y composición. Y él, a última hora, me pidió que no lo abandonara y de que si era posible llevarlo con nosotros en la expedición; pero yo, presintiendo la inutilidad de cargar con un poeta frustrado, le dije que de ningún modo, que su sitio estaba allí, en Galveston, y que yo volvería y le narraría otras grandes obras maestras para su deleite y cultivo. Y me fui a buscar a Mina, que aún estaba planeando lo que pensaba hacer... Y al fin logramos organizar nuestra segunda expedición. Y partimos, pues, del puerto de Nueva Orleans, bajo un cielo muy quieto, que al momento de nuestra salida se ennegreció y comenzó a rajarse en rayos, que caían presurosos sobre el árbol mayor de nuestro buque. Y toda la tripulación se rebeló y decía que aquella expedición estaba condenada por el mismo Dios, ya que en ella iba un fraile, y esto no era asunto de religiosos y mucho menos de frailes. Y yo, para poner orden, saqué un trapo púrpura y me lo enganché y, con gran pompa salí a cubierta, haciendo como si rezara y dándole la absolución a los marineros, que continuamente caían por la borda y eran arrastrados por las olas. De modo que mis hábitos de obispo los calmaron un poco. Y la tormenta también fue calmándose. Y al amanecer del cuarto día arribamos al puerto de Soto la Marina. Volvía, al cabo de tanto tiempo, a pisar mi tierra mexicana, tan triste y desolada en aquel puerto y pueblo de mar, de casas bajas, que pedían sostenimiento al mismo suelo, y palmeras alharaquientas que, aunque se mantenían abiertas, no servían para aplacar lo candente del sol.

México

Capítulo XXIX

De la Invasión

Dirigiendo a todo el ejército eché a andar por la arena. Y nos fuimos internando en el poblado de Soto la Marina, donde las mujeres nos miraban asombradas y los hombres (siempre más discretos) se iban para el patio o se refugiaban detrás de las lomas. Allí hice un alto y convoqué a los habitantes para una reunión. Y como los primeros en llegar fueron los niños, les dije que buscasen a sus padres. A las dos horas ya tenía reunido a todo Soto la Marina. Así fue que me trepé al tronco de una palmera y empecé a hablar. Les dije que «yo acepté este partido (el de la independencia), porque así más presto acabará la efusión de sangre que por México y por toda América se derrama a torrentes inútiles; porque la emancipación ya no tiene remedio. A más de que la Europa la protege, veinte millones de hombres que quieren ser libres lo serán a pesar del mundo entero...».[1]

Y las mujeres empezaron a palmotear y a soltar gritos. Y los hombres dirigían sus miradas al suelo. Y yo, viendo que iba ganando terreno, seguí con mi discurso:

«Obstinarse en contra de la emancipación es querer forzar la naturaleza. El orden natural de las cosas es que toda colonia se emancipe en llegando a bastarse a sí misma. Así ha sucedido a todas las colonias del mundo, y aun los hijos, llegando a su virilidad, quedan emancipados de las sagradas dependencias de sus padres naturales. Demasiado tiempo ha estado la América en las fajas de una tutela

1. Fray Servando Teresa de Mier. Carta enviada a fray Pascual de Santa María.

opresora que monopoliza su comercio, y no le permite fábricas, ni viñas ni olivares»...[1]

Y los hombres levantaron la vista del suelo y me miraron de frente.

«Hasta ahora no ha faltado a la insurrección sino jefes, oficiales y armas. Todo lo tenemos en abundancia y excelente... Ha faltado también conducta, porque la canalla se ha puesto a la cabeza embriagada de pasiones viles y matando europeos sólo por serlo. Acá traemos ideas más nobles; nuestra conducta no puede mejorarse, y no haremos sino defendernos de quien quiera destruirnos. Convidamos a la libertad civil, justa y razonable, a nadie forzamos a tomar las armas»,[2] el verdadero hombre no necesita que lo fuercen para que luche por su tierra oprimida. (Y aquí vi cómo los hombres daban un paso al frente y se ponían rígidos, como las mismas palmeras.) «El que nos haga la guerra nos hallará, sea criollo o gachupín; el que se esté quieto no será incomodado para nada.»[3]

Pero ya nadie estaba quieto. Todos empezaron a gritar: «¡Viva México!» y «¡Viva la independencia!». Y salimos, con el pueblo de Soto la Marina detrás, las mujeres con los niños a cuestas, y los hombres delante y clamando por la invasión. Pero antes de abandonar el lugar pregunté por el cura de aquel pueblo. Y toda la muchedumbre partió a buscarlo en la parroquia. Allí estaba el párroco, escondido detrás de la capilla mayor. Hasta él me llegué, y seguido por toda la muchedumbre me le acerqué, con mi indumentaria de obispo; y él cayó de rodillas y trató de besarme el anillo.

—¿Es que hoy no hay misa? —le pregunté.

—Oh, ilustrísima —me contestó, muy zalamero—, es que no tenemos el vino sagrado para poderla dar.

1. *Ibíd.*
2. *Ibíd.*
3. *Ibíd.*

—¡Qué importancia tiene eso! —dije—, si de vino se trata aquí lo tiene.

Y saqué, desamarrándome el cíngulo, una caneca rebosante de aguardiente fuerte de Castilla; fui hasta el cáliz y lo llené.

—Vamos —le dije al temeroso párroco—, ya puede dar la misa. Y no se preocupe por la calidad del vino, que Cristo no era precisamente de los ricos y no bebió en toda su vida mejor vino que ese que usted va a tomar ahora...

Y así fue que el cura dio la misa con aquel aguardiente. Y cuando cesaron los cánticos y dijo «amén», estaba tambaleándose. Ayudado por un monaguillo salió, dando tumbos, del altar. Y también salimos nosotros, cantando himnos guerreros, para que si alguien se encontraba agazapado saliese al momento y se nos uniera... Llegando a Monterrey ya teníamos más de cien mil hombres armados de piedras, palos y de cualquier instrumento de trabajo. Y entrando en la ciudad tuvimos el primer encuentro. Y, fusil en pecho, o piedra en mano, acabamos con los gachupines que se nos interpusieron. Y así fue que tomamos sus armas y reforzamos nuestro ejército. Y, más seguros, seguimos libertando pueblos y haciendo crecer cada vez más nuestras filas, hasta que ya no las pude dominar de un solo vistazo; a pesar de lo bajas y llanas que son esas tierras, los hombres se confundían en la línea del horizonte... En oscureciendo di la orden de descanso, tirándonos a dormir sobre el arenal.

Al otro día ya estábamos saliendo de Monterrey, habíamos llegado al Nuevo Reino de León, siempre avanzando sobre los realistas, siempre disparando sin cesar; pero he aquí que en acampando en la tierra neolonesa, se nos acercó todo el ejército de México, que el virrey había dispuesto contra nosotros; y, disparándole toda la metralla, empezamos luego a bombardearlos con piedras y arena, y el cielo se fue nublando, y todo no fue más que un caos rojizo y, aprovechando la cortina que nos ocultaba, empezamos a retroceder, hasta llegar al fuerte de Soto la Marina, donde nos refugiamos. Allí nos pertrechamos con todas las armas que estaban guardadas, pero yo mantenía mis temores de ser descubierto; y éstos se agrandaron más cuando noté que el párroco había desaparecido de la población, que bien conozco yo las vilezas de esos miserables.

Lo primero que nos anunció la llegada de los realistas fue la turba de zopilotes, que empezaron a volar sobre nuestro fuerte. Estas inmundas aves siempre van persiguiendo a la carroña; y ya estaban acostumbradas al desgaste de las cimitarras de los soldados coloniales, que no respetan ni a los niños de meses, por eso los seguían, confiadas en que su alimentación estaba asegurada; muy gordos estaban estos buitres por las matanzas de inocentes que se habían realizado, y casi no podían alzar el vuelo y caminaban de patas abiertas por sobre el arenal, como negras y pesadas tortugas de sabrá Dios qué infierno. Así fue que las pestíferas aves fueron tomando posiciones, y yo, al verlas, di grito de alerta para toda la tropa. Y en todo el fuerte no quedó un agujero por donde no se asomara la punta de un fusil. Y la primera remesa de realistas sirvió para pasto de las voraces aves. Pero he aquí que ya volvía el segundo escuadrón, que al ser atravesado por nuestras armas se esparce, y algunos soldados dan el grito de socorro; y a los pocos momentos ya avanzaba sobre nosotros todo el ejército real de México... Se nos habían acabado las municiones y no teníamos, para pelear, más que nuestras propias armas sin pertrechos, y nuestros brazos. Y el ejército realista ya se iba acercando; por eso di la orden de combatir hasta con las uñas. Y por último, y no teniendo nada que lanzarles, empezamos a cazar zopilotes y, tomándolos por las patas, los lanzábamos sobre las cabezas de los atacantes. De esta manera los mantuvimos a raya durante todo un día. Pero también estos proyectiles se fueron agotando, de modo que llegó un momento en que no se veía ya ni un zopilote sobre el cielo de Soto la Marina. Y los soldados gachupines seguían avanzando por sobre las aves ya reventadas.

Y caímos prisioneros.

¿Qué es caer prisionero en un ejército realista, enfurecido y hambriento? Es caer en el mismo infierno. Una parte de nuestros soldados, atados a las colas de los jumentos de los vencedores, fueron arrastrados por todo el arenal, mientras se hostigaba a los animales para que apresuraran el paso. Otra parte fue montada sobre pequeños burros, que a cada paso soltaban el bofe. Y otro gran número, que no pudo alcanzar colas de caballos ni burros, fueron atados con una gran coyunda, y a fuerza de golpes eran conducidos a pie por aquellas ardientes tierras. Así atravesamos toda Pachuca, donde el calor era tanto y la sed y el maltrato se hacían tan insoportables que los cautivos pedían a gritos que se les quitase la vida. Y como si esto fuera poco, en cada pueblo que llegábamos éramos exhibidos, ante los ojos desconcertados de sus habitantes, como si fuéramos criminales de la peor calaña. Por todas esas ofensas íbamos pasando. Y ya cuando dejamos la llanura y nos fuimos internando entre las peñas de Atotonilco el Grande, la mitad de los prisioneros había muerto y la otra mitad estaba casi agonizante. Iba yo atravesando todos aquellos derriscaderos sobre un potro resabioso, que a cada momento cogía un trote insoportable y me hacía ver las estrellas en pleno mediodía abrasador. Desde luego, los oficiales la cogieron, desde el primer momento, con mi persona, y no dejaban de golpearme y de lanzarme ofensas de todos los colores; o se ponían a pinchar la flaca y enfurecida bestia, que daba un respingo y me lanzaba al suelo con todos los grillos que traqueteaban sobre mi cabeza. Y así fue que de tanto dar sobre los pedernales me hice trizas un brazo y las dos piernas. ¿Y creerán ustedes que los salvajes gachupines, en vez de recogerme de aquella postura y darme ayuda, lo que hacían era soltar la risa y burlarse de mi situación?... Y a mí lo que más me entristecía era saber que todos aquellos esbirros eran gentes humildes, descendientes de las capas más pobres e ignorantes y que, por lo tanto, se dejaban conducir como mansas bestias. Yo traté de hacerles ver el engaño en que vivían, pero los oficiales gachupines que ya conocían mi labia, me cosieron la boca con hilos de henequén, y yo no podía más que resoplar y mover las manos desgarradas. Con miles de penas me iba encaramando en la bestia infernal y al momento volvía a dar contra el pedregal. Y yo clamaba al cielo que me dejase morir de una vez, pero no resollaba muy alto, ni gritaba sino que todo lo hacía mentalmente y, cuando las amarras me lo permitían, estiraba los labios en una muestra de indiferencia y desprecio para todas aquellas alimañas rastreras. Y esto las enfurecía más, pues veían que todas sus torturas no surtían efectos, y volvían a pinchar mi potro y yo volvía, de cabeza, rumbo a los escollos. Hasta que hicimos un alto en uno de los pueblos serranos y yo, entre resoplidos, gruñidos y movimientos de manos, pude dictarle una carta a mi amigo Agustín Pomposo, donde le decía que hiciera todo lo posible por salvarme... Pero nada pudo hacer mi fiel amigo, y fui llevado a la casa de la Prisión de la Esquina Chata, en el convento de los dominicos. Y fui entregado en manos de los inquisidores para que me juzgasen como se juzga a una terrible bruja. De los demás prisioneros supe que la mayoría había muerto de sed y hambre en el camino, y los que llegaron a las galeras perecieron allí por el mucho maltrato... Y yo me vi otra vez delante de los togados jueces. Metido entre aquel negro barrizal. Pero no quise contestar a ningún interrogatorio. Y de nuevo fui conducido a la celda de la prisión. Y otra vez me vi rodeado de cadenas y argollas. Fui, pues, el primer dominico que cayó preso en su misma congregación, que ellos habían creado no precisamente para sus propios miembros. Pero los poderosos no perdonan ningún gesto contrario a sus doctrinas y, como tienen la fuerza, tienen también el privilegio de hacerse obedecer, eliminando a quien se le interponga o moleste... Y al cabo de tres años de estar en aquella prisión supe que ya en España había sido suprimida la santa inquisición, y que los millares de hogueras, que a tanta gente habían carbonizado, ya no servían más que para calentar pucheros y dar abrigo a los mendigos. De manera que me sentí más tranquilo, ya que por la ley no podrían achicharrarme, pero el gobierno de México me miraba como a un enemigo peligroso y no estaba dispuesto a soltarme después de tanto batallar por mi captura. Y fui transportado, a golpes de puntapiés, que nunca olvidaré, a una helada celda de la cárcel de Veracruz. Casi tocando el mar.

Allí quisieron dejarme hasta la resurrección, que ya, por lo cerca de mi muerte, no podría tardar mucho. Pero yo no quise esperar ese motivo para liberarme, así que, metiendo la cabeza por entre dos barrotes, traté de agenciarme la huida, y conseguí solamente dos fuertes golpes de los carceleros, que me pescaron cuando ya tenía medio cuerpo afuera. Más tarde traté de escarbar con las uñas el piso de piedra y salir a los derriscaderos del mar; pero solamente conseguí caer en otro calabozo más húmedo. Y comprendí que la única manera de salir de aquella cárcel era por la puerta principal y escoltado por todo el ejército real.

Por la puerta principal y escoltado por todo el ejército real, salí de nuevo prisionero para España, pues me temía tanto el virrey que no quería conservarme en mi tierra por miedo a que le quitase la vida, como a gritos se lo prometí un día en que pasó, de visita por aquellas inmundas galeras.

Y me echaron a la mar, rumbo a la caduca España, donde ya me esperaban los verdugos para matarme. Por eso fue que fingí estar muy grave, ya al borde de la misma muerte. Y, paseándome enloquecido por todo el fondo del buque, clamaba por un médico, pues «me sentía diluirme en mil fiebres diferentes». Tantos fueron mis espavientos y gritos, que el capitán dio la orden de fondeo en el puerto de La Habana. Y crucé el entrepuente rumbo a El Morro (una subterránea prisión de una cárcel marítima), haciendo retumbar mis grilletes y soltando enormes alaridos.

La Habana

Capítulo XXX

De mi huida de La Habana

El verano. Los pájaros, derretidos en pleno vuelo, caen, como plomo hirviente, sobre las cabezas de los arriesgados transeúntes, matándolos al momento.

El verano. La isla, como un pez de metal alargado, centellea y lanza destellos y vapores ígneos que fulminan.

El verano. El mar ha comenzado a evaporarse, y una nube azulosa y candente cubre toda la ciudad.

El verano. La gente, dando voces estentóreas, corre hasta la laguna central, zambulléndose entre sus aguas caldeadas y empastándose con fango toda la piel, para que no se le desprenda del cuerpo.

El verano. Las mujeres, en el centro de la calle, empiezan a desnudarse y echan a correr sobre los adoquines que sueltan chispas y espejean.

El verano. Yo, dentro de El Morro, brinco de un lado a otro. Me asomo por entre la reja y miro al puerto hirviendo. Y me pongo a gritar que me lancen de cabeza al mar.

El verano. La fiebre del calor ha puesto de mala sangre a los carceleros que, molestos por mis gritos, entran a mi celda y me muelen a golpes. Pido a Dios que me conceda una prueba de su existencia mandándome la muerte. Pero dudo que me oiga. De estar Dios aquí se hubiera vuelto loco.

El verano. Las paredes de mi celda van cambiando de color, y de rosado pasan al rojo, y del rojo al rojo vino, y del rojo vino al negro brillante... El suelo empieza también a brillar como un espejo, y del techo se desprenden las primeras chispas. Sólo dando brincos me puedo sostener, pero en cuanto vuelvo a apoyar los pies siento que se me achicharran. Doy brincos. Doy brincos. Doy brincos.

El verano. Al fin el calor derrite los barrotes de mi celda, y salgo de este horno al rojo, dejando parte de mi cuerpo chamuscado entre los bordes de la ventana, donde el acero derretido aún reverbera.

Y de un salto me lanzo a las aguas borbollantes del puerto y, a nado, cruzo rápidamente su boca (por suerte bastante estrecha) que comunica con la capital. Y, soltando la piel, salto la muralla y me interno en las calles, donde las criaturas corren enloquecidas de los soportales a los guardacantones, y se trepan, con pavor, a los aleros, cambiando velozmente de color y temperatura. Enfurecido atravieso la calle del Obispo y llego al parque de la laguna, donde todo no es más que un mar de cabezas, y en ese mar me zambullo, matando en algo el calor, y evitando ser descubierto por mis perseguidores de El Morro, que ya me iban dando alcance... Pero llega un momento en que las aguas de esta única laguna se vuelven tan insoportables, por su alta temperatura, que todos empezamos a saltar de medio lado, como ranas dentro de olla al fuego. Y caigo sobre el empedrado que reverbera. Y veo a los soldados, ya dándome alcance y soltando bocanadas de humo por debajo de los brazos (al menos ésa es mi primera impresión, al verlos correr semiderretidos hasta donde yo me encuentro). Así que salto el enrejado jardín del parque, donde está la laguna, que se evapora por momentos, y tomo la calle que se llama de O'Reilly, aunque por ella cruza todo el mundo, salto al convento de las dominicas, traspaso la Casa de Gobierno, y al cruzar por la plaza de San Francisco me encaramo a una carreta sobre la cual va un grupo de esclavos cantando, entre alaridos, sabrá Dios qué tonada. Y me pierdo entre el bullicio de los negros y de las mujeres de casa, que hacen sus compras e ignoran al sol, que se debate en mitad del cielo, como una serpiente acorralada y candente. Luego me introduzco en la plaza de Armas, donde soy presa de un gran susto al ser apuntado por un fusil y al oír que me daban el alto, pero no era más que una bandada de muchachos que jugaban a imitar a Chalflandín. Así que echo a correr hasta la catedral. Cruzo por delante de las narices del arzobispo, que me hace asustado, la señal de la cruz; salto a un coche, dándole órdenes al conductor de que me saque de esta infernal ciudad, y cogemos la calle del Inquisidor, cuyo nombre ya basta para aterrorizarme. Y como yo doy gritos para que se hostigue más al caballo y aumente la velocidad, tenemos la mala suerte de aplastar, en plena calle, a una perra de raza que resulta ser de las condesas de Aguasclaras, las cuales están sentadas en el portal de su mansión, tomando semidesnudas el resol; y al ver el atropello ponen el grito en el cielo, y las campanas de la catedral tocan a rebato.

Perseguido por todo el ejército de las condesas, por los soldados y hasta por el mismo gobernador y el arzobispo, logro, siempre cruzando por sobre los tejados, saltar hasta la muralla, desde la cual puedo ver cómo las nobles damas, enfurecidas, despedazan al cochero y hasta el mismo caballo; y yo, para evitar esas incomodidades, salto de nuevo al puerto y me hundo entre las turbias aguas de la mar costera. Y, emergiendo, tomo la primera balandra, que hallo a varias brazadas; y salgo del puerto de La Habana, abriéndome paso con las manos, pues no hay remos, y entre los dos fuegos constantes de los cañones, que me apuntan desde el Castillo de la Fuerza (por orden del gobernador y de las enfurecidas condesas) y desde El Morro (por orden del alcaide y de los salvajes carceleros). En grandes zigzagues me hago al fin a la verdadera mar, dejando el puerto... Y remolcado por las constantes cadenas de ciclones, que no dejan de emerger de entre estas aguas intranquilas, voy a parar a las costas de La Florida. Ya medio muerto me tiro debajo de una palmera, tan desprovisto de ropas como mismo vine al mundo, yo con un hambre que al momento me va adormeciendo.

Estados Unidos

Capítulo XXXI

Nuevas, pero viejas peregrinaciones

Y otra vez me vi en el país donde por cada respiro hay que pagar un impuesto. Y otra vez agenciando de mil modos para no morir de hambre, mitigándola apenas con la insípida sosa, que constituye el alimento de la mayoría de los yanquis, y éste es el motivo principal de que sean tan sosos. Pero no voy a contar la retahíla de calamidades por las que tuve que pasar en esta tierra, para subsistir, pues ahora las recuerdo y todavía me avergüenzo. Enumeraré solamente mis trabajos más decentes: limpiar traseros, recoger trapos, cuidar viejos millonarios y hombres anormales, traducir libros (el peor y más sucio de todos los trabajos) y recoger basura, para venderla como algodón a los granjeros del norte... En esta situación andaba, y con tres sacos, repletos de desperdicios, al hombro, cuando me llega la noticia de que en México al fin se había logrado la independencia. Y con la Constitución en la mano (ya había soltado los sacos) di un salto de alegría y me remonté (producto del mismo salto) hasta mi añorada tierra. Ay, pero con tan mala suerte que no calculé bien la caída, y vine a parar al mismo castillo de San Juan de Ulúa, en posesión aún de Fernando VII, donde el comandante, o general, Dávila me hizo prisionero y me condujo hasta la bartolina más subterránea de aquella prisión medieval... Allí, y con todo el tiempo por delante, volví a leer la ansiada Constitución, y comencé a enmendarla, pues todo en ella no era más que elogios para el mañoso Iturbide, lo cual provocó mi primera desilusión independista. Pues qué, dije, ¿se ha derramado tanta sangre y hemos arriesgado nuestras vidas para que este nuevo sátrapa, que ni siquiera es de tierra extraña, venga ahora a coronarse emperador con toda la pompa romana? Pues esto sólo demuestra que la guerra no ha terminado, que la lucha por la independencia está vigente... Y al momento comencé a escribir mi *Carta de Despedida a los Mexicanos Escrita desde El Castillo de San Juan de Ulúa.* Y cuando el general Dávila la interceptó y la leyó, vino corriendo hasta mi celda, y me habló de esta forma:

–No sé, ciertamente, de quién será usted más enemigo, si de la monarquía real española o del nuevo imperio de Iturbide; pero como creo que más daño le puede hacer a él, que ahora comienza, que a nosotros, que ya vamos de retirada, he resuelto darle libertad.

Y yo le dije:

–Hace usted muy bien en tomar tal decisión, pues si bien mi odio a Fernando VII y a todos sus burros reales es infinito, tiene para mí más importancia el derrocamiento de este emperador emplumado que acaba de coronarse en su tierra para vergüenza de los verdaderos mexicanos.

Y, sin más, recogí mis manuscritos y salí, por primera vez con la legal autorización, de una de las más temibles mazmorras españolas.

México

Capítulo XXXII

El coloquio del fraile

—Pues bien, mi querido obispo de Baltimore..., me parece que pocas veces ha gozado usted de un público tan numeroso y selecto como el que ha acudido a escuchar su discurso en la toma de posesión de su curul por Nuevo León. Creo que debe sentirse muy satisfecho: al fin, después de tantas persecuciones, ve usted sus sueños realizados y vuelve a la patria con todos los honores y la libertad anhelada.

—Oh, *señor Agustín...*

—Hum... majestad, dirá usted.

—Me parece que me entiende usted cuando le llamo *señor Agustín.* Podríamos cambiarlo, si le molesta, por el de *don Agustín,* o simplemente *señor.*

—Es usted muy impetuoso, *ilustrísima.*

—Dejémonos de pamplinas. A mí no hay que venirme con esas ceremonias, *don Agustín.* Y en cuanto a lo de mi discurso estoy conforme con lo que dije, porque no trascendí más allá de mis posibilidades. Y, sobre todo, porque no me engañé a mí mismo ni engañé a los que me escucharon.

—Pero siéntese, *su ilustrísima.*

—Fray Servando Teresa de Mier es mi nombre... Y a la verdad, temo sentarme, pues podría romper algún huevo.

—No lo entiendo.

—Digo que podría ensuciarme la ropa con algún huevo; aquí todos los nobles de *su corte* están tan cargados de galones y plumas, que temo se hayan convertido en gallinas.

—Oh, es usted tan elocuente...

—Al menos los he oído cloquear..., pero bien, me sentaré y correré el riesgo. Después de todo el hecho de estar aquí es más arriesgado. Le decía, *señor...*

—Oh.

—Le decía que estoy conforme con lo que dije, porque fui honesto conmigo mismo y porque no me hinché con frases pomposas, ni con promesas...

—Creo que para el político que no las haga su carrera está fracasada.

—No pretendo obtener ningún éxito si no es a través de la razón. Para serle franco y andar sin ambages, *señor Agustín*, lo que usted ha hecho no es más que un puro fraude...

—Debería usted respetar a *su majestad.*

—¡Al carajo con *su majestad!, señor Agustín*, le digo gústele o no le guste, esto de su coronación no es más que una sucia pantomima.

—¡Fray Servando!...

—Ya me llama usted por mi nombre. Pero yo no tengo que avergonzarme. Mire mis manos, *señor Agustín*, por algo están destrozadas, por algo no tienen cura y no pueden ni siquiera bendecir. ¿Cree usted que ellas pueden estar conformes con toda esta fanfarria que trata usted de representar? ¿Cree usted que después de cuarenta años de lucha por la independencia me voy a conformar con esta sucia traición?

—Ha vuelto usted a dar misa con el aguardiente fuerte de Castilla...

—¡Y si la diera, a usted no le importa! ¿Tiene algo usted contra ese aguardiente? Pues no se queje de las bebidas vulgares. ¿Qué sería de su imperio si no fuera por el veneno del aguamiel y de la chicha que adormece a todo el pueblo y que le ha servido para que usted compre esa ridícula corona? Usted y toda esa sarta de babiecas que lo rodean deben sus sucios títulos al pulque y al maguey. ¿O es que piensa usted descender del mismo triunvirato romano? ¿O es que de no haberlo pagado tendría usted ese artefacto sobre la cabeza? Y me pregunta usted si me siento conforme y si estoy satisfecho. Pues sepa que no lo estoy, y que no lo estaré hasta no verlo a usted sin esa corona y sin la cabeza que la sostiene.

—¡Me amenazas!, ¡Servando!

—Ya veo que no soy ni fraile, y de lo cual me alegro. En verdad, cuando se llega a pasar por todos los tormentos imaginables nos queda, por lo menos, la tranquilidad de saber que nada nos puede sobresaltar. No me infunde usted miedo. Estoy acostumbrado a vivir en la pobreza, en la miseria y en el constante peligro de la muerte. A lo único que no podré adaptarme es a vivir entre la mezquindad y el engaño. Bien podría ahora aceptar su *imperio* y pasearme entre todos esos *huehuenches* y mentecatos como uno más. Y hasta podría pertenecer a esa Real Orden de Los Caballeros de Guadalupe, que usted ha fundado y que todo el que tenga un tinacal o una mina puede formar parte de ella. Pero con mis hábitos me basta para sostenerme. Desnudo me he visto y no me he denigrado por ello para callarme ahora ante estas tamañas ridiculeces como las que representa usted... Usted es mi enemigo, *señor Agustín*, como lo es para mí cualquiera que se ponga en contra de la libertad y de la independencia; pero usted es más enemigo aún, porque ni siquiera tiene principios, aunque fueran malvados... Ya oigo cómo lo llaman sus aduladores *Tur Vir Dei,* virando su nombre al revés, tratándolo de varón de Dios. No creo que Dios se ocupe de esa clase de varones, en primer lugar porque no lo son. Para decirle la verdad: con todas esas indumentarias, con todos esos galones y esas plumas y ese estandarte sobre la cabeza, me recuerda usted a una de las prostitutas de Pistoya, de esas que sólo se ven en los carnavales lujuriosos que se celebran en Italia.

—¡Ya basta señor Mier! Me ha ofendido usted demasiado. Voy a llamar a los soldados para que lo encierren.

—¡Ya veo cuál es su democracia!... El hecho de que yo vuelva a caer preso sólo indica que México aún no es libre.

Y entraron los guardias emplumados, los esbirros llenos de medallas tintineantes, y cargaron conmigo. Con gran estrépito fui conducido a la cárcel de los dominicos y allí fui encerrado... Pero yo nunca me había sentido tan tranquilo como en ese momento en que le dije a ese mequetrefe, coronado emperador por arte de birlibirloque, todas las verdades que me bullían desde el mismo momento en que me enteré de su nombramiento y de su sistema de gobierno... Ya en la cárcel, y a la luz de una vela chisporroteante, comencé a escribir en su contra y a preparar «la verdadera revolución».

Capítulo XXXIII

El comienzo

Pero las revoluciones no se hacen en las cárceles, si bien es cierto que generalmente allí es donde se engendran. Se necesita tanta acumulación de odio, tantos golpes de cimitarra y redobles de bofetadas, para al fin iniciar ese interminable y ascendente proceso de derrumbe. Por eso empecé de nuevo a tramar la fuga (ay, siempre la fuga) de aquella tan mal ventilada prisión llamada Del Olvido, que bien le venía el nombre, pues mientras allí permanecí anduve siempre sobre los esqueletos de los que en un tiempo fueron prisioneros. Y sobre ellos dormía, y sobre ellos me apoyaba para escribir mis memorias, de modo que aquellas calaveras me llegaron a ser muy familiares, aunque nunca pude calcular con exactitud su número... Así pues, armado de uno de los puntiagudos huesos de aquellos extintos prisioneros de la inquisición, empecé a cavar, con mucho silencio y constancia; y, cambiando de huesos a cada momento, pues la piedra era muy dura y los trozaba, al fin vi la luz. Terminé el hueco y salí, dejando pedazos de mi hábito y de mi cuerpo entre las piedras. Y me refugié dentro de un granero, propiedad de dos ancianas beatas que, atolondradas, corrieron a prestarme ayuda. ¡Y qué ayuda me prestaron aquellas mujeres completamente locas!: cuando les dije que andaba huyendo y que buscaba protección, corrieron, pues (con la mejor de las intenciones), al primer cuartel realista. Y me vi entregado por mis protectoras. Y otra vez anduve entre mis familiares esqueletos. Y empecé a planear nuevas fugas... En este trance me encontraba cuando, «desde la corte», se recibieron órdenes de que fuera trasladado a la antigua cárcel de la inquisición, llamada ahora el Patio de Los Naranjos, aunque en todos sus alrededores no fructificaba ni la más mínima yerba. Y otra vez empecé a planear la fuga... Pero no fue necesaria, pues una mañana, al estar cavando con los dientes parte del techo, sentí una gran algazara de tambores y gritos de ¡viva la República!, y caí desde el techo, al cual estaba sujeto con las uñas, que tanto me habían crecido. Y pude oír mejor los gritos: era el ejército independentista que, encabezado por los rebuznos de Santa Anna, venía a sacarme de la prisión, pues el imperio del falaz Iturbide había sido derrocado. Y mi celda fue abierta de par en par. Y la multitud, en hombros, me sacó a la calle, aclamándome. Ahora sí que no cabía duda: México había sido liberado.

El fraile, llevado en hombros, iba investigando qué clase de gobierno habían elegido para la República, y quién era el presidente, y quiénes los jefes más importantes. Y si ya habían ahorcado a «la bestia de Iturbide», y cómo era posible que lo hubieran dejado escapar, y si habían dejado a algún bedel de los que sirvió en el palacio del gárrulo emperador. De todas esas cosas pedía urgente información el fraile, y pateaba las cabezas de los que lo conducían cuando no le daban respuestas precisas. Y en ancas fue transportado hasta las bóvedas de San Pedro y San Pablo, donde iba a tomar de nuevo posesión de su curul, y donde iba a dirigirle de nuevo la palabra a toda la muchedumbre que inundaba las calles, ocupaba los balcones, terrazas, azoteas y ventanas, y se encaramaba sobre los árboles, desgajándolos. Y hubo un gran silencio. Y empezó el fraile su discurso.

—Está muy bien que Félix Fernández sea el presidente de la República —dijo—, ya que no hay otro que sepa leer de corrido entre los que de verdad lucharon por la independencia. Ah, pero que esta República sea del tipo federal y no del centralizado ligero, es algo que nunca había sospechado...

Y empezó, oh, fraile, tu nueva batalla, ahora en tiempos de la democracia. Y dijiste, con esa voz afiebrada que sobresaltaba, obligando a silencio y a atención:

–Desde aquí anulo y tacho todos los actos del imperio, el Tratado de Córdoba y el Plan de Iguala y el gobierno de monarquía, pero también veto este sistema de gobierno federal, a cambio de un gobierno republicano central o al menos federalista templado.

(Y se oyó un murmullo en la muchedumbre. Y el presidente Victoria se rascó una oreja, pero tú, oh, fraile, diste dos fuertes patadas en el piso, derrumbando tres vírgenes de yeso que se hicieron añicos sobre la inquieta muchedumbre. Y reinó el silencio.)

«Yo siempre he estado por la federación –dijiste, y todos te miraron sorprendidos–, pero una federación razonable y moderada, una federación conveniente a nuestra poca ilustración y a las circunstancias de una guerra inminente, que debe hallarnos muy unidos. (Y se oyeron nuevos murmullos que tú, oh, fraile, aplacaste ahora de una sola patada y sin derrumbar ninguna virgen. Sólo el obispo, dueño de la parroquia, hacía comentarios bajos y parecía renegar. Y tú, oh, fraile, levantaste la voz, de modo que los vitrales del gran techo circular se quebraron, y retumbaste en la amplia bóveda con un mugido ensordecedor, que hizo casi perder el sentido al obispo.) Yo siempre he opinado por un medio entre la confederación laxa de los Estados Unidos, cuyos defectos han patentizado muchos escritores, y que allá mismo tiene muchos antagonistas, pues el pueblo está dividido entre federalistas y demócratas: un medio, digo, entre la federación laxa de los Estados Unidos y la concentración peligrosa de Colombia y del Perú; un medio en que dejando a las provincias las facultades muy precisas para proveer a las necesidades de su interior, y promover su prosperidad, no destruya la unidad, ahora más que nunca indispensable, para hacernos respetables y temibles a la santa alianza. (Y el obispo empezó a buscar la salida, pero fue detenido por las palabras del fraile, que eran como un enorme maullido que retumbaba en todas las paredes y echaba abajo las velas del altar.) Ni se enerve la acción del gobierno, que ahora más que nunca debe ser enérgica (y el obispo quedó paralizado) para obrar simultánea y prontamente todas las fuerzas y recursos de la nación: *Medio tutissimus ibis.* Este es mi voto y mi testamento político.»[1]

Un estallido de aplausos resonó en la gran bóveda, casi traspasándola. Y el obispo vio, con terror, que las columnas empezaban a tambalearse, y echó a correr. «El que huye no puede ser más que un traidor», dijo una voz que, desde luego, era la del fantástico fraile. Pero ya no había tiempo para razones, y el obispo atravesaba toda la nave como una exhalación; y ya en la puerta echó a correr rumbo a las habitaciones de los internos. Pero la muchedumbre, capitaneada por el infatigable fraile, lo perseguía de cerca. El obispo trepó a una escalera y se encaramó sobre una columna, y el fraile, de un salto, lo hizo descender, sacudiéndolo por los hábitos; y lo lanzó a los brazos de la muchedumbre que bramaba.

—Este es mi voto y mi testamento político —repitió el fraile, ahora en voz baja, muy serio.

La muchedumbre se repartía mínimas proporciones de carne de lo que antes había sido el obispo.

—Si fractus illabatur orbis, Impavidum ferient ruinae —dijo el fraile, y bajó las escaleras de aquel imponente colegio.

Ahora no se oía más que el constante repicar de las campanas y el clamor del pueblo, que llenaba todas las calles. El fraile, que ya estaba fatigado del espectáculo, pidió

1. Profecía de fray Servando Teresa de Mier sobre la Federación Mexicana.

permiso para retirarse hasta la gran habitación que el presidente le había cedido en el palacio.

—Qué calle debo tomar para llegar al palacio —preguntó el fraile, tan aturdido que ya no sabía siquiera dónde se encontraba.

—Pues la calle de fray Servando Teresa de Mier —le dijo un hombre muy mezclado de razas.

Y el fraile, molesto, pensó que le había tomado el pelo, pero en cuanto levantó la cabeza vio su nombre sobre una placa negra y repetido en cada esquina de la calle por la que avanzaba. Se pasó una mano por la frente, ya húmeda, y siguió, caminando a grandes zancadas, hasta su dormitorio. Un golpe de corneta, que lo hizo retroceder asustado, anunció su llegada al palacio. Fray Servando, comprendiendo al fin, reanudó la marcha y saludó rápidamente a los generales que se le adelantaban con gran ceremonia. Ya en el interior del palacio, centelleante de oro, subió una gran escalera en sólo cuatro brincos, y tropezó con una docena de criados que, muy ceremoniosos, lo condujeron hasta sus habitaciones.

—Hasta aquí —le dijo a la cuadrilla de sirvientes, levantando una mano y evitando que entraran en la habitación—. Pueden retirarse —les dijo luego el fraile a los dos centinelas que, apostados frente a la puerta de su dormitorio, cuidarían su sueño y vida—. Demasiado vigilado he tenido que estar hasta ahora para seguir soportándolo —y murmurando entre dientes, mientras los guardianes desaparecían en el alfombrado pasillo, entró en el dormitorio y cerró la puerta.

El fraile, dentro de la habitación, se sintió seguro y solo, y respiró tranquilo. Pero he ahí que detrás de la cama y de entre los forros de los sillones, y debajo de los armarios, y detrás de los espejos, empiezan a emerger frailes, ministros, antiguas condesas, lo más respetable del clero y hasta el señor presidente quien, sacudiéndose las telarañas de los fondillos, se adelanta hasta ti, oh, fraile, diciéndote:

—Este es nuestro recibimiento, fray Servando. Queríamos darte una sorpresa...

Y, con distinguido ademán, se acercó hasta el fraile afiebrado y le estrechó las dos manos, con tanta efusión, que poco faltó para que se le fundieran en una sola.

—¡Viva el fraile trotamundos! —decían las voces, que ya antes le habían hablado al vino.

Y el fraile hizo una larga mueca que aparentaba ser una sonrisa, y los saludó a todos con un gesto.

—No hay escapatorias —dijo, muy despacio, y tan bajo que solamente él lo oyó—. No hay escapatoria —volvió a repetir, y avanzó sonriendo.

Capítulo XXXIV

En la estación de la calma

El palacio, como una pajarera rectangular, se derrumbaba a un costado de la plaza Mayor. Es inmenso el Palacio. Por centenares se cuentan sus pasillos y pasadizos, sus cámaras y antecámaras, sus salas, salones y saletas, sus dormitorios altísimos (cada uno con un cuarto para letrinas donde puede descansar un ejército), sus galerías infinitas que desembocan en corredores kilométricos. Y cada uno de estos corredores da a un balcón, y cada balcón a una cornisa volada de hierro, y cada cornisa a una escalera, y cada escalera a una arcada, y cada arcada a un gran patio poblado por nopales legendarios que se yerguen como candelabros furiosos, como falos erectos, como arañas bocarriba.

Millones de objetos inútiles inundan la mole de inclasificable estilo, por lo que resulta muy difícil abrirse paso entre tantos estandartes, banderas, estatuas, escudos y objetos de imaginería que todas las generaciones han ido acumulando dentro de este gran cajón que se bambolea. A veces una de las lámparas más arcaicas y gigantescas cae con estrépito en la cabeza de un general o un alto funcionario, fulminándolo al instante. Entonces, se declara un día de duelo. Y las galerías de honor se llenan aún más con los oropeles que pertenecieron al muerto y que ahora se declaran objetos sagrados, reliquias de la patria.

Por el palacio van los criados con paso asustado y breve, aferrándose a las paredes con ademanes cautelosos, aguantando la respiración para evitar que una de las polvorientas estatuas no se desmorone en su pedestal y los aniquile. No obstante, los sirvientes muertos ante el desplome de tantas imágenes suman millares.

Hace varios días, el señor presidente, que caminaba muy orondo mientras bebía la sangre de un águila que él mismo había descuartizado, estuvo a punto de desaparecer con su señora esposa y su séquito más íntimo cuando una de las altas cúpulas se desprendió con toda su orfebrería y, rozándole las orejas, cayó sobre sus súbditos. Por suerte para la República, sólo perecieron treinta y siete generales (partidarios de Santa Anna, según dicen) y un centenar de criollos, fieles al presidente, que venían a su lado haciendo reverencias.

Pero son los criados, desde luego, con sus constantes idas y venidas, los que perecen con más facilidad. Todos los días delante de la gran arcada se organiza la fila de los nuevos sirvientes que vienen a sustituir a los que ya perecieron. Todos los días por la arcada trasera sacan a las víctimas más recientes. Sin embargo, es tanto el entusiasmo del pueblo por servir al apuesto presidente que la cola de la entrada supera siempre la que forman los cuerpos inertes que retiran. El señor presidente goza de un apoyo casi unánime. Casi...

No solamente por su construcción se le llama al palacio la Gran Pajarera Nacional; centenares de poetas (albergados hasta en las cornisas) llenan sus cámaras, sus grandes salones, inundan los pasillos, se pasean por los corredores y jardines; siempre componiendo alguna obra que ellos llaman *magistral.* Por las tardes, y a veces hasta por las madrugadas, el escándalo de estas criaturas que a cada momento encuentran una rima insuperable, una palabra estupenda, es realmente ensordecedor. Cogidos de la mano danzan en corro, tratan de alzar el vuelo, convocan a las Musas con bailes exóticos, declaman sus obras. Deliran. El sepor presidente protege a todos los poetas que le componen algún soneto de gracia (victoria rima perfectamente con la palabra gloria). El señor presidente Guadalupe Victoria ha dicho: «El que esté conmigo que suba». Y todos los días una gran comitiva de «vates» se instala en el edificio. De las islas más lejanas, de la misma selva, de las tribus salvajes, de la desolada Siberia y hasta de las cortes francesas y españolas arriba diariamente algún peregrino cantor. Por orden presidencial traspone la gran puerta del palacio. El fardo de papeles donde de antemano se han escrito los poemas ocasionales viene, bien sujeto, bajo el brazo.

Sin embargo, algunas veces, los escarceos en la Gran Pajarera cambian de resonancias. Entonces se hace silencio. Luego se oye un chillido, y uno de los cantores (o quizá varios) perece a manos de la horda enfurecida que forman el resto de los cantantes: se atrevió a rimar la palabra «victoria» con «irrisoria», o con «ilusoria», o con «breve trayectoria». El señor presidente (según dicen) jamás se entera de estos sucesos sangrientos. Son adoradores, emocionados, quienes se toman la justicia por su cuenta. El señor presidente (loado sea) dicen que es enemigo de la violencia. Cuando suceden estos hechos sangrientos, el señor presidente (salvado sea) se encuentra dando un paseo por entre los cactos inmemoriales. A pesar de todo, algunas veces el señor presidente (glorificado sea) pregunta a su prole cantora a qué se deben esos cambios de registros en sus composiciones. Ellos le contestan con alabanzas, con resonantes gritos de gloria, con aplausos que se prolongan durante semanas. El señor presidente (canonizado sea) se retira entonces a sus habitaciones regias y, al son de las alabanzas que siguen ascendiendo, se va quedando dormido. Indudablemente, el señor presidente (inmortalizado sea) es un protector de los poetas. Un amante de la poesía.

Pero a veces el delirio de los admiradores, los aplausos y los gritos de «¡Viva nuestro gran libertador!», «¡Viva el que nos redimió del imperio!», junto con la declamación de los grandes poemas de gracia, trascienden los límites acostumbrados (exageran las metas). Entonces, el señor presidente, que ya no puede dormir, se levanta algo molesto, sale en calzoncillos hasta el palco presidencial y, con suma gracia, se lleva el dedo índice a la punta de sus bigotes. La muchedumbre cantora lo contempla arrobada. Al instante —precisamente en estos momentos—, el señor presidente atraviesa otra vez la gran galería, y se acuesta.

Ahora, con los ojos cerrados, vuelve a contemplar la muchedumbre delirante; la muchedumbre que aplaude con las manos desgarradas; la muchedumbre que él silencia con sólo levantar un dedo.

—Pero no estaban todos —dice en voz baja y entreabre los ojos—. Los dos más importantes no estaban —y vuelve a bajar los párpados—. Sería muy conveniente no olvidarlos. —Y ya reposa. El silencio en estos momentos es absoluto.

El silencio, la gran calma, recorrió los pasillos, las estatuas inmóviles, las cámaras y las habitaciones. Pero cuando llegó a la de fray Servando se detuvo: el fraile habló.

—Al fin —dijo—, se callaron las cotorras amaestradas.

Se puso de pie todavía asombrado de que hubiese desaparecido el gorjeo y trató de averiguar el tiempo en el que se encontraba. Miró por las grandes ventanas con las cortinas descorridas: vio otras ventanas que daban a otras ventanas y así sucesivamente. Alzó la cabeza y le fue difícil divisar el techo altísimo. Se puso de pie junto a la cama inmensa y recorrió fatigado la gran habitación. Cuando llegó a la puerta de salida iba jadeando.

—Para ver el sol en este armatoste hay que jugarse la vida —dijo—. Esto es peor que la travesía de los Pirineos.

Salió al gran Salón de los Generales, donde algunos poetas, parapetados en las columnas, comenzaban una baja letanía; los hizo callar con un enérgico movimiento de una mano y con el mismo movimiento quiso controlar a una cuadrilla de criados, ministros y gente de la nobleza que se le acercaban, reverentes. Pero el gesto fue inútil y la cuadrilla siguió avanzando hacia él. Querían recordarle algo muy importante.

—Esto es el colmo —dijo fray Servando.

Y de una zancada cruzó la Sala del Consulado (más de cien metros de largo) y se internó en la antigua Galería de los virreyes. Los aduladores aún lo seguían de cerca. «Hoy es el día», decían, y estallaban en oraciones de gracia. Una dama, queriéndolo detener a todo trance, le lanzó su grueso breviario de oro. El libro se estrelló en la cabeza del gran peregrino. Entonces fray Servando, enfurecido, se paró en el salón inundado de artefactos centenarios y gritó. El grito desprendió la estatua de un virrey que cayó sobre una china-indiana de la real servidumbre antigua, fulminándola. El escándalo del derrumbe provocó una serie de hecatombes: todas las estatuas se fueron derrumbando. Y hasta el mismo salón amenazó con hacerse añicos. El fraile aprovechándose de aquella catástrofe echó a correr. (Ya las estatuas destruidas habían formado un muro entre él y los perseguidores.) Cruzó la casi infinita Galería de los Mártires Inmortales, penetró en el Salón de los Héroes Perennes, y ya ahogándose y, con pasos tambaleantes, atravesó la vasta dimensión de La Sala de los Niños Que También Dieron su Sangre en Aras de La Patria. Miró a cada rincón buscando un objeto al cual aferrarse. Pero todo era tan monumental que irradiaba irrealidad, tan enorme que para poderse apoyar en uno de aquellos niños hubiese necesitado de una gigantesca escalera. Finalmente salió al Salón de los Bufones, atravesó el pasillo de los retretes de urgencia colocados a un lado de la Sala de Justicia y entró en la gran sala, siempre buscando el rumbo del sol, tratando de salir a los balcones. Allí, casi moribundo, tropezó con el baldoquín de terciopelo carmesí donde aparecían las columnas del *Plus Ultra* tejidas con hilos de oro. Para no dar al suelo se aferró a la tela, y tomando aliento se secó con ella la frente y el pecho.

—Si el señor presidente no me cambia de habitación hoy mismo —dijo de pie en el estrado—, vuelvo a hacer la Revolución.

Y, como un herido de muerte, continuó andando. Casi dando gritos (el dolor en los pies ya era terrible), atravesó la Sala de Acuerdos, el Pabellón de Armerías y se internó en las galerías donde se exhibían figuras en óleo «honestamente desnudas». Comenzó a mirarlas. Pero de pronto se retiró enfurecido. Frente a él, en un marco dorado y negro, surgió el retrato de «El señor emperador Carlos V, enteramente armado con lanza, ristre, penacho carmesí y banda roja». Quiso escupirle, pero tenía la garganta y los labios totalmente secos. Al fin (clamando ya por la confesión) vio surgir, al final de un largo pasillo, la claridad del exterior. Dando tumbos salió al corredor, atravesó los doce balcones volados de hierro con barahurtes torneados y contempló por un instante el gran estandarte donde descansaban el escudo y las armas nacionales. Pero estos artefactos estaban de espaldas, con el frente hacia la plaza, y el fraile sólo pudo ver un amasijo de hierro ya mohoso por las lluvias. Todavía resollando respiró profundo, caminó tambaleándose hasta uno de los largos extremos del corredor, y se sentó. El calor era asfixiante. Tratando de consolarse miró hacia uno de los jardines laterales; y ya estaba entreteniéndose con las tunas cuando la voz de uno de los poetas que quería hacerle «La Gran Apología al señor presidente» llegó desde el jardín. Enseguida fray Servando se puso de pie y se inclinó sobre el balcón. Por un momento quedó desconcertado. Aquel hombre (ya viejo), armado de compases, cartabones, reglas y un centenar de artefactos extrañísimos que fray Servando no pudo identificar, recitaba en forma de letanía el nombre de todas las columnas del palacio, los detalles de las mismas, el número y la posición de las pilastras y arquitrabes, la cantidad de frisos, la textura de las cornisas de relieve, la composición de la cal y el canto que formaban las paredes, la variedad de árboles que poblaban el jardín, su cantidad exacta de hojas, y finalmente hasta las distintas familias de hormigas que crecían en sus ramas. Luego hacía un descanso, y con gran parsimonia anotaba todas las palabras pronunciadas en un grueso cartapacio en cuya tapa se leía *El Saco de las Lozas* con letras tan grandes y brillantes. El fraile, desde su balcón, pronunció en voz alta el título de la obra en gestación. Lo repitió varias veces. Y luego, enfurecido, se lanzó sobre un cactus espinoso, se deslizó por el árbol, se paró delante del futuro apologista y le golpeó el cuello. Pero éste permanecía ensimismado, y continuaba en su labor. Contaba ahora las espinas de los nopales, la variedad de piedras que pululaban en el jardín y los diferentes registros de un cernícalo que planeaba chillando sobre su cabeza atraído por el brillo de la calvicie. Fray Servando volvió a golpearlo. Pero el escritor permanecía como en un estado de gracia. «Diez mil espinas de una pulgada», decía. «Ocho doseles corintios», repetía ahora. «Mil quinientas aldabas de bronce», bramaba. Y seguía anotando, murmurando, en otro mundo. Finalmente, fray Servando, comprendiendo que todo era inútil, dejó al hombre en su labor (ya el cernícalo amenazaba con sacarle los ojos), y subió, ahora por las escaleras, hasta el balcón del palacio. «He aquí al maestro de la poesía de hamaca y abanico», dijo, sentándose de nuevo, ya más calmado. «Por suerte», pensó, «mi amigo Heredia no llega a tales extremos.» Y miró para un lado del corredor, buscando al poeta mencionado. Pero Heredia todavía no había hecho su aparición. «Quizá», pensó fray Servando, «se ha perdido en uno de los innumerables pasillos o le ha caído algún andamio encima, y no acudirá más a la cita acostumbrada.» «Tal vez sea mejor así», dijo después indiferente, abanicándose con una mano. «También él algunas veces es insoportable.» Y ahora recordaba la noche pasada, y el ensayo de aquella horrible tragedia titulada *Sila* (traducción de Heredia) y veía al poeta en uno de los palcos junto al señor presidente (que ya se desabrochaba las botas), inclinándose;

disolviéndose en devaneos y halagos para con su protector, bajando agradecido la cabeza cuando las cortinas se soltaron, y las viejas damas, que nada entendieron, estallaron con los acostumbrados aplausos. De nuevo vio todo aquel aparato, y sintió lástima, o pena, y hasta un poco de asco. Y aquella tragedia romana, y aquel despliegue de oropeles, pensaba, se realizaba en homenaje a la Virgen de Guadalupe, en conmemoración de su próximo aniversario. Luego se fue calmando. Pero el gorjeo de los poetas se escuchó de nuevo, y aunque no era muy alto (el señor presidente continuaba durmiendo) a fray Servando le pareció intolerable. Y trató de distraerse buscando con la mirada un sitio que le sirviese de evasión. Recorrió con los ojos los alrededores del palacio, trató de encontrar la línea del horizonte, la claridad. Ante él estaba la torre de la catedral, el reloj inmenso con aquellos números aterradores, las agujas incansables. Molesto, volvió la mirada hacia la avenida de las Casas Nuevas de Cortés, pero las casas ya eran viejas, soltaban los pedazos, y el espectáculo le pareció deprimente. Repasó con los ojos el portal de las Flores, «sin un árbol», pensó, se asomó a la plaza del Mediodía y vio la cárcel recién inaugurada, usurpando el jardín botánico; luego miró hacia la plaza Mayor, buscando un lugar agradable al cual aferrarse, enfurecido descubrió que aún no habían derrumbado la estatua de Carlos IV. Movió la cabeza y sus ojos dieron de golpe con la fachada del Sagrario. El estilo churrigueresco lo horrorizó de tal modo que durante un rato no se atrevió a abrir los ojos. «Qué necesidad hay de tantas gangarrias», dijo finalmente, levantando los párpados con mucho recelo, temeroso de tropezar con otra visión horrenda, con los ojos entreabiertos fue recorriendo las adustas fachadas de los edificios burocráticos cercanos al palacio, la Casa de la Moneda, la Factoría y la Contaduría de Hacienda, la plazuela de la Universidad, todo de estilo más tosco que toscano, pensó, y al momento levantó los párpados y otra vez enfiló los ojos hacia la plaza Mayor.

—Será mejor que mire a la gente y a las bestias —dijo.

Y contempló ahora a una mujer con paraguas que cruzaba lentamente la plaza soleada; luego pasó un hombre a caballo y un coche. Después, por la plaza ya desierta, avanzó la trágica figura de un aguador, con los dos tinajones amarrados por las correas a la cabeza, uno tirando hacia adelante, el otro hacia atrás, los dos tratando de desnucarlo. Fray Servando vio al muchacho avanzar por el pavimento calcinado y quiso cerrar los ojos, pero siguió mirando. El muchacho continuaba caminando, paciente; sus pies descalzos, achicharrándose. Al llegar a uno de los gastados monumentos nacionales perdió el equilibrio, se tambaleó, los tinajones tiraron con tal violencia de su cabeza que se la desprendieron, y cayó al suelo pataleando como una gallina.

—Qué horror —dijo el fraile—. Están conspirando para que yo no me asome jamás al balcón.

Y volvió a mirar al aguador, ya inerte sobre el pavimento. Las tinajas, hechas trizas, dejaban fluir el agua bajo su cuerpo. Cuando fray Servando pudo recuperarse (ahora el calor era más agobiante) buscó de nuevo un sitio que le sirviese de consuelo. Miró para el portal de los Mercaderes, poblado de escribanos, vendedoras de tortillas y prostitutas, y descubrió al padre José de Lezamis, encaramado en una piedra, predicando con su voz de muchacho resentido.[1] «Al

1. «El portal que nos ocupa fue lugar de la predicación del padre don José de Lezamis, varón apostólico que vino a la Nueva España de confesor del señor don Francisco de Aguiar y Seixas, obispo de Michoacán, por cuya persuasión y consejo aceptó este señor el arzobispado de México. Trasladado a esta ciudad, fue nombrado cura del Sagrario el padre Lezamis en septiembre del año 18... No satisfecho el celo pastoral de este eclesiástico con predicar en su iglesia, a la cual no acudían todos los que él deseaba, resolvió poner algún dique al torrente de corrupción que por aquellos días inundaba las costumbres públicas, llevando la palabra de Dios a donde muchos pudieran oírla, y eligió para esto el portal de los Mercaderes, y todos los domingos iba a predicar allí encaramado sobre una piedra o sobre un banco.» José María Marroquí, *La Ciudad de México*. Impreso en México en 1900.

fin», pensó fray Servando, «encuentro a alguien en quien puedo detener la mirada.» Y contempló sonriente al padre. Pero al instante descubrió que nadie escuchaba aquella hermosa prédica. Los escribanos seguían garabateando ofensas y frases lujuriosas, las tortilleras anunciaban a voz en cuello sus productos y las prostitutas ejecutaban su oficio con gran soltura junto a las columnas del portal. Con tristeza dirigió otra vez la vista al padre quien, emocionado, seguía predicando. Y al instante, fray Servando, dándose por vencido, se olvidó del palacio y la ciudad y quiso buscar consuelo en el paisaje, en el tan mencionado *gran valle*, en el horizonte. «El valle», dijo el fraile, y trató de contemplar aquel sitio, conocido más por los libros que por sus experiencias personales. Pero las montañas (al mismo tiempo que sus ojos) se alzaron de pronto. Ante él no había ahora más que un anillo asfixiante, un círculo de montañas que se alzaban casi paralelas perdiéndose en las nubes. Y pensó que otra vez, como siempre, estaba en una cárcel. Y trató de encontrar la salida. Enfurecido y aterrado recorrió todo el balcón, se asomó a todos los sitios. Miró hacia el extremo oriental y se encontró con la amurallada cordillera de la Sierra Nevada y con sus dos temibles volcanes, el Iztaccíhuatl y el Popocatépetl, que amenazaban con fulminarlo de un chispazo; hizo girar su cabeza hacia el suroeste y su nariz tropezó con la sierra de las Cruces, alzándose como una gruesa cortina de hierro. Corrió hacia el frente del balcón, miró al norte y sus manos casi palparon el cerro de Jalpan. Dando saltos giró hacia el sur: las estribaciones del Tláloc casi le golpearon la cabeza. Así siguió girando, buscando escapatorias; pero por todos los sitios no halló más que aquellas altísimas murallas, aquellas tapias casi rectas que no ofrecían ni el más mínimo resquicio; aquellos cerros centelleantes exhibiendo a veces algunos árboles acorazados de espinas. Y ya cuando tropezó con el cerro Cicoque (otro muro) estaba bañado en lágrimas.

—Es una conjuración —dijo—. Quieren aniquilarme, quieren que yo muera sepultado en un foso. Han construido una cárcel de la cual no sé cómo escapar.

Y ya planeaba la huida, y ya palpaba la dimensión de otro destierro más terrible que los anteriores porque se iba desengañado de todo, cuando bajó la vista y, casualmente, tropezó con un pequeño promontorio de sólo cuarenta metros de altura, poblado de árboles. Y descubrió de golpe el monte Tepeyac con la basílica que guarda la imagen de la Virgen de Guadalupe. Y al instante descansó los ojos en el modesto santuario que parecía flotar en un vapor transparente. Y contemplando aquella región, más cercana al palacio que el resto de las montañas, empezó a reírse a carcajadas, y presintió que había tenido una revelación. Así estaba, riéndose y mirando hacia el promontorio, cuando comenzaron a escucharse los cantos. Y vio, con asombro, que del santuario salía la imagen de la Virgen, llevada en andas por los fieles. Y ya irrumpían en el cerro. Y ya se formaba la comitiva solemne. Y ya comenzaba el recorrido. Porque era el día 12 de diciembre de 1825. «De nuevo sale la procesión del santuario de Tepeyac, entra en el barrio de la santa Veracruz, atraviesa el puente de la Mariscala, da vuelta por la calle de Santa Isabel, coge el paseo de la Alameda, y llegando al puente de San Francisco enfila hacia la catedral. El tropel de la gente y el de las campanas es ensordecedor.» Y mientras el desfile ha hecho toda esta trayectoria, fray Servando de pie en el Palacio Desierto (casi todos, incluyendo al señor presidente se han integrado a la procesión) no dejó de hablar.

—Pero qué infamia es ésta —dijo—. Cómo es posible que no me hayan invitado a mí. —Y ahora se golpea el pecho, se tira de los cabellos, se desamarra el cíngulo y se flagela la espalda—. A mí —dijo—, que soy el máximo representante de esa figura. A mí, que soy el verdadero libertador. Qué es esto. —Y siguió golpeándose—. ¿Adónde vamos a parar, gobernados por esa turba de facinerosos, de estafadores, de chulaperos, de rufianes de provincia que aprovechan la confusión para hacerse de aparato y rumbo?... Qué falta de respeto pretender ignorarme. Piensan que ya no sirvo para nada. Lo que quieren es verme muerto. Pero detendré esa comitiva. Ya verá esa partida de trapisondistas... —y ya se trepaba a las rejas del balcón y se impulsaba para lanzarse sobre la misma imagen de la Virgen.

Pero entonces sonó una voz a sus espaldas, y una mano, aferrándose a su hombro, lo detuvo.

«—Torrente prodigioso —dijo la voz—, calma, acalla tu trueno aterrador: disipa un tanto las tinieblas que en torno te circundan, y déjame mirar tu faz serena.»[1]

Fray Servando descendió del balcón, se volvió hacia el poeta que seguía declamando una de sus poesías descriptivas, y lo miró aún más enfurecido.

—Por Dios —le dijo rojo de cólera—, ¿no sabe usted hacer otra cosa que parodiar su propia bambolla? Mire eso. Mire ese desfile. Y yo aquí sin que me reconozcan mis méritos, olvidado. ¿Es que ya no soy para ellos el profeta?

El poeta se volvió hacia el desfile. En actitud magnánima, con los brazos cruzados, mirando la procesión, le contestó al fraile.

«—Todo perece por ley universal —dijo—. Aun este mundo tan bello y tan brillante que habitamos...»[2]

Pero no pudo continuar. De un salto, fray Servando se le subió al cuello y lo amordazó con el grueso y sucio cíngulo. Y ya lo llevaba en alto para lanzarlo a la turba de indios danzantes de la procesión, cuando sintió cierta piedad. Pobre alimaña, pensó. Es un fugitivo, tiene derecho a la vida porque todavía la desconoce. Y lo depositó casi con pena en el balcón calcinado. El poeta, totalmente maniatado, saltaba como una culebra sin poder ponerse en pie.

1. José María Heredia, *Niágara* (versión de 1825).
2. José María Heredia, *En el Teocalli de Cholula* (1820).

—Predicar en estas tierras —dijo el fraile—, es como hacer cruces en el agua.

Y se apoyó otra vez en el barandal y miró la procesión. «Detrás de la imagen de la Virgen viene la Audiencia, los tribunales todos, los jefes de oficinas, el Consulado, las comunidades religiosas, las cofradías y archicofradías con sus estandartes y guiones con sus cruces y ciriales; y más atrás, el pueblo. Delante, el señor presidente (ocupando el sitio del virrey), el arzobispo, el canónigo magistral, el deán, el antiguo cabildo, la nobleza de la ciudad y los particulares convidados. Y al frente, presidiendo todo el desfile, va una danza de indios como es costumbre hacerlo desde los tiempos de su gentilidad. Y por encima de todo, las campanas, repicando.» Todavía durante un rato siguió el fraile el desfile. Luego quiso gritar, y le faltó la voz. Se retiró del barandal y con gestos de autómata comenzó a liberar al poeta. Terminando, lo ayudó a ponerse en pie. Los dos se miraron en silencio. «El pobre», pensó el poeta, «está viejo y maniático. Protesta por todo. Pero pronto se morirá. Mejor será perdonarle todas sus malacrianzas.» «Pobre diablo», pensó el fraile mientras le sacudía la ropa polvorienta. «Viene de una isla salvaje a tratar con salvajes desconocidos. Se inicia en el destierro. Debo ser más piadoso.»

—Me extraña —dijo entonces en voz alta—, que no esté usted en ese desfile. ¿Es que el señor presidente también se ha olvidado de su presencia?

«Esa voz», pensó el poeta, «esa voz cortante y cargada de amargura es lo que siempre me ha resultado más intolerable en él.»

—No —dijo entonces—, simplemente no fui porque detesto mezclarme con la turba.

—Entonces —dijo el fraile, y alzó la voz por encima de las campanas—, mejor sería que abandonase este palacio y que dejase de tocarse el cuerpo.

«De nuevo me ofende», pensó el poeta, y dijo:

—Estoy con usted, fray Servando, que es estar con lo mejor de toda la nación.

El fraile se sintió desarmado y no supo qué contestar. Caminó otra vez hasta las barandas y contempló la procesión. «La danza. Los indios casi desnudos balanceándose rítmicamente al compás del areíto que ellos mismos parodian con voz melancólica. Primero se mueven lentamente como en una marcha fúnebre. Luego se toman de la mano y miran al cielo. Después saltan en un solo pie, se patean la espalda, sueltan alaridos, se arrancan los ojos con las uñas, se taladran el corazón con una daga casi invisible que esconden entre los dedos. Pero los supervivientes continúan el baile, recobrándose con una animación frenética que termina con plegarias en lengua nativa, con autodegollamiento y saltos mortales, tratando de alcanzar la imagen divina, su gracia. Finalmente, una descarga cerrada de la heroica Guardia Nacional, parapetada en los edificios ministeriales, pone fin a tal desacato. El imponente desfile continúa. En ningún momento cesan las campanas.» Y ahora el fraile y el poeta, confundidos por el escándalo de la metralla y el constante repiquetear, se alejan del balcón y situándose a cada extremo del corredor irrumpen en largos discursos. Los dos hablan al mismo tiempo. Los dos se quejan. Cuentan sus largas peregrinaciones, sus angustias, sus tristezas del destierro, por último se encaraman en dos sillones tambaleantes, y desde allí continúan hablando, alzando las manos, pateando en los asientos que se desfondan, perdiendo a veces el equilibrio y yendo a parar al suelo reverberante.

—Porque de todas las desgracias de la tierra, que son tantas —dice ahora Heredia, gesticulando y mirando los pararrayos del palacio—, ninguna es tan terrible como la del poeta, porque no solamente debe sufrir con más vehemencia las calamidades sino que también debe interpretarlas.

Y siguió, gritando, haciendo su propia apología. Entonces el fraile, en medio de su discurso de protesta, miró al poeta y pensó sin dejar de hablar: *Es llorón, se recrea en el sufrimiento. Siempre está hablando de la muerte, pero baja con mucho cuidado las escaleras del jardín.* Y siguió hablando en voz alta.

—Qué escarnio —decía—, no haberme invitado a mí. Algo traman. Pretenden aniquilarme porque saben que soy el genio político más extraordinario de todos los tiempos.

Oigan eso, pensó entonces el poeta. *Oigan eso. En todas sus memorias, tan mal redactadas, no hace más que hablar de sí mismo. El, siempre él. Mírenlo pavonearse. No es más que un exhibicionista.* Y seguía contando toda su vida, hablando de las innumerables calamidades que lo acosaron y lo acosan. *Su espíritu romántico todo lo exagera,* pensó entonces el fraile, declamando su larga *Profecía* sobre la Federación Mexicana. *Me ha dicho que se ha visto perseguido por montes y sierras como una bestia feroz. ¡Decirme eso a mí! ¡Hablarme de persecuciones a mí!* Y continuaba con su Profecía, pataleando, amenazando al aire, lanzando escupitajos y golpeando el sillón que ya soltaba el espaldar y los travesaños. *Es un viejo resabioso,* pensó entonces el poeta mientras declamaba su *Himno al océano. Se queja y protesta por todo, todo lo revisa y quiere enmendarlo. Dice horrores contra el presidente Victoria, que tantas sandeces y caduquerías le soporta, seguía pensando el poeta, y su voz ya iba por «espejo ardiente del sublime cielo».*[1] *Es un loco: después que lucha por la independencia quiere una constitución centralizada. Pretende rectificar hasta el Antiguo Testamento...* y sus meditaciones sobre el fraile terminaron junto con la declamación del poema, de modo que al instante, para no perder el impulso, comenzó a declamar la *Muerte del toro. Qué ser más contradictorio,* pensaba entonces el fraile, y su voz decía, repitiendo uno de sus primeros discursos republicanos: «Doy gracias al cielo por haberme restituido al seno de la patria al cabo de veintisiete años de

1. José María Heredia, *Himno al océano* (versión de 1836).

una persecución, la más atroz, y de trabajos inmensos: doy gracias al Nuevo Reino de León, donde nací, por haberme elevado al alto honor de ocupar un asiento en este Congreso».[1] *Me dice que ama la sencillez* —seguía pensando el fraile— *y se pasa la vida cantándole a las cataratas, a los volcanes, a los toros y al océano...* Oigan ese discurso —pensaba el poeta, recitando *Los placeres de la melancolía*—. *Oigan ese discurso. Qué falta de concordancia. Es un poeta malísimo: ni aun en los momentos más terribles, cuando estaba a punto de achicharrarse, supo construir un verso que valiera más que el papel que utilizó. Y así y todo pretende criticarme a mí. A mí, que soy...*

—Y qué somos —dijo la voz del fraile, interrumpiendo el poema y el pensamiento de Heredia—, qué somos en este palacio sino cosas inútiles, reliquias de museo, prostitutas rehabilitadas. De nada sirve lo que hemos hecho si no danzamos al son de la última cornetilla. De nada sirve. Y si pretendes rectificar los errores no eres más que un traidor, y si pretendes modificar las bestialidades no eres más que un cínico revisionista, y si luchas por la verdadera libertad estás a punto de dar con la misma muerte...

El poeta quedó en silencio, escuchando. El fraile seguía hablando, argumentando, haciendo retumbar su voz clarísima por todo el palacio desierto donde algunas veces se oía el derrumbe de una columna o el de una estatua que caía pulverizada.

—Y esto es la verdadera libertad —dijo ahora el fraile alzando aún más la voz—. ¿Servir a esta chusma brutal que todo lo reduce a esquemas, gente que confunde la democracia con la mala educación? Que cree que la democracia es pasearse semidesnudos, mostrando todos sus dones a la turba aduladora que es capaz de besárselos? ¿Esto es el fin? ¿Esta hipocresía constante, este constante repetir que esta-

1. Discurso del padre Mier al formular la protesta de ley como diputado al Primer Congreso Constituyente (1822).

mos en el paraíso y de que todo es perfecto? Y, ¿realmente, estamos en el paraíso? ¿Y realmente –dijo ahora alzando aún más la voz de modo que los pararrayos cayeron sobre la estatua de Carlos IV haciéndola pedazos– existe tal paraíso? Y si no existe, ¿por qué tratar de inventarlo? ¿Para que engañarnos? «¿Acaso hemos hallado el lugar que nos ha sido prometido? Acaso ya hemos visto el consuelo y el descanso? ¿Acaso ya no hay más qué desear?»[1] Pues no. Pues no, todavía...

Y quiso seguir hablando. Pero el sillón soltó un último estruendo, y fray Servando lanzando maldiciones, fue a parar al pavimento. Al instante, Heredia descendió de su improvisado pedestal y trató de ponerlo en pie.

–Déjame –dijo fray Servando, volviéndose enfurecido contra el poeta cuando éste le puso la mano en la espalda–. Yo sé ponerme de pie.

Y comenzó a levantarse. Es un maniático, pensó el poeta, viéndolo pasar mil vicisitudes. Es un maniático y un alucinado. *Siempre está viendo visiones. Siempre está pensando que le van a clavar una lanza o le van a descargar un tiro en la espalda. Lo he visto caminar por los pasillos mirando hacia atrás constantemente aterrado... No me puedo fiar demasiado a este mequetrefe,* pensó el fraile, incorporándose: *nunca se define. Publica un periódico titulado* El Conservador *y se declara a la vez partidario de la revolución de Santa Anna, se queja constantemente de estos climas brutales y le escribe un himno al sol. Sí, mejor será no confiar mucho...* Ya iba por otra silla para continuar el discurso, cuando sonó (ahora con una violencia insospechable) el escándalo de la muchedumbre en la plaza. Los dos, el fraile y el poeta, caminaron hasta el borde del balcón y se inclinaron: «el pueblo, henchido de fe religiosa, también quiere tocar la

1. «Ya hemos hallado el lugar que nos ha sido prometido; ya hemos visto el consuelo y descanso de ese cansado pueblo mexicano; ya no hay más que desear.» Fray Diego Durand, *Historia de las Indias de Nueva España y Islas de Tierra Firme.*

imagen divina. Verla de cerca y morir. El pueblo maúlla. Reza y clama por la piedad: eleva cantos insospechados. Los inválidos hacen gestos desesperados como si quisiesen echar a andar; las prostitutas reniegan de su oficio momentáneamente; los mendigos extienden las manos pidiendo solamente la caridad; los llagados se arrancan las pústulas sangrantes, clamando por la purificación. Algunos fieles avanzan de rodillas, otros se arrastran soltando estertores de muerte; varias ancianas agonizantes lamen el piso por donde pasa el sagrado estandarte. Un niño logra al fin burlar el cordón religioso, se abre paso entre la gente —que eleva las manos hacia el cielo, que se deshace en lágrimas, que se derrumba fatigada—, corriendo atraviesa las cofradías y archicofradías, y llega al fin hasta donde se alza el gran estandarte. Seguro de que con ello obtendrá la salvación eterna, trata de coger una de las guirnaldas que adornan el manto de la Virgen. Y ya levanta las manos, y ya, de un salto, alcanza la plataforma sagrada. Pero en ese momento, una de las damas beatas, aterrada ante tal sacrilegio, saca una pistola de entre el grueso breviario y lo mata de un tiro en la nuca. El muchacho cae gesticulando. Todos se persignan y continúa el desfile. Momentos antes de entrar en la catedral, una salve, excepcionalmente clara, anima toda la plaza. Por encima, las campanas...». Se estableció la calma. Fray Servando y Heredia contemplaron deslumbrados el largo manto de la Virgen que ya se aleja en la luz del mediodía. Hay que hablar, pensó el poeta. Hay que decir algo antes que lleguemos a enloquecer. Algo, lo que sea. Hay que romper este encantamiento engañoso. Miró a fray Servando y lo vio como distante, descolorido, casi intemporal, flotando en una bruma reverberante, a veces levantaba la mano en un gesto inclasificable, tal vez como si estuviese bendiciendo a una persona solamente visible para él. Pobre anciano —pensó entonces el poeta al ver aquella imagen borrosa que casi se disolvía en la claridad implacable—, tiene miles de defectos, pero supo padecer el destierro, se las arregló como mejor pudo, renunció a todo tipo de halagos, hizo lo imposible y consiguió lo que se proponía. Por encima de todos sus defectos –siguió pensando– es un héroe verdadero. Quizás algo mejor: un hombre. Y sintió una gran piedad hacia aquella figura descolorida. Y pensó que terminaría abrazándolo, bañado en lágrimas y disculpándose. Pero cuando habló dijo:

–¿Ya vio usted, Servando, lo bien que quedó el último ensayo de *Sila*? Tuve el reconocimiento del mismísimo señor presidente.

Poco a poco salió fray Servando de entre los espejismos que se había inventado. Contempló a Heredia enfundado en su asfixiante traje de invierno, y descubrió en el rostro del poeta una tristeza casi desconocida (casi intolerable) que ninguna relación tenía con las palabras pronunciadas. Y el fraile pensó: Se traiciona a sí mismo, está lleno de contradicciones, es llorón y melancólico. Pero también a veces hace algunos gestos que me dejan perplejo. También a veces ha llorado por su tierra oprimida y ha acertado con un verso genial. Eso es más que suficiente para que tenga mi consideración y conserve su amistad. Y pensó que era el momento de manifestarle su admiración y respeto. Cuando habló dijo:

–Querido Heredia, bien sabes que no puedo perder el tiempo en pantomimas que ni siquiera son originales. Por lo demás, la traducción de esa tragedia de Jouy se ve que la hizo usted durante un viaje: está llena de baches. Es un plagio mal realizado –terminó diciendo, y enfiló la cabeza hacia la procesión.

«El manto de la Virgen, ornado con mil piedras preciosas, pendientes y pulseras, perlas gruesas de más de tres quilates con incrustaciones bordadas en hilo de oro; y el traje, también formado de riquísimas pedrerías, cubriendo la imagen que avanza en andas de plata sobre una peana de diamantes donde figura un cerro adornado de hierbas y flores, hecho todo con piedras preciosas. Y en el mismo cerro, naciendo de los peñascos, un arco como el del iris tallado en rubíes, rodeando la imagen salpicada de innumerables perlas finas que simulan gotas de rocío...» Mareado por el brillo de tantos metales, el fraile se apoyó en las barandas del corredor. Y vio de nuevo la gran procesión: los generales aduladores, el clero de siempre junto al presidente, la danza de indios hambrientos, el pueblo miserable y delirante, disolviendo su furia en súplicas. Se aferró a los barahúrtes, y oyendo el constante repicar de las campanas (que de pronto se le hizo más intolerable), pensó que no podría soportar tanta infamia, que de seguir allí, mirando aquel espectáculo, caería fulminado, que no era posible resistir tanto escarnio. Entonces (ya el repicar empezaba a enloquecerle) levantó una mano al aire. Y al instante vio cómo el gran palacio empezaba a derrumbarse bajo sus pies, se estremecía disolviéndose en breves estallidos, se disfumaba como enterrándose bajo su cuerpo. Las campanas sonaban distantes, casi como una canción, apagándose. Entonces vio al poeta desapareciendo con el palacio, y sintió lástima de aquel ser contradictorio. Moviendo uno de los dedos lo atrajo a su lado. Y los dos juntos vieron la procesión, formada de pequeñas hormigas, desapareciendo con las últimas columnas del palacio, con la última casa de la ciudad. Y se encontraron en otro gran balcón, entre el canto de millones de pájaros que ellos todavía no habían descubierto, rodeados de árboles que constantemente estallaban en flores. Alzaron la vista y vieron a su alrededor la gran ciudad, con sus dos lagos inmensos, y el pueblo en canoas. Inmediatamente bajaron la gran escalera y se internaron en los jardines poblados por aves de todas las regiones, por animales desconocidos, por centenares de sirvientes que alimentaban con esmero hasta la más insignificante lagartija. Deslumbrados, el fraile y el poeta siguieron avanzando por aquella región. Se miraban sin hablar. Asentían dichosos. Más adelante se detuvieron. Por todos los sitios revoloteaban los pájaros. Fray Servando alzó los brazos y al instante se poblaron de halcones, ánsares y tordos que llenaron el bosque con sus trinos. Rió a carcajadas y en la punta de los dientes se le posaron milanos y colibríes que al instante empezaron a cantar al compás de su risa. Totalmente emocionado, el fraile comenzó a llorar. Inmediatamente una bandada de pinzones, posados en sus orejas, se bebieron las lágrimas y alzaron el vuelo rompiendo en trinos insospechables. Fray Servando miró al poeta y lo vio, como un árbol formidable, cubierto de tórtolas, zarcetas, papagayos, búharos y lirones (en ese mismo momento, Heredia compuso su oda a *Atenas y a Palmira).* Finalmente los dos se miraron regocijados y echaron a andar bajo los árboles, sobre el torbellino que formaba el juego de la luz y las sombras. Llegaron hasta el lago, donde los patos salvajes y las grullas los recibieron con estruendos que ya comenzaban a hender el aire. Se despojaron de sus ropas. Nadaron. Se fabricaron unos trajes con hojas centelleantes. Así, se tiraron bajo una de las grandes enredaderas poblada por monos cantores que ahora tocaban una sonata superior a todas las composiciones musicales que los dos habían escuchado. Y se quedaron dormidos. Estaban tan satisfechos que se olvidaron del tiempo marcado por las estaciones, y prometieron no despertarse. Pero, de pronto, se oyó un estruendo, y luego otro y otro. Después, el estallido de los cañones que nublaron el cielo; luego el estampido de las caballerías, e inmediatamente, el paso de los hombres acorazados, el ejército del *polvo, el sudor y el hierro.* Llegaban los conquistadores. Fray Servando y el poeta sólo pudieron abrir los ojos para ver la huida de las aves que alzaban el vuelo aterradas mientras toda una escuadra irrumpía en el vasto jardín, destruyendo alcándaras, pisoteando codornices y desplumando a los quetzales. Uno de los soldados confundió a fray Servando con un martín pescador moribundo y le disparó con tal certeza que si el fraile no se aparta lo hubiese fulminado. Mientras, Heredia, refugiado bajo las hojas y las plumas, creía asfixiarse. El chillido de todas las aves cundió en la región. El fraile, otra vez a punto de enloquecer, alzó de nuevo la mano. Y al instante todo aquel sitio se transformó. Eran los tiempos de la gran paz. La verdadera estación de la calma. En todas las ermitas ardía el incienso sagrado. Un areíto flotaba en el aire y envolvía la ciudad. Fray Servando y Heredia bajaron las grandes escaleras del palacio y entraron en la Casa de la Niebla donde el rey, Monteczuma el Doliente, celebraba la fiesta de la Renovación del Fuego Nuevo a fin de obtener otros cincuenta y dos años más de vida. El gran ritual se realizaba en forma impecable. El fuego iba pasando de mano en mano mientras el rey lo bendecía. Llegó la antorcha hasta el cerro de Citlaltépetl. Estallaron las oraciones. Toda la ciudad se adornó con luminarias chisporroteantes. Después, continuó la fiesta. El poeta y el fraile se volvieron a mirar, satisfechos. Iban ya a abandonar la gran recepción para recorrer el resto del palacio cuando una música inquieta sonó a sus espaldas. Los dos se volvieron y contemplaron, desconcertados, la entrada de los cuatrocientos mancebos que avanzaron desnudos hasta el estrado del rey y se sentaron a su lado. Inmediatamente se empezaron a repartir las jícaras con las bebidas excitantes. Sonaron las zampoñas, las flautas y los atabales. Y comenzó la gran danza. Fray Servando, enfurecido y desolado, cubrió con su sotana al poeta que no quería abandonar el espectáculo y lo arrastró hasta los extremos de la ciudad, donde la música (que ahora adquiría considerables resonancias) era más tolerable. El fraile, muy fatigado, alzó de nuevo una mano, y los dos se encontraron en el palacio del señor presidente, en el balcón. Caminaron hasta el gran barandal y contemplaron la procesión que ahora hacía espectáculos en el centro de la plaza Mayor. «Los indios, la nobleza, la imagen de la Virgen avanzando como un barco reluciente sobre un mar de cabezas descubiertas, sobre el pueblo y sobre las comunidades religiosas. Y cada comunidad, cada cofradía, cada gremio ostenta un ángel con un signo de la pasión. Dieciocho son los ángeles, todos ricamente ornados, que en este momento desfilan bajo el palacio. Llevan: el primero, el farol; el segundo, los treinta dineros; el tercero, el velo del escarnio; el cuarto, los dados; el quinto, los juncos o ramales; el sexto, la lanza; el séptimo, la esponja; el octavo, la túnica; el noveno, la columna; el décimo, la corona de espinas; el undécimo, las cadenas; el duodécimo, la escala; el decimotercero, los tres clavos; el decimocuarto, la caña; el decimoquinto, la soga; el decimosexto, el martillo; el decimoséptimo, la inscripción; y el último, la cruz.» Pasó la primera cofradía y ahora cruzaba junto al balcón la segunda comunidad religiosa, y otra vez el ángel del farol desfilaba bajo los pies del fraile.

—No —dijo entonces fray Servando a gritos.

Y de nuevo alzó una mano. Cesaron las campanas. El fraile y el poeta caminaban ahora por grandes derriscaderos poblados de tunas que se erguían amenazantes. Muy lejos divisaron un breve caserío que se alzaba a un lado de la laguna. Caminaron toda la noche por aquellos sitios comiendo pitahayas que les provocaron grandes ahiteras y al otro día emprendieron la marcha hacia las montañas con el fin de visitar un pequeño cerro conocido con el nombre de Tepeyac, donde se iba a realizar una ceremonia religiosa. Por fin, aletargados por el sol y el jugo de las plantas espinosas, llegaron a la cordillera. Parapetados sobre uno de los altos cerros distinguieron una gran fila de nativos que atravesaba todas las montañas e iba a finalizar en el pequeño santuario donde se rendía culto al ídolo Tonantzin, que ellos llamaban Nuestra Madre. El poeta y el fraile estaban maravillados ante el espíritu religioso de aquella civilización. Entonces se escuchó el primer grito. Los fieles elegidos entraban en el templo, se acostaban sobre una gran piedra y, al instante, el sacerdote, realizando el rictus apropiado les extraía el corazón. El fraile y el poeta miraron otra vez la vasta procesión que entraba lentamente en el templo donde el sacerdote ya los esperaba con la daga en alto.

—Jesús —dijeron los dos en cuanto pudieron hablar.

(Ya la sangre corría por una de las laderas de la sierra y formaba un largo arroyo donde nadaban varios niños indígenas y revoloteaban los zopilotes.) El fraile estaba tan desfallecido que sólo pudo mover dos dedos. El paisaje se transformó, pero la gran fila de hombres seguía proyectándose ante sus ojos. Desconcertados, el fraile y el poeta bajaron, con mucha cautela, la montaña. Ocultos entre las ramas de un árbol observaron de cerca la gran comitiva. Eran gentes muy parecidas a las anteriores, pero vestían como ellos dos. Se veían impacientes, como si les fastidiase la espera. Fray Servando que ya había empezado a temblar miró entonces para el comienzo de la cola. Y descubrió la hoguera, flameando en el horizonte, con llamas que casi tocaban las nubes. Quiso desaparecer a todo trance de aquel sitio. Tan confundido estaba que esta vez levantó las dos manos y se proyectó hacia un futuro desconocido. Y de nuevo tropezó con las llamas. Las llamas, que se alzaban, llenando toda aquella habitación donde el fraile había ido a parar. Las llamas, y entre ellas alguien que contaba la vida del fraile. Desconcertado y curioso quiso saber cuál era su propio fin, pero el fuego ya le subía por las sandalias y le chamuscaba los hábitos. Para no achicharrarse bajó las dos manos. Y se encontró otra vez en el palacio presidencial. El poeta, que nada quería saber del futuro, lo estaba esperando, allí, en el corredor, frente a la plaza, mirando impasible hacia la procesión. El fraile, todavía jadeante y con los vestidos deshechos, sintió unos deseos intensos de gritar. Pero se contuvo. Caminó hacia el poeta; y junto a él, apoyadas las manos en la gran baranda, contempló el desfile religioso. «Ya la procesión se aleja de la plaza Mayor y entra en la catedral. Con anticipación se había prevenido a todos los templos que hiciesen repicar las campanas con más violencia cuando se oyesen redoblar las de la catedral. Y así se ejecuta; a una señal convenida, comienza la iglesia matriz un repique a vuelo que al instante se generaliza en toda la ciudad. Y ahora, ya dentro de la gran nave, los diputados y jefes eclesiásticos, con las manos entre las del arzobispo, juran fe eterna a la patrona principal de México, la Virgen Santa María de Guadalupe. Admitido el juramento solemne, el arzobispo vuelve al altar a dar gracias, rezando el tedéum. En estos momentos el retumbar de todas las campanas es avasallador.» El fraile al contemplar a distancia aquella ceremonia sintió el gran escalofrío. Y pensó que ahora sí tendría que morir, que el peso de tanto escarnio, de tanta vileza conocida ya se le hacía intolerable. Y de golpe, oyendo aquel escándalo que volvía a enloquecerlo, presintió que durante toda su vida había sido estafado. Y como no pudo explicarse claramente en qué consistía esa estafa, caminó hasta el centro del gran corredor, se encaramó en el sillón que al momento empezó a crujir, y extendió los brazos. Antes de bajar las dos manos, miró hacia el poeta extasiado con el desfile, y pensó que sería mejor no llevarlo, que quizá no regresaría de este viaje. Entonces hizo el ademán. Y descendió. Estaba ahora en su *Gran Noche Estrellada.* La noche de las interrogaciones. La que enloqueció a Van Gogh. La que había hecho dudar a Kant. La primera noche de David. La noche que había desconcertado o iluminado a todos los hombres en todas las civilizaciones. Bajo el chisporroteo de las constelaciones, el fraile caminó por todo el corredor. ¿Cuál era la respuesta? ¿Dónde estaban los signos y la solución? Volvió a alzar la vista y quedó inmóvil, mirando el torbellinoso desfile de los astros. Y durante horas estuvo rígido contemplando aquella procesión luminosa, aquella armonía imperturbable. Entonces tuvo la revelación. Pensó que el objetivo de toda civilización (de toda revolución, de toda lucha, de todo propósito) era alcanzar la perfección de las constelaciones, su armonía inalterable.

—Pero jamás —dijo en voz alta—, llegaremos a tal perfección, porque seguramente existe algún desequilibrio.

En ese momento, Heredia, que escuchaba al vuelo alguna de sus palabras, corrió hasta donde estaba encaramado fray Servando y le afirmó el asiento, que se bamboleaba. Pero el fraile no reparó en el poeta que lo miraba desconcertado. Sobre su cabeza giraban todos los planetas y él, bañado por ese resplandor, seguía interrogándose. Otra vez pensó (ahora en voz baja) que si todo el universo estaba regido por esa misma armonía de los astros, si todos, menos el hombre, estaban sometidos a esa Ley, era porque verdaderamente existía tal desequilibrio. Y, completamente seguro de esta afirmación, quiso seguir investigando. Se irguió sobre el sillón, hizo varios gestos delirantes. Inmediatamente, las campanas dejaron de repicar, se disfumó la procesión. Se hizo el silencio. Donde estaba la ciudad ahora sólo había cañaverales. Después, bosques inmensos. Finalmente llegaron las aguas y cubrieron toda la extensión que el fraile desde su altura podía dominar. Pero siguió firme. Vio cómo las aguas se transformaban en una bola de fuego. Vio cómo la bola de fuego se iba resolviendo en una neblina blanquísima que se dispersaba. Y ya iba a desprenderse hacia otros sitios remotos, a habitar un tiempo donde no existía la memoria, sólo un presente despoblado. El principio. La revelación.

—Dios —dijo entonces—. Voy hacia Dios.

Y ya se impulsaba, y ya alzaba los brazos. Pero el gran escalofrío (ahora con más violencia) lo recorrió de nuevo. Y el fraile dudó. Y sintió miedo. Miedo de que al final de aquellos vastos recintos no hubiese nadie esperándolo. Miedo a quedarse flotando en un vacío infinito, girando por un tiempo despoblado, por una soledad inalterable donde ni siquiera existiría el consuelo de la fe. Miedo a quedar totalmente desengañado. Y retrocedió. Y bajó los brazos. De golpe cayó en el asiento. Y de nuevo escuchó el estruendo de las campanas. «Campanas, campanas alterando el tiempo; campanas, enloqueciendo a los pájaros; campanas, rajando con su resonancia todos los vitrales; campanas, retumbando en las dos bóvedas; campanas haciendo que los volcanes se enfurezcan y estallen en erupciones; campanas desatando la lujuria en los danzantes; campanas, campanas apagando el estruendo de la orgía que ya inunda la ciudad; campanas, campanas, que todos desean la proclamación del patronato de esta Virgen Santísima; campanas, campanas, que la devoción que hay hacia la Virgen de Guadalupe se extiende a todas las clases de la sociedad; campanas, campanas, y doce mujeres son violadas por un hábil mancebo que sabe maniobrar entre el tumulto; campanas, campanas, que no quede ni un balcón, ni una puerta que no estén adornados con riqueza y lujo; campanas, campanas, ahogando el escándalo de los bandidos que entran en las casas a golpes de mandarrias y serruchos; campanas, campanas que se alcen los estandartes, ya soberbios, ya humildes, y que en los balcones se levante la imagen de la bella patrona; campanas, campanas, y el tumulto se enardece y revuelve y el estrépito de la lujuria es ya imponente, campanas, campanas, y una mujer desnuda corre entre chillidos hacia un grupo de hombres que al instante la perforan; campanas, campanas, y los esbirros tasajean a los que ven oscura la "heroica política del gobierno", campanas, campanas, y el señor presidente y su esposa huyen por un callejón tortuoso, salvándose milagrosamente del tiroteo que ya recomienza; campanas, campanas, que se adore la imagen con gallardetes y flámulas, con flores y cortinas, con banderas, estandartes y cuanto atavío sugieren la imaginación, el buen gusto y la fe militante; campanas, campanas, y ya se alzan las luces en toda la ciudad y entre todos los edificios descuella, la catedral, cuajada de luminarias en su torre y de tenderos en sus bóvedas, convertida en un ascua de oro; campanas, campanas y la lava sepulta todos los barrios de la ciudad; campanas, campanas, y el fraile totalmente histérico se encarama en una de las amplias torres del palacio y amenaza con lanzarse al vacío, mientras Heredia, suplicante, lo sujeta por el cíngulo; campanas, campanas, campanas que descienden, que van cesando, que se apagan, porque ha concluido la ceremonia en la catedral.» Por un instante el silencio es imponente. Después comienza la oración solemne. Fray Servando y Heredia descienden de la gran torre y en silencio regresan al balcón. Al llegar, anochece. Desde la parroquia se alzan las notas de una misa cantada. Finalmente el cortejo con la Virgen regresa al santuario al compás de una salve muy lenta. Pasa en silencio por la plaza Mayor, atraviesa la ciudad devastada. El fraile y el poeta siguen con la mirada a la comitiva que ya se pierde en las tinieblas del Tepeyac. Luego se vuelven y se contemplan, inmóviles. En el aire parece vibrar la última nota de la misa cantada.

—Hoy será el estreno de mi obra —insiste Heredia, y piensa: Pobre hombre, es ya tan viejo que ni siquiera comprende que toda esa procesión se ha hecho en su homenaje. ¿Dónde se metería para achicharrarse los hábitos en esa forma?

—Ya te he dicho que no iré —le contesta fray Servando—. No acostumbro a ver mojigangas.

«Iré», piensa el fraile; «después de todo es tan joven, y está solo, y desterrado.» Luego camina hasta un sillón y sigue hablando.

—Sentémonos y esperemos al presidente —dice, alzando la voz—. Quiero que me traslade esta misma noche para una de las habitaciones que dan a la plaza Mayor.

—Se la dará sin duda alguna —le contesta Heredia, y se sienta.

Los dos se van adormeciendo, de frente a la ciudad balanceándose en los sillones. Ahora cualquiera diría que están totalmente rendidos. Pero a veces se oye la voz de fray Servando que habla solo; otras, es Heredia, que parodia los versos de un poema que aún no ha escrito.

Capítulo XXXV

El fraile se ha mirado las manos

Todas las mañanas te levantas antes de que amanezca. Abres las ventanas de tu habitación, y miras para el parque, donde los pájaros hacen apuestas hasta desgalillarse. Todas las mañanas caminas hasta el estante, repleto de libros. Tomas uno, lo hojeas, y vuelves, refunfuñando, a colocarlo en su sitio.

Todas las mañanas entra el presidente, Guadalupe Victoria, a tus habitaciones, y te pregunta por tu salud.

—¿Cómo van esos males, señor don Servando?

—¿Cómo quiere usted que vayan? —le contestas—. «Como los de la República, de mal en peor»,[1] porque las batallas para ti no han terminado. Porque no podrás olvidar que no pudiste implantar la República Centralizada; y has tenido que aceptar, aunque con protestas, este sistema federalista que todo lo entorpece, según no te cansas de explicar. Porque no estuviste tampoco conforme con que se dejara escapar al *veloz emperador,* que tanto te odió y odiaste; y, por eso, pediste para él la pena de muerte, para cortar, así, el mal de raíz, y asegurar la paz, y quitar a cualquier ambicioso la esperanza de realizar sus intentos... (Y aunque Iturbide después halló ese fin en el cadalso de Padilla tú no olvidarás que cuando pediste su muerte, esa solicitud no te fue concedida.)

Todas las mañanas haces un recuento de tu trabajo. Y te vuelves a pasear por el balcón que da al parque donde el

1. Tomado del libro *Fray Servando*, de Artemio de Valle-Arizpe.

escándalo de los pájaros es ahora ensordecedor. Y entras de nuevo a la habitación. Y he ahí que te sientas junto a la gran mesa de pulimento oscuro, y repasas las hojas escritas, y tanteas las que te faltan por escribir; y, tomando la incómoda pluma (porque no has aceptado otra que no fuera la que usaste en San Juan de Ulúa y la que te acompañó en el Patio de Los Naranjos), te pones a garrapatear sobre el papel... Alguien toca a la puerta. Son las «distinguidas damas» y los hombres de gobierno, que vienen a pedirte un consejo o que quieren que tú des solución a uno de sus tantos problemas. Oh, arúspice..., hay un gran respeto hacia ti por toda esa gente que solicita tus orientaciones, o que desea oír tus afiebradas palabras. Y tú, con esa voz gastada, que tiene la gracia espontánea de lo que se repite, le dices que no puedes dar consejos, que el mejor modo de llegar a conocer es vivir. Pero vivir como lo has hecho tú y como casi no lo permiten estos tiempos...; porque es terrible vivir en el tiempo de las grandes oportunidades, ya que todo sacrificio queda restado en su valor. Y eso también tú lo sabes... Luego que los visitantes se han marchado vuelves al paseo, con las manos detrás del cíngulo, hasta que ves al sol sumergirse entre los árboles, como si se introdujese dentro de un cristal distante, hasta desaparecer. Luego viene el sueño, y el planeamiento de las nuevas huidas. Porque el fraile, mientras duerme, está soñando con nuevas huidas. «Desde aquel marco puedo deslizarme hasta aquella columna, rodar luego hasta la escalera, saltar la ventana y caer en el patio, donde echaré a correr...» Te has levantado y caminas de nuevo hasta las ventanas abiertas, y contemplas la ciudad, señalada solamente por las luces aceitosas que parpadean extinguiéndose y volviendo a aparecer. Te has acostado de nuevo. Ya estás, otra vez, afiebrado y soñando. Hasta que llega la mañana. Y te levantas, como siempre, muy de madrugada. Y sales al balcón. Y vuelves a entrar. Y ves tu imagen, multiplicada en los innumerables espejos. Y luego caminas hasta la mesa de pulimento oscuro; y tomas una hoja, y empiezas a leer. Pero enseguida dejas la lectura, colocas las manos sobre la mesa brillante y oscura, y las miras.

Las manos son lo que mejor indica el avance del tiempo. Las manos, que antes de los veinte años empiezan a envejecer.

Las manos, que no se cansan de investigar ni darse por vencidas. Las manos, que se alzan triunfantes y luego descienden derrotadas.

Las manos, que tocan la transparencia de la tierra.
Que se posan tímidas y breves.
Que no saben y presienten que no saben.
Que indican el límite del sueño.
Que planean la dimensión de lo futuro.
Estas manos, que conozco y sin embargo me confunden.
Estas manos, que me dijeron una vez: «tienta y escapa».
Estas manos, que ya vuelven presurosas a la infancia.
Estas manos, que no se cansan de abofetear a las
[tinieblas.
Estas manos, que solamente han palpado cosas reales.
Estas manos, que ya casi no puedo dominar.
Estas manos, que la vejez ha vuelto de colores.
Estas manos, que marcan los límites del tiempo.
Que se levantan de nuevo y buscan sitio.
Que señalan y quedan temblorosas.
Que saben que hay música aún entre sus dedos.
Estas manos, que ayudan ahora a sujetarme.
Estas manos, que se alargan y tocan el encuentro.
Estas manos, que me piden, cansadas, que ya muera.

Y caminó de nuevo hasta el balcón, y vio a los árboles, deslumbrados por la claridad que les borraba hojas y contornos. Y otra vez entró en la gran habitación. Y se vistió con las mejores ropas. Y, como un bólido, salió del palacio, atravesando galerías y arrastrando alfombras.

Iba el fraile tocando a todas las puertas. Saludando y conversando brevemente sobre el tiempo y la República. Y enseguida planteaba el objeto de su visita: «Están invitados a mi extremaunción».

Y te llegó, al parecer, la última mañana. Y viste las calles, como espejos blanqueados que se extendían a tu paso. Detrás venían las comunidades religiosas, los colegios, las cofradías con sus insignias y estandartes, las clerecías canoras de latines, y todo el pueblo. Se oyó un clarín y luego un redoble de tambores. Y se vio emerger la compañía de infantería, tocando una marcha de guerra que llenaba la plaza Mayor.

Oye esa música, fraile. Este es tu último día. Oye esa música.

Y llegaste a tus habitaciones. Todo el palacio se pobló de murmullos. De voces. De rostros que se paseaban por los pasillos, por los grandes salones, y tocaban, suaves, a la puerta de tu dormitorio. Y entraban a tu cuarto. Y presenciaron cómo te uncieron con óleos sagrados y recibías la comunión. Y, terminado el sacramento, les dirigiste la palabra, en un último discurso de quejas y reformas:

«—Se dice que soy un hereje —dijo el fraile, ya desde el lecho—, se asegura que soy masón y se anuncia que soy centralista. Todo es, compatriotas carísimos, una cadena de atroces imposturas».[1] Si no digo misa es porque tengo las manos destrozadas. Y no estoy en el claustro por haberme secularizado en Roma. Y no soy masón, porque la masonería es un partido, y yo detesto ese tipo de agrupación...

Y terminaste de hablar. Y la habitación se fue quedando vacía. Y cuando te viste solo, empezaste a redactar tu esquela mortuoria, poniendo el año, el mes y el día. Y diste órdenes para que se llevase a la imprenta, y se trajeran las pruebas lo más pronto posible, para corregirlas.

Y fue otra vez la tarde. Y el reflejo del sol, en ese mo-

1. Tomado del libro *La expresión americana*, de José Lezama Lima.

mento muy bajo, rodeó de un resplandor dorado la habitación del fraile.

Era el momento de las transfiguraciones.

Y los objetos más corrientes, sumidos en la penumbra, adquirieron dimensiones irreales. Y las voces, en ese momento en que las sombras se abalanzaban, tomaron matices mágicos no identificables. Y hasta las palabras más simples, al ser pronunciadas, parecían como si se estuviesen desdoblando en símbolos maravillosos.

Luego vino el silencio o lo que es más exacto: el aplacamiento de los murmullos, que sonaban como distantes al atravesar las paredes de la habitación. Y el fraile murió. Pero antes se vio conducido por todo el pueblo hasta la capilla de los Santos Sepulcros de Santo Domingo. Y oyó el continuo tañer de las campanas que anunciaban su defunción. Y vio aparecerse a todos los invitados momentos antes de su muerte. Y te viste otra vez en la bartolina de San Juan de Ulúa, peleando con la vela, que no cesaba de acosarte, lanzándote chisporretazos a la cara. Y, como en un sueño, se te apareció el feroz León, y empezó la persecución. Y te viste saltando murallas y flotando por los aires, asido a inseguros paraguas. Así caíste sobre la parroquia de Tepeyac; y predicaste, largo rato, frente al arzobispo, el virrey y la mar de indios, sobre el obsesionante tema de «la verdadera aparición de la Virgen de Guadalupe...». Y luego volviste a Monterrey, pues ya eras un muchacho. Y emprendiste el regreso a la casa, desde el corojal.

Ultimas noticias de fray Servando

Pero tampoco después de muerto gozó fray Servando Teresa de Mier de tranquilidad. Cuando el partido liberal enclaustró a la mayoría de los frailes y se apoderó de las iglesias y conventos, abrieron las tumbas de los dominicos, esperanzados en encontrar algún tesoro. Un tal Carreón, furioso por no haber descubierto lo que había imaginado, sacó de los sepulcros a trece cuerpos momificados; entre ellos iba el de fray Servando, al cual se le observaban partes de sus hábitos monásticos. Durante muchos días permanecieron esas momias a la intemperie, en una fila macabra, como aguardando. Hasta que un italiano compró varios de estos resecos despojos y se los llevó a la Argentina. Otra vez volvió a cruzar el mar fray Servando. En Argentina fue vendido al director de un circo que lo llevó luego a Buenos Aires, exhibiéndolo como una víctima de la inquisición. A finales del siglo pasado, esa misma momia se mostraba en Bélgica, en uno de los circos más fabulosos. Realmente, sus restos no alcanzaron el merecido reposo.[1]

La Habana, 1965-1966

1. Esta información ha sido tomada de las notas biográficas a la *Apología*, escritas por Vito Alessio Robles; y del libro *Fray Servando* de Artemio de Valle-Arizpe.

Últimos Fábula

4. El lobo-hombre
Boris Vian

8. Madame Bovary
Gustave Flaubert

10. Las edades de Lulú
Almudena Grandes

18. El Consejo de Egipto
Leonardo Sciascia

26. Esperando a Godot
Samuel Beckett

28. Apocalípticos e integrados
Umberto Eco

46. Cómo acabar de una vez por todas con la cultura
Woody Allen

55. Antes que anochezca
Reinaldo Arenas

245. Las brujas de Salem y El crisol
Arthur Miller

253. El ocaso del pensamiento
E.M. Cioran

280. Un dique contra el Pacífico
Marguerite Duras

283. Jacques y su amo
Homenaje a Denis Diderot
Milan Kundera

162. La identidad
Milan Kundera

177. El mundo alucinante
Una novela de aventura
Reinaldo Arenas

192. La sonrisa de Maquiavelo
Biografía
Maurizio Viroli